M. E. BRADDON

CHANTEUSE DES RUES

ROMAN TRADUIT DE L'ANGLAIS

CHARLES BERNARD-DEROSNE

TOME PREMIER

PARIS

LIBRAIRIE HACHETTE ET Cie

79, BOULEVARD SAINT-GERMAIN, 79

LA CHANTEUSE DES RUES

ROMANS DE M. E. BRADDON

TRADUITS PAR

CHARLES BERNARD-DEROSNE

ET EN VENTE CHEZ LES MÊMES ÉDITEURS

(à 1 franc 25 centimes le volume)

———

Le Capitaine du Vautour. — 1 volume.
L'intendant Ralph. — 1 volume.
Lady Lisle. — 1 volume.
La Trace du Serpent . — 2 volumes.
Le Secret de Lady Audley. — 2 volumes.
Aurora Floyd. — 2 volumes.
Le Triomphe d'Éléanor. — 2 volumes.
Le Testament de John Marchmont. — 2 volumes.
Rupert Godwin. — 2 volumes.
Henry Dunbar. — 2 volumes.
La Femme du Docteur. — 2 volumes.
Le Locataire de Sir Gaspard — 2 volumes.
L'Allée des Dames. — 2 volumes.
Le Brosseur du Lieutenant. — 2 volumes.
Les Oiseaux de proie. — 2 volumes.
L'héritage de Charlotte. — 2 volumes.

COULOMMIERS. — Typographie A. MOUSSIN.

M. E. BRADDON

LA
CHANTEUSE DES RUES

ROMAN TRADUIT DE L'ANGLAIS

PAR

CHARLES BERNARD-DEROSNE

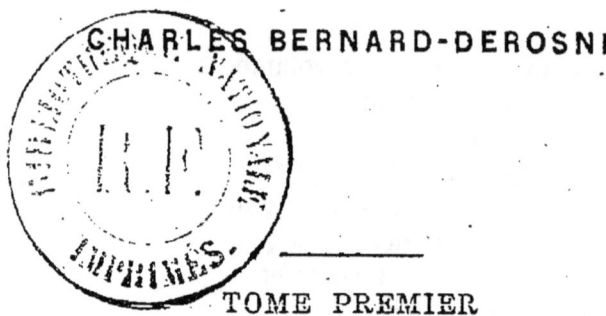

TOME PREMIER

PARIS
LIBRAIRIE HACHETTE ET Cⁱᵉ
79, BOULEVARD SAINT-GERMAIN, 79

1874

LA CHANTEUSE DES RUES

I

LE SONGE

C'était il y a vingt-sept ans, par une triste soirée de mars. Le gaz éclairait la grande route de Ratcliff. Dans les divers établissements publics qui la bordent, on entendait le bruit de danseurs s'ébattant au son criard des violons; les marins se livraient aux plaisirs de la terre ferme. Les boutiques des marchands d'habits étaient brillamment éclairées, de manière à faire ressortir avantageusement l'étalage des lourds vêtements surmontés de chapeaux, qu'on eût pris pour autant de vrais matelots pendus au plafond; plus bas des foulards formaient çà et là des guirlandes aux nuances les plus crues. Sur toutes les vitres de la devanture des tavernes, étaient peintes les glorieuses couleurs du pavillon de la marine britannique.

Deux hommes buvaient et fumaient, dans l'arrière-salle d'un vieux cabaret, situé dans Shadwell. La pièce

où ils étaient assis avait à peu près les dimensions
d'une grande armoire; elle recevait le jour par une
petite fenêtre donnant sur des appentis où l'on dépo-
sait le charbon et sur de grands murs. Le papier qui
en tapissait les murailles était recouvert d'une sombre
couche de crasse graisseuse; les quelques meubles qui
la garnissaient avaient pris une teinte d'ébène, à force
d'être frottés par le dos et les coudes des consommateurs qui, depuis un demi-siècle environ, venaient s'y
récréer au milieu d'une épaisse atmosphère de fumée
de tabac.

Les deux hommes assis dans la salle en ce moment
appartenaient évidemment à la classe des marins. Cette
communauté de profession était le seul point de ressemblance qui existât entre eux. L'un était grand et
vigoureusement constitué; l'autre petit, chétif, et con-
trefait. Le visage bronzé de l'un avait une expression
de franchise et d'intrépidité; l'autre avait le teint blême
et le front parsemé de taches de rousseur; ses petits
yeux, d'un gris pâle, agitaient sans cesse leurs paupières par un clignotement nerveux, qui devenait encore plus sensible quand il s'animait en parlant. L'un
avait la voix grave et sonore, le rire bruyant; quand
l'autre ouvrait la bouche, on voyait bien remuer ses
lèvres, mais on n'entendait qu'un léger chuchotement.

Le premier, Valentin Jernam, était capitaine et propriétaire pour moitié de la brigantine le *Pizarre*, faisant le voyage de Londres au Mexique. Le second, qui
se nommait Joseph Harker, était son commis, son fac-
totum, son homme de confiance. Il était marin tout
juste assez pour tenir le gouvernail dans un moment
de danger; en revanche, une fois à terre, sa connaissance des affaires le mettait en état d'aider son patron

de ses conseils, dans toutes les questions de spéculation et de commerce.

Le capitaine l'avait trouvé dans un hôpital des États-Unis, et, par compassion, il lui avait offert de le rapatrier gratuitement. Pendant le voyage, Harker sut se rendre utile au point qu'à la fin de la traversée le capitaine ne voulut plus se séparer de lui. Le malingre bossu devint l'ami et le compagnon constant du robuste marin. Durant les quinze années que Valentin et son jeune frère George s'étaient livrés à leurs excursions maritimes et commerciales, leurs affaires avaient prospéré ; mais jamais la fortune ne s'était montrée plus libérale envers eux que dans les quatre dernières années, depuis que Harker était leur conseiller.

« Joseph, dit le capitaine, il y a aujourd'hui quatre ans que mes yeux vous ont rencontré pour la première fois : c'était à l'hôpital de la Nouvelle-Orléans. « — Cet homme est-il mort ? demandai-je en vous voyant. — Non, répondit le docteur, mais il se meurt. — Quelle est sa maladie ? — Le mal du pays et la bourse vide ; il était employé dans une maison de jeu de la ville ; il a reçu un coup sur la tête dans une rixe et on l'a transporté ici, en proie à une fièvre qui menaçait de l'emporter ; heureusement, la fièvre a cédé, mais il est d'une faiblesse inquiétante. Il n'a ni argent ni amis, il désire pourtant bien retourner en Angleterre ; hélas ! je crains qu'il ne revoie pas plus son pays que je n'espère, moi, être empereur du Mexique. — Vraiment, répliquai-je, eh bien ! docteur, si vous pouvez remettre ce pauvre diable sur pied d'ici à lundi, je le ramène en Angleterre à mon bord sans qu'il lui en coûte un sou ! » Vous ne m'en voulez pas, n'est-ce pas, Joseph, de vous avoir traité de *pauvre diable ?* Mais c'est que

vous étiez réellement un bien pauvre et malheureux
être à ce moment-là.

— Vous en vouloir! s'écria Harker, mais ne vous
dois-je pas la vie? Combien de mes compatriotes avaient
passé indifférents devant moi, pendant que je gisais sur
ce lit d'hôpital, où ils m'auraient laissé mourir! Je les
entendais parler à voix haute et marcher en faisant crier
leurs bottes : j'étais trop faible pour entr'ouvrir les paupières, mais pas assez pour ne pas les maudire tout bas.

— Ne dites pas cela, Joseph!

— Je le dis au contraire, et avec connaissance de
cause; voyez-vous, capitaine, quand un homme est con-
trefait, l'opinion générale prétend qu'il a l'esprit de
travers comme les épaules, et que son cœur est aussi
sec que ses jambes sont grêles; et je suis forcé d'avouer
qu'il y a du vrai dans ce préjugé. Croyez-vous que ce
soit une chose propre à rendre aimable le caractère
d'un homme, que d'être taillé sur un patron différent
des autres, et à cause de cela même d'être l'objet de
continuelles risées? Croyez-vous qu'on ait le cœur bien
disposé à la tendresse pour ce monde qui vous harcèle,
sans autre raison que cette infirmité, dont la faute est
à la nature? Mais, capitaine, laissons nos sentiments
intimes; un gaillard comme vous a mieux à employer
son temps qu'à écouter de pareilles balivernes. J'ai besoin de savoir quels sont vos projets. Vous n'avez pas
l'intention de rester ici, sans doute?

— Pourquoi pas?

— Parce que c'est un lieu dangereux pour quiconque, ainsi que vous, porte sur lui une fortune. Capitaine, je voudrais vous voir prendre le parti de déposer
cet argent chez un banquier.

— Non, ma foi, répondit le marin d'un ton con-

vaincu. Joseph, je connais vos banquiers. Vous allez
chez eux un beau matin, vous y trouvez quantité de
commis installés devant de superbes bureaux en acajou
neufs et brillants. « — Puis-je faire le dépôt de quelques centaines de livres? demandez-vous. — Certainement, » répondent les commis. Et alors vous remettez
votre somme, contre laquelle on vous donne un chiffon
de papier. « — Voici votre reçu. — Très-bien. » Puis,
vous partez. Peut-être, une fois dehors, éprouvez-vous
quelque inquiétude, en songeant que votre argent, du
bel et bon argent, vient d'être converti en un méchant
morceau de papier; mais, comme vous êtes honnête et
insouciant, vous n'y pensez bientôt plus..., jusqu'au
jour où, de retour de votre voyage, vous avez besoin
de vos fonds. Alors, neuf fois sur dix, vous trouvez la
banque, les commis, les beaux bureaux en acajou, tout
enfin, disparu. Non, Joseph, je n'ai pas confiance dans
les banquiers.

— J'aimerais encore mieux me fier aux banquiers
qu'aux gens qu'on voit rôder par ici, répondit le commis tout pensif.

— Ne vous inquiétez pas, Joseph, l'argent ne restera
pas longtemps entre mes mains. George m'écrit qu'il
viendra me rejoindre à Londres le 5 avril au plus tard,
à moins que la mer ne lui soit contraire; et, vous le
savez, c'est George qui est mon vrai banquier! Je suis
comme un membre fainéant dans la maison de commerce Jernam frères. George prend l'argent, il en fait
ce qu'il veut, il spécule sur ceci ou sur cela, selon son
idée. Vous avez une tête organisée pour les affaires,
vous êtes un homme dans le genre de George, et vous
vous entendez à tout. Moi, je n'y comprends rien. Cependant, mon frère me dit que nous sommes en passe

de devenir riches; tant mieux! non pas que j'eusse le
cœur brisé s'il fallait redevenir pauvre; j'aime la mer
parce qu'elle est la mer, et mon navire pour lui-même.

— Le capitaine George dit vrai, reprit le commis; la
maison Jernam frères prospère et s'enrichit. Mais vous
ne m'avez pas encore appris quels sont vos projets,
capitaine?

— Eh bien! puisque, à votre avis, il vaut mieux
quitter ce quartier, je vous obéirai, quoique j'aime bien
à apercevoir la pointe des mâts par-dessus les maisons,
entendre les voix joyeuses des matelots, et savoir que
le *Pizarre* est là, dans le canal, ferme sur ses ancres.
Nous avons dans un tranquille village du comté de
Devon une vieille tante qui sera bien aise de me voir,
et il est juste qu'elle se ressente un peu de la bonne
chance des frères Jernam; aussi, demain matin, je
prendrai une place dans la diligence de Plymouth, et
j'irai lui faire une visite. Je m'en rapporte à vous pour
veiller aux travaux de réparation du *Pizarre*, et je serai
de retour à temps pour me trouver au rendez-vous fixé
par George pour le 5 avril.

— Où devez-vous vous rencontrer?

— Dans cette salle. »

Harker secoua la tête d'un air peu satisfait.

« Vous êtes tous les deux trop entichés de cette maison, dit-il; les gens qui la tiennent maintenant nous
sont inconnus : ils s'en sont rendus acquéreurs depuis
notre dernière excursion. Leur figure ne me revient pas.

— Pas plus qu'à moi, à vrai dire. J'ai appris avec
peine le départ des anciens propriétaires. Mais, tenez,
Joseph, encore un verre de grog; menons joyeuse vie
ce soir, mon garçon, puisqu'il faut que je parte demain
matin..... Qu'est-ce que cela? »

Le capitaine s'arrêta, tenant à la main le cordon de la sonnette, pour écouter des sons mélodieux qui semblaient venir d'un point rapproché. Une voix de femme, fraîche et claire comme le chant de l'alouette, chantait, accompagnée d'un vieux piano, la vieille ballade anglaise : les *Vieux Escaliers de Waping*.

« Quelle voix ! s'écria le marin. Elle me remue jusqu'au fond de l'âme..... Allons entendre la musique, Joseph.

— Il serait plus prudent de n'en rien faire, capitaine. Je vous ai déjà dit qu'il y a de méchantes gens dans cette maison. C'est une sorte de concert qui a lieu le soir, un prétexte pour l'ivrognerie et la débauche en mauvaise compagnie. Si vous partez par la diligence du matin, vous feriez mieux de vous coucher de bonne heure. Vous avez déjà assez bu.

— J'ai bu ! s'écria Valentin. Je suis aussi calme qu'un juge. Venez, Joseph, écouter les chants de cette fille. »

Le capitaine sortit de la salle, et Harker le suivit en levant les épaules.

« Rien de plus difficile à conduire qu'un baby de trente ans, murmura-t-il, un grand enfant qu'on est obligé d'appeler son maître ! »

Ils arrivèrent, en passant par un étroit corridor, dans une salle dont le plancher était couvert d'une couche de sable, et à l'extrémité de laquelle s'élevait une petite estrade; elle était éclairée par plusieurs becs de gaz, dont la lueur fumeuse vacillait au souffle du vent capricieux du mois de mars. Il y avait nombreuse compagnie : des matelots et des femmes de mauvaise vie.

Des marins à barbe noire, ayant l'air d'étrangers, firent place au capitaine et à son compagnon à la table qu'ils occupaient, politesse que Jernam reconnut par un salut amical.

« J'aurais plaisir à régaler des camarades aussi polis que vous, fit le capitaine; mes maîtres, que diriez-vous d'un bol de punch? »

Les hommes se regardèrent; leur consentement se lisait aisément sur leurs visages.

Valentin appela le maître de l'établissement et commanda un bol de punch.

« Un grand bol! ajouta-t-il, et assurez-vous que l'eau n'y entre pas dans une proportion trop libérale. »

L'hôtelier fit un signe d'assentiment et rit. C'était un hommes aux larges épaules, carrément bâti, avec un visage plat, pâle et aussi carrée que sa tournure. Il n'était rien moins qu'agréable à voir.

Puis, posant ses bras croisés sur la table toute tachée des liqueurs versées, Valentin se mit à examiner à loisir l'aspect de la salle.

Le concert avait cessé pour l'instant; la jeune fille avait fini sa ballade et s'était assise près du vieux piano carré, attendant le moment où elle serait encore requise pour chanter. Deux exécutants composaient seuls les éléments de ce concert tout primitif : la jeune chanteuse et un vieillard aveugle qui l'accompagnait au piano, mais c'était un attrait suffisant pour les habitués du lieu, dix-sept ans avant l'inauguration de nos modernes cafés-concerts.

Les yeux de Valentin errèrent tout autour de la salle, jusqu'au moment où ils rencontrèrent le visage de la jeune fille assise près du piano. Le regard du capitaine resta fixé sur ce visage pâle, d'un gracieux ovale, encadré de larges bandeaux de cheveux noirs et éclairé par d'admirables yeux également noirs : on eût dit plutôt les traits d'une impératrice romaine que d'une pauvre chanteuse dans un cabaret de Shadwell. Jamais

Valentin n'avait contemplé une femme aussi belle. Il n'avait jamais été un bien grand admirateur du beau sexe ; il avait bien entendu dire qu'il existait de par le monde des sirènes et autres créatures dangereuses conspirant la perte des honnêtes gens ; mais, en dehors de ces vagues notions, il avait fort peu d'idées sur ce sujet.

Les autres assistants n'accordaient guère d'attention à la chanteuse ; les habitués ordinaires de la taverne, accoutumés à sa beauté et à son chant, s'occupaient très-peu d'elle. Cette fille avait un maintien tranquille et modeste. Elle arrivait et s'en allait avec le pianiste aveugle, qu'elle appelait son grand'père, et elle semblait peu soucieuse d'attirer les regards ou de provoquer l'admiration.

Le moment où elle devait chanter de nouveau était venu.

Elle se tenait debout, à côté du piano, faisant face à l'auditoire, calme comme une statue, ses grands yeux noirs regardant droit devant elle. Le vieillard l'écoutait attentivement, tout en exécutant l'accompagnement, et il inclinait la tête en signe d'approbation. Quand la voix vibrante de sa petite fille jetait quelque note éclatante, alors son visage exprimait le ravissement le plus enthousiaste. Il semblait que le grossier et bruyant public devant lequel il se trouvait n'existât pas pour les deux pauvres artistes.

« Quelle belle créature ! s'écria le capitaine avec une admiration mal contenue.

— Oui, c'est une jolie fille, murmura froidement le commis.

— Une jolie fille ; répéta Jernam, dites un ange ! Je n'aurais jamais cru qu'il y eût au monde une femme semblable. Et dire qu'une pareille créature se trouve en ce lieu enfumé par le tabac, au milieu des cris et des blasphèmes! C'est dur, n'est-ce pas, Joseph ?

— Je ne vois pas que cela soit plus dur pour une jolie fille que pour une laide, répliqua Harker d'un ton sentencieux. Si cette fille avait les cheveux rouges et le nez camard, son sort n'exciterait pas votre compassion. Je ne sais pas pourquoi vous vous troubleriez l'esprit à propos d'elle, parce qu'il se trouve qu'elle a les cheveux noirs et les lèvres vermeilles. Je crois pouvoir dire qu'elle ne vaut pas grand'chose, pas mieux que la plupart de celles qui nous entourent, et qu'elle aurait bien vite allégé vos poches, si vous lui en fournissiez l'occasion. »

Valentin laissa ces observations sans réponse ; peut-être même ne les avait-il pas entendues. En ce moment, le bol de punch arriva ; le capitaine le poussa devant Joseph, en le priant de remplir les verres. Celui qui lui était destiné resta intact devant lui, pendant que Joseph et les marins étrangers vidaient le contenu du bol. Quand la jeune fille chantait, il écoutait ; quand elle restait tranquillement assise pendant les moments de répit, il contemplait son visage.

Jusqu'à ce qu'elle eût fini son dernier morceau et fût descendue de l'estrade, en guidant les pas de son compagnon aveugle qu'elle tenait par la main, le capitaine du *Pizarre* parut comme sous l'influence d'un charme. Il n'y avait qu'une issue pour sortir de la salle, la chanteuse et son grand'père étaient obligés de passer par l'espace laissé libre entre les deux rangées de tables. L'étoffe grossière de ses sombres vêtements effleura Valentin au passage ; et, jusqu'au dernier instant, il suivit la jeune fille des yeux, plongé dans le même état d'extase.

Après que la chanteuse eut quitté la salle et que la porte se fut fermée derrière elle, Valentin se leva brusquement et marcha dans cette direction. Il arriva juste à temps pour la voir sortir de la taverne avec son grand'père et un gros homme à mine sinistre, moitié marin, moitié citadin, qui était resté à boire au comptoir.

Le maître de la taverne était là debout, en train de tirer de la bière, tandis que Jernam suivait des yeux dans la rue la jeune fille qui s'éloignait avec ses deux compagnons.

« C'est une jolie fille, n'est-ce pas ? dit le tavernier à Jernam qui refermait la porte.

— Très-jolie en effet ! s'écria vivement le marin. Qui est-elle.... d'où vient-elle..., quel est son nom ?

— Son nom est Jenny Milsom ; elle habite avec son père, un homme très-respectable.

— Ce père, serait-ce l'individu avec lequel elle vient de partir ?

— Oui, c'est Tom Milsom en personne.

— Il n'a pas l'air trop respectable ; je ne crois pas avoir jamais vu plus vilain visage.

— On ne fait pas son visage, dit le maître de l'établissement d'un ton quelque peu renfrogné. Je connais Milsom depuis dix ans, et jamais je n'ai rien entendu dire de mal sur son compte.

— Ni rien de bon non plus, je suppose, Wayman, reprit un homme qui était appuyé contre le comptoir. Nous l'appelions le sombre Milsom à Rotherhithe. J'ai travaillé avec lui, il y a sept ans, dans les chantiers d'un constructeur de navires ; c'était une méchante brute. Ce qu'il était alors, il l'est encore aujourd'hui. Puis fainéant et vagabond par-dessus le marché, me-

nant une vie de paresseux dans sa cabane au milieu
des marais, et mangeant tout ce que gagne sa fille.

— Vous semblez aussi bien au courant des affaires
de Milsom que des vôtres, Dermot, répondit Wayman
d'un ton légèrement irrité.

— Inutile de me faire les gros yeux, répliqua Dermot.
Je ne me suis jamais fié à Milsom, et ne m'y fierai jamais. Il y a des hommes capables de verser le sang pour
prix d'un gallon de bière, et je considère Milsom comme
un de ces hommes. »

Valentin écoutait attentivement cette conversation
non pas qu'il se préoccupât le moins du monde du caractère de Milsom, mais il recueillait avidement toutes
les informations qui pouvaient l'éclairer sur la jeune fille
qui avait éveillé un sentiment si nouveau dans son cœur.

Le commis avait suivi son patron et se tenait debout
dans l'ombre de l'embrasure de la porte, écoutant ce qui
se disait avec une attention plus vive encore que celle
qu'y prêtait Jernam ; ses petits yeux clignotants se fixaient
alternativement sur les visages des deux interlocuteurs.

Il en eût été dit plus long sur le compte de Milsom,
mais il était évident que Wayman était disposé à mal
accueillir toute allusion peu favorable à cet individu.
L'homme qu'il avait appelé Dermot paya sa dépense et
s'en alla. Le capitaine et son commis se retirèrent dans
les deux petites chambres qui leur avaient été prépa-
rées pour la nuit.

Pendant toute cette nuit, qu'il fût éveillé ou endormi,
Valentin fut poursuivi par l'image de la belle chanteuse, et le son de sa voix mélodieuse.

Le capitaine du *Pizarre* quitta sa chambre à cinq
heures du matin et alla frapper à celle de Harker, avec
l'intention de lui dire adieu.

« C'est moi, Joseph, dit-il, veillez bien aux réparations à faire, jusqu'au 5. »

Il s'attendait à recevoir la réponse d'un homme endormi; mais, à sa grande surprise, la porte s'ouvrit, et Joseph tout habillé se présenta sur le seuil.

« Je vous accompagne jusqu'à la diligence, capitaine, répondit Harker ; je n'aime pas cette maison, et j'aspire au moment de vous en voir sortir sain et sauf pour n'y jamais revenir.

— C'est folie, Joseph ; cette maison me convient très-bien.

— Vraiment? demanda le commis à voix basse, et son propriétaire vous convient également? tout autant que cet homme qu'on appelle Milsom ! Un lien plus qu'ordinaire attache ces deux hommes, capitaine. Dans tous les cas, si vous tenez compte de mes avis, ne revenez pas dans cette maison avant le 5, pour vous y rencontrer avec le capitaine George. Le capitaine George est un homme froid, et je n'ai pas de crainte pour lui ; mais vous, vous êtes trop ardent, trop franc pour les gens qui fréquentent cette maison. Vous avez laissé trop voir votre portefeuille, hier soir, quand vous avez payé le prix du punch. J'ai vu le maître de l'établissement scruter de l'œil son contenu en or et en billets de banque ; aussi n'ai-je pas fermé l'œil de la nuit, poursuivi par la crainte de quelque criminelle tentative.

— Vous êtes un brave garçon, Joseph ; mais quoique ayant en mer du courage comme vingt dans une tempête, à terre vous êtes timide comme un enfant.

— Je tiens du chien ; j'ai la faculté de flairer le danger quand il menace ceux que j'aime... Chut! qu'est-ce que cela ? »

Ils descendaient lentement l'étroit escalier à cause

de l'obscurité qui enveloppe encore les matinées au commencement du printemps ; l'oreille du commis avait été frappée par un léger bruit de pas, quand tout à coup ils se trouvèrent en présence d'un homme qui montait.

« Vous êtes debout de bonne heure, monsieur Wayman, dit Harker, en reconnaissant le maître de la taverne.

— Et vous aussi, à ce qu'il paraît, répliqua Wayman.

— Mon capitaine part par la diligence du matin, et je vais le conduire jusqu'au bureau, répondit Joseph.

— Par la diligence du matin ?.... Alors s'il peut me donner le temps nécessaire, je vais lui faire une tasse de café.

— Vous êtes bien bon, le capitaine n'a pas de temps à perdre, il faut qu'il arrive pour l'heure de la voiture.

— Resterez-vous longtemps à la campagne, capitaine ? demanda Wayman.

— Oh ! non, mon maître ; car j'ai un rendez-vous ici, dans cette maison, le 5 avril, avec mon frère, qui arrive de la Barbade. Voyez-vous, mon frère et moi, nous sommes associés ; quelque bonne chance qui arrive à l'un de nous, il la partage avec l'autre : nous avons eu assez de bonheur dans ces derniers temps. »

Le capitaine, en disant cela, frappait vigoureusement sur le grand portefeuille renfermé dans la poche de son habit. Wayman suivit ce mouvement d'un œil avide. Pendant que Valentin parlait, Harker avait essayé, mais en vain, d'éveiller son attention : une fois que le propriétaire du *Pizarre* se mettait à parler, ce n'était pas chose facile que de l'arrêter.

Le capitaine souhaita cordialement le bonjour à son hôte et partit avec son fidèle compagnon.

Quand ils furent dans la rue, Joseph lui adressa quelques remontrances.

« Je vous avais averti que cet homme n'était pas
digne de confiance, et pourtant vous parlez devant lui
de votre argent.

— Vous êtes fou, Joseph, je n'en ai pas dit un mot.

— Allons, capitaine, vous en avez dit assez pour qu'il
sache que vous avez de l'argent sur vous ; mais vous ne
remettrez pas les pieds dans cette maison avant le 5 avril,
quand vous y viendrez trouver le capitaine George ?

— Naturellement, non !

— Vous ne changerez pas d'idée ?

— Non, certes.

— Parce que, voyez-vous, je ne bougerai pas de Black-
wall pour surveiller les réparations : il y a un rude travail pour que tout soit fini quand il faudra partir pour
Rio ! Par conséquent, je ne serai plus là ; et si vous
reveniez dans cette maison, Dieu sait ce que l'on pourrait tenter contre vous.

— N'ayez aucune crainte Joseph, D'abord, je ne
reviendrai pas avant le 5, à midi ; je partirai de Plymouth par la diligence du soir, et je descendrai à
l'hôtel de *la Croix-d'Or*, comme un gentleman. Ensuite,
je me flatte d'être de force à me défendre contre tous
les requins de terre qui auraient la fantaisie de s'attaquer à moi.

— Non, capitaine, un honnête homme n'a jamais
partie égale avec un scélérat. »

Jernam et son compagnon portaient, chacun par un
bout, le porte-manteau du capitaine. Il prirent un cab
et se firent conduire à l'hôtel de *la Croix-d'Or*. La
demi-obscurité qui régnait encore et les boutiques fermées donnaient un aspect funèbre aux rues qu'ils tra-
versaient.

Ils se quittèrent au bureau de la diligence avec la

chaleureuse cordialité de deux bons amis ; mais Joseph demeurait grave et inquiet.

A quelques pas dans la rue, il revit encore la face du capitaine, qui avait passé sa tête par la portière et lui adressait de la main un adieu.

« Quel brave garçon ! quelle généreuse nature ! pensait-il en regardant la ville. Mais je ne connais pas d'enfant qui ait moins de défiance une fois qu'il est à terre, et à la sécurité duquel il soit plus nécessaire de veiller. »

* * * * *

Valentin arriva à Plymouth le lendemain de grand matin et se rendit à pied au village d'Allanbay, qu'habitait la seule parente qu'il eût au monde, outre son frère George. Pendant qu'il cheminait ainsi sur la route déserte, le capitaine, quoique peu méditatif de sa nature, était bien obligé de songer à quelque chose, et sa pensée s'était portée sur le passé.

Bien qu'il fût d'humeur enjouée, comme l'est généralement tout marin, son enfance avait été triste. Privé de sa mère quand il n'avait encore que huit ans, et resté avec un père ivrogne qui le maltraitait, il avait eu à souffrir le sort trop souvent réservé aux enfants du pauvre.

A l'époque de la mort de leur mère, George avait douze mois à peine, et, à partir de ce moment Valentin avait dû se constituer le gardien et le protecteur de son frère ; toujours prêt à s'interposer pour le soustraire aux brutalités de son père, et les supportant avec joie quand il avait réussi à en préserver son petit George.

Dans plus d'une occasion l'aîné des garçons avait bravé son père en prenant la défense de son frère cadet.

Il n'y avait donc rien d'étrange à ce qu'il se fût formé entre les deux frères des liens d'affection dépassant la mesure ordinaire de l'amour fraternel. Valentin avait remplacé pour George, et la mère enterrée dans le cimetière d'Allanbay, et le père, adonné à l'ivrognerie et à la débauche.

Les Jernam n'étaient pas paysans de naissance : le père avait été lieutenant de vaisseau dans la marine royale; mais sa mauvaise conduite lui avait fait perdre sa commission, et il était venu cacher sa disgrâce dans le village d'Allanbay. Ses vices s'étaient accrus d'année en année, sa famille était tombée peu à peu dans une extrême misère, malgré les efforts héroïques de la malheureuse femme pour réformer la conduite de son mari. Elle avait lutté noblement jusqu'au dernier moment et elle était morte, le cœur brisé, laissant ses pauvres enfants à la merci d'un père brutal et dégradé.

Pendant leur enfance désolée, les deux frères avaient été tout l'un pour l'autre. Aussitôt que George avait été assez âgé pour affronter le monde à la suite de son frère, tous deux avaient pris le chemin de la mer, et avaient accepté du service sur un petit navire marchand.

A bord, comme à terre, Valentin était toujours prêt à se mettre en avant pour protéger son jeune frère contre tous mauvais traitements ; mais les rudes marins s'étaient montrés plus doux que ne l'avait été leur ivrogne de père, et les deux jeunes garçons n'avaient pas eu trop à souffrir.

Ainsi avait commencé la carrière des deux Jernam. Au milieu de tous les changements qui s'étaient opérés dans leur sort, ils étaient toujours demeurés attachés l'un à l'autre. Malgré la différence de leurs caractères, leur affection mutuelle n'avait jamais subi ni altération ni amoindrissement, et, ce jour-là, pendant qu'il avançait sur la route, Valentin sentit ses yeux se remplir de larmes en songeant au nombre de fois qu'il avait fait le même chemin, en tenant son petit frère dans ses bras.

« Je verrai son cher visage le 5 de ce mois, pensait-il, que Dieu le protége ! »

La vieille tante habitait un cottage à l'entrée du village. Elle était maintenant dans l'aisance, grâce aux deux capitaines ; mais, lorsqu'ils étaient enfants, elle était très-pauvre et hors d'état de faire ce qu'elle eût voulu pour les petits abandonnés ; néanmoins elle leur avait souvent donné un abri, quand ils avaient peur de rentrer chez leur père, et souvent aussi elle avait partagé avec eux son frugal repas.

Mme Jernam, comme l'appelaient ses voisins, par déférence pour son âge, était assise près de la fenêtre, lorsque son neveu ouvrit la petite barrière du jardin ; mais elle avait ouvert sa porte avant qu'il eût frappé, et elle se tenait debout sur le seuil, prête à l'embrasser.

« Mon enfant ! s'écria-t-elle, qu'il y a longtemps que je t'attends ! et quelle impatience j'avais de te voir ! »

Toute la journée se passa dans de tendres conversations entre la tante et le neveu. Elle était si avide d'apprendre ses aventures et lui si empressé à les raconter ! Pendant que Suzanne Jernam imprimait un mouvement rapide à ses aiguilles à tricoter, Valentin fumait assis dans un coin de la cheminée, et, entre les bouffées qu'il lançait de temps en temps, il racontait les dangers qu'il avait courus et la manière dont il y avait échappé.

Le capitaine fut régalé d'un excellent dîner, arrosé

d'une bouteille d'un vin qu'il avait rapporté pour la cave de sa vieille tante. Après le dîner, il alla faire un tour de promenade dans le village, voir ses vieux amis, causer de l'ancien temps ; enfin, la première journée se passa très-agréablement.

Mais la seconde commença à lui sembler un peu longue : il avait épuisé le récit de ses aventures, il avait vu toutes ses anciennes connaissances. Le visage de la chanteuse lui revenait sans cesse à l'esprit, et il passa la plus grande partie du jour à fumer sa pipe, appuyé contre la porte du jardin. Mme Jernam ne se montrait nullement offensée des allures de son neveu.

« Ah ! mon garçon, disait-elle en le regardant avec un sourire, c'est heureux que la Providence ait fait de toi un marin, il n'y avait que cette vie vagabonde qui pût te convenir. »

Le troisième jour du séjour de Valentin à Allanbay se trouvait être le 2 avril ; dès le matin sa patience était à bout. L'image qui le poursuivait, le poussait à retourner à Londres. Il n'avait jamais été habitué à résister à ses fantaisies, et le sentiment qui l'attirait vers Londres était irrésistible.

« Il faut que je la voie une fois encore, se dit-il à lui-même ; peut-être en revoyant ses traits, n'y trouverai-je rien d'extraordinaire et triompherai-je de cette folie. Mais il faut que je la voie. Après le 5, George sera avec moi, et je ne serai plus mon maître. Allons, il faut que je la voie auparavant. »

Impétueux en toutes choses, Valentin ne fut pas long à agir dans le sens de sa résolution. Il dit à sa tante que ses affaires le rappelaient à Londres, et quitta Allanbay vers midi. Il se rendit à Plymouth, où il prit la diligence du soir, et arriva à Londres le lendemain matin.

Il était une heure quand il se retrouva dans la taverne fréquentée par les marins et, à cette heure, le bruit, l'orgie, la vie de plaisir avaient déjà commencé.

Le maître de la taverne releva la tête et ne put retenir une exclamation de surprise en voyant le capitaine du *Pizarre* paraître sur le seuil de son établissement.

« Quoi! c'est vous, capitaine, dit-il, je pensais que nous ne devions pas vous voir avant le 5 ?

— C'est vrai, j'ai eu des affaires à traiter dans le voisinage et j'ai changé d'avis.

— J'en suis enchanté, reprit Wayman d'un ton cordial, vous arrivez juste à temps pour dîner avec moi et ma femme ; asseyez-vous donc et faites comme chez vous, sans cérémonie. »

Le capitaine avait un trop bon naturel pour refuser un invitation qui semblait faite de bon cœur; de plus, il brûlait du désir d'entendre parler de la chanteuse.

Aussi, en partageant le dîner du couple Wayman, il ne manqua pas l'occasion d'adresser une foule de questions sur Jenny. Mais il éprouva tout d'abord un assez grand désappointement.

Il avait demandé si cette fille devait chanter ce soir-là à la taverne.

« Non, avait répondu Wayman, c'est aujourd'hui vendredi, et elle ne chante ici que les lundis, les mercredis, et les samedis,

— Et que fait-elle le reste de la semaine ?

— Vous m'en demandez plus que je n'en sais ; mais probablement son père passera ici dans l'après-midi, et il pourra vous le dire. Savez-vous, capitaine, que cette fille paraît vous intéresser d'une façon peu commune, ajouta Wayman, riant avec un clignotement d'œil significatif.

— Peut-être bien m'intéresse-t-elle, répondit Valentin ; peut-être suis-je assez fou pour m'être laissé prendre par son joli minois, et pas assez sage pour m'en cacher.

— J'ai une petite affaire à traiter dans Rotherhithe, reprit alors Wayman, tu veilleras au comptoir pendant mon absence, Nancy. Voici un cabinet particulier dont vous pouvez disposer, capitaine, et j'ose dire que vous y serez parfaitement à l'aise pour fumer votre pipe et lire les journaux. Il y a dix à parier contre un que Milsom viendra avant la fin de ce jour, et il vous donnera tous les renseignements que vous pouvez désirer au sujet de sa fille. »

Sur ces mots, Wayman partit, et Valentin se retira dans le petit bouge que l'hôte décorait du nom de cabinet particulier. Il ne tarda pas à s'endormir, accablé par la fatigue d'une nuit passée en diligence.

Mais il était loin d'être à son aise, mal assis qu'il était sur une chaise de bois, les coudes posés sur une table placée devant lui, et la tête appuyée sur ses bras croisés.

Un maigre feu, alimenté par de mauvais charbon et du bois humide, brûlait tant bien que mal dans la cheminée.

Ainsi endormi dans cette froide atmosphère et dans cette position incommode, il n'y avait rien d'étrange à ce que Valentin fît de mauvais rêves.

Il rêva qu'il s'était endormi au grand jour dans sa cabine à bord du *Pizarre*, qu'éveillé en sursaut, il se trouvait dans l'obscurité, et qu'ayant gagné à tâtons le capot d'échelle, il était monté sur le pont.

Mais là, comme en bas, il était dans les ténèbres, et, au lieu d'y rencontrer son équipage à la manœuvre, rien, que la complète solitude et le profond silence. Un calme, un calme de mort, régnait sur les flots autour du navire immobile.

Il voulut crier, sa voix s'éteignit dans les haubans. En ce moment, une clarté semblable à celle d'une étoile perça l'obscurité, et, à cette lueur incertaine, il vit comme un fantôme s'avancer vers lui à travers l'Océan ; il distingua son visage.

C'était celui de la chanteuse.

Le fantôme continua à s'approcher de lui comme en glissant ; puis, tout à coup, leva une main blanche et transparente qui lui montrait quelque chose.

Quoi ?

C'était une pierre tumulaire, dont la blancheur lugubre ressortait au milieu de l'obscurité épaisse du ciel et des eaux, et sur laquelle il lut cette inscription :

A LA MÉMOIRE DE VALENTIN JERNAM AGÉ DE 33 ANS.

A ce moment, le capitaine s'éveilla brusquement, en poussant un cri d'effroi. Quand il releva la tête, il vit l'homme qui portait le nom de Milsom, assis en face de lui de l'autre côté de la table, et l'examinant avec attention.

« Vous avez le sommeil agité, capitaine ! dit Milsom. Je viens d'entrer pensant trouver ici Wayman, et je vous regardais finir votre somme ; je n'ai jamais vu sommeil plus troublé.

— J'ai fait un mauvais rêve, répondit Jernam, se redressant vivement sur ses pieds.

— Un mauvais rêve ? A quel sujet, capitaine ?

— Au sujet de votre fille. »

II

DANS LES TÉNÈBRES

Avant que Milsom eût eu le temps d'exprimer sa surprise, Wayman, de retour de Rotherhithe, entra dans la petite chambre, que commençait à envahir l'ombre du soir.

Milsom dit à Wayman comment il avait trouvé le capitaine dormant la tête appuyée sur la table. Il ne fallut pas presser beaucoup Valentin pour qu'il racontât son rêve, aussi facilement qu'il avait coutume de conter toutes ses affaires.

« Je ne vois pas que ce soit là un si vilain rêve après tout, fit Wayman, quand le capitaine eut fini son histoire ; vous avez rêvé que vous étiez sur mer par un calme plat ; tout se réduit à cela pour moi.

— Oui, mais quel calme ! il m'est arrivé plus d'une fois dans ma vie d'être surpris par un calme plat ; mais jamais je n'ai rien vu de semblable à ce que j'ai vu dans le rêve que je viens de faire. Puis, la solitude, moi seul à bord, pas une voix humaine répondant à la mienne lorsque j'ai appelé. Puis, ce visage ! il avait une expression effrayante ; il me souriait et il y avait quelque chose de menaçant dans ce sourire. Puis, cette main qui me montrait une pierre tumulaire... Savez-vous que j'ai eu trente-trois ans au mois de décembre dernier ? »

Le marin se couvrit le visage de ses mains, se rassit, et resta quelques instants dans une attitude méditative. Tout hardi, tout insouciant qu'il était, les idées superstitieuses ordinaires aux hommes de sa classe avaient quelque prise sur lui, et ce rêve le troublait en dépit de de lui-même.

Wayman fut le premier à rompre le silence :

« Allons, capitaine ! c'est assez abandonner votre esprit aux diables bleus. Vous avez dormi dans une fausse position ; c'est ce qui vous a fait faire un mauvais rêve, mais ce rêve n'a pas plus de sens ni de raison que tous les rêves du monde. Si nous faisions une partie de cartes et buvions quelque chose ? Vous avez besoin de vous égayer un peu ; voilà ce qu'il vous faut. »

Valentin consentit ; les cartes furent apportées, en même temps qu'un bol de punch était commandé par le généreux marin, toujours prêt à inviter les gens à boire à ses dépens.

Le jeu s'engagea. Ce qui arrive généralement quand on joue en mauvaise compagnie, arriva au capitaine. Il commença par gagner et finit par perdre ; mais ses pertes étaient plus fortes que n'avaient été ses gains.

Il jouait depuis plus d'une heure, il avait bu un assez grand nombre de verres de punch, avant que la chance tournât contre lui, et il avait eu plus d'une occasion de recourir à son gros portefeuille de cuir, gonflé par les billets de banque et l'or qu'il contenait.

Sans le punch au rhum, il se serait peut-être rappelé les recommandations de Harker, et aurait évité d'étaler ses richesses aux yeux de ces deux hommes. Malheureusement, les fumées du breuvage lui montaient déjà au cerveau, et les recommandations de son commis étaient complétement oubliées. Il ouvrait son portefeuille chaque fois qu'il avait à payer le montant de ses pertes, et, chaque fois qu'il l'ouvrait, les regards de Wayman et de Milsom en dévoraient le contenu.

L'excitation du marin croissait à chaque partie.
Comme il ne mettait que de faibles enjeux, ses pertes
s'élevaient au plus à quelques livres, mais son amour-
propre était engagé et l'idée d'être battu l'irritait. Il
brûlait du désir ardent de prendre sa revanche, et,
quand Milsom se leva pour quitter le jeu, le capitaine
voulut à toute force continuer de jouer.

« Vous ne pouvez me lâcher ainsi ! dit-il, Je veux
ma revanche et vous devez me la donner. »

Milsom montra l'horloge d'Allemagne qui était dans
un des coins de la pièce.

« Huit heures passées, cinq milles à faire pour rentrer
chez moi !... Ma fille Jenny va m'attendre et sera inquiète de son père. »

Dans l'ivresse du jeu et de la boisson, Valentin avait
oublié la chanteuse ; mais son nom ainsi prononcé, réveilla en lui le souvenir de son beau visage.

« Votre fille, murmura-t-il, votre fille... oui, la belle
fille qui chante ici. »

Sa langue était épaisse, ses paroles incohérentes.
Ses deux partners l'avaient poussé à boire en ayant
soin de se ménager eux-mêmes. Non-seulement ils l'a-
vaient fait boire, mais ils l'avaient fait parler, et le
capitaine avait révélé l'objet du rendez-vous qu'il avait
avec son frère : il en avait dit assez pour faire savoir
qu'il portait sur lui les bénéfices réalisés dans ses derniers voyages, qui avaient été très-heureux.

« Joseph voulait me faire déposer l'argent dans une maison de banque, mais je ne veux rien avoir de commun avec
vos coquins de banquiers. Mon frère George est le seul
banquier auquel je me fie et auquel je me fierai jamais. »

Milsom insista sur la nécessité où il était de partir ;
le capitaine répéta qu'il voulait avoir sa ravanche, et la

discussion allait s'échauffer, quand Wayman intervint :

« Je vais vous dire ce qu'il faut faire : si le capitaine tient absolument à prendre sa revanche, il me paraît juste qu'on la lui donne. Si nous allions chez vous, Milsom.,.. nous trouverions bien quelque chose pour souper, je suppose ; qu'en dites-vous ? »

Milsom fit comme s'il hésitait, et d'un air embarrassé :

« Ma demeure n'est guère convenable pour un gentleman comme le capitaine, » dit-il. Il ajouta, après une pause : « Certes, ma fille Jenny fera de son mieux pour qu'il ne vous manque rien ; mais, c'est égal, c'est une pauvre maison que la mienne, on ne peut pas le nier.

— Je ne suis pas un bien fier gentleman, répartit le capitaine, joyeux à l'idée de voir la chanteuse. Si votre fille veut nous donner un morceau de pain et du fromage, je serai pleinement satisfait. D'ailleurs, nous emporterons avec nous deux ou trois bouteilles de vin : que faut-il de plus ? Attelez votre carriole, Wayman, et partons. »

Le capitaine était très-impatient de partir. Wayman sortit pour faire préparer la voiture et Milsom le suivit, mais ils ne laissaient pas grand temps au capitaine pour se livrer à ses pensées car Wayman revint presque immédiatement dire que la voiture était prête.

« Maintenant, capitaine, il s'agit d'avoir l'œil au guet, la nuit est noire, et nous aurons à passer par de sombres quartiers. »

La nuit était sombre, sombre même dans Wapping, plus sombre encore sur la route sur laquelle Valentin se trouva bientôt.

Le véhicule que Wayman avait à conduire ne payait pas de mine, le cheval avait l'apparence chétive et la crinière mal peignée, mais il était bon marcheur ; le pays marécageux que nos voyageurs avaient à traverser, fuyait devant leurs yeux comme dans un rêve.

Un murmure d'eau retentissant faiblement dans le silence de la nuit, indiquait à Valentin que la Tamise était proche; mais, sauf cela, il n'avait pas une notion bien précise de l'endroit où il se trouvait.

Ils n'avaient pas tardé à laisser Londres derrière eux.

Après avoir parcouru six ou sept milles, sans s'éloigner de la rivière dont on entendait toujours le bruit monotone, Wayman arrêta brusquement son cheval. C'était devant une palissade en planches en fort mauvais état, au delà de laquelle se cachait une sorte d'habitation, au toit peu élevé, qu'on ne découvrait que parce qu'une lumière projetait sa lueur à travers un vieux rideau rouge. Le bruit produit par la rivière devenait plus distinct, et se mêlait à celui des roseaux agités par le vent.

« J'ai failli passer votre maison, Tom, dit Wayman lorsqu'il arrêta sa voiture.

— Vous pouviez bien, répondit Milsom, passer la porte par une nuit comme celle-ci, sans faire tort à vos connaissances. »

Les trois hommes descendirent de voiture. Wayman conduisit son cheval sous un appentis qui servait d'écurie et de remise.

Valentin regarda autour de lui, et lorsque ses yeux se furent un peu plus familiarisés avec la localité, il put distinguer l'aspect extérieur de la misérable demeure.

Ce n'était guère mieux qu'une hutte élevée sur un petit carré de terre en friche, qui ne paraissait pas avoir été cultivé de mémoire d'homme. Tout près de la maison, il y avait un grand marais bordé de roseaux, dont les eaux noirâtres allaient se réunir à celles de la rivière.

« Je ne puis en conscience vous complimenter sur votre résidence, mon maître, dit à Milsom le capitaine, il y a vraiment plus gai que cela !

— J'en conviens, répondit Milsom d'un ton un peu morose ; j'ai pris cette cahute parce que tout le monde avait peur de s'y installer et que je pouvais l'avoir pour rien. Elle était habitée par un vieil avare qui s'y est coupé la gorge, et, depuis, on l'a laissée tomber en ruines. Le fantôme du vieil avare revient de temps en temps se promener après minuit, à ce que disent les bonnes gens. Qu'il se promène jusqu'à ce qu'il en soit fatigué, me suis-je dit ; il ne s'est jamais trouvé sur mon chemin, et, s'il s'y présentait, il ne me ferait pas peur. Venez, capitaine. »

Milsom ouvrit la porte et introduisit son hôte dans le lugubre logis que la frayeur superstitieuse qu'elle inspirait lui promettait d'occuper sans avoir de loyer à payer.

La jeune fille que Valentin avait vue à la taverne de de Wapping était assise près de la cheminée, dans laquelle brûlait un feu presque éteint. Elle se tenait immobile et pensive, les mains posées sur ses genoux, et les yeux fixés sur le foyer. Elle releva la tête lorsque les deux hommes entrèrent.

Elle n'accueillit l'arrivée de son père par aucune démonstration d'affection. Elle arrêta sur lui un regard étrange et étonné, et c'est avec une expression d'inquiétude qu'elle envisagea celui qui l'accompagnait.

Un instant après, Wayman survint. Lorsque la jeune fille le reconnut, quelque chose comme un sentiment d'horreur se peignit sur son visage ; mais ce détail passa inaperçu pour le marin.

« Allons, Jenny, dit Milsom, j'ai amené Wayman et un ami à souper. Que peux-tu nous donner à manger ?

Nous avons un morceau de bœuf froid, du pain, et du fromage, n'est-ce pas? Le capitaine a apporté du vin, cela nous suffira. Mets-toi en mouvement; tu es mal disposée, ce soir, à ce que je vois, mais tu sais que cela ne prend pas avec moi. Croyez-moi, capitaine, ajouta-t-il en riant, si jamais il vous prend fantaisie d'épouser une jeune fille, assurez-vous que vous n'aurez pas à souffrir d'un mauvais caractère; car il est de règle que plus une fille est jolie, plus elle a le diable au corps. Allons, Jenny, le souper, et pas de sottes observations. »

La jeune fille passa dans une autre chambre et revint bientôt avec tout ce que la maison de Milsom pouvait offrir à ses convives. Le marin suivait des yeux chacun de ses mouvements d'un air plein de compassion et d'amour. Il avait la certitude que ce misérable Milsom la traitait avec brutalité, et il se réjouissait intérieurement d'avoir, sans tenir compte des observations de Harker, pénétré dans la demeure de ce coquin. Il ne savait rien d'elle, si ce n'est qu'elle était belle, sans amis, sans défense, exposée à de mauvais traitements; et déjà il formait le dessin d'arracher à ce taudis et à cette misère la belle enfant.

Il ne s'arrêtait pas à demander si elle répondrait au tendre sentiment qui était déjà en lui, et si elle lui serait reconnaissante de son dévouement. Il ne songeait qu'à une chose : elle était dans une situation douloureuse, et il se considérait comme son sauveur.

Le souper fut servi sur une table grossière, autour de laquelle, seuls, les trois hommes prirent place. Valentin aurait volontiers attendu que la fille de son hôte se fût assise elle-même; mais elle n'avait pas mis de couvert pour elle : il était évident qu'elle n'avait pas l'intention de partager leur repas.

« Tu peux, maintenant, aller te mettre au lit, dit Milsom, nous voulons passer joyeusement la soirée, et tu ne serais pour nous qu'un embarras. Où est le vieux?

— Il est couché.

— Tant mieux! Et plus tôt tu suivras son exemple, mieux cela vaudra. Bonne nuit. »

La jeune fille, sans rien répondre, le regarda d'un air sévère pendant quelques instants. Ses grands yeux fixes, comme pour l'interroger, semblaient exercer sur lui une influence fascinatrice qui força son regard à répondre au sien. Puis lentement et en silence elle sortit de la chambre.

« Toujours de mauvaise humeur! murmura Milsom; jamais je n'ai vu de fille plus désagréable. »

Il prit une chandelle et sortit peu de temps après Jenny.

Un vieil escalier délabré conduisait à l'étage supérieur, où il y avait quatre chambres à coucher. La maison avait été construite avec un certain soin dans l'origine; les chambres étaient grandes et les corridors qui y menaient suffisamment larges.

Milsom trouva sa fille arrêtée au haut de l'escalier, comme si elle attendait quelqu'un.

« Que fais-tu là.... demanda-t-il, pourquoi ne vas-tu pas te coucher?

— Pourquoi avez-vous amené ici ce marin? lui dit-elle, sans daigner répondre aux questions de son père.

— Qu'est-ce que ça te fait? Ne faut-il pas que je te conte mes affaires, à présent? Je l'ai amené, parce que cela me convient; cela te suffit-il? Je l'ai amené parce qu'il a de l'argent à perdre et qu'il est en disposition de le perdre; cette réponse te satisfait-elle mieux?

— Oui... oui... répondit Jenny, le dévisageant avec

une expression d'horreur, vous voulez gagner son argent et, s'il se fâche, il y aura une querelle, comme dans cette effroyable nuit d'il y a trois ans, quand vous avez amené chez nous ce pauvre jeune étranger ; et ce qui est arrivé à celui-là arrivera à celui-ci. Père, s'écria-t-elle avec un élan soudain de courroux, laissez cet homme sortir sain et sauf de cette maison. Il y a des moments où il me semble que mon cœur est aussi endurci que le vôtre, mais cet homme s'est fié à nous : qu'il ne lui arrive aucun mal !

— Quel mal veux-tu qu'il lui arrive ? »

Pendant un instant, la jeune fille qu'on appelait Jenny resta muette devant son père, le front baissé, plongée dans une sombre méditation ; puis, relevant tout à coup la tête, elle jeta sur lui un regard empreint d'un cruel reproche.

« L'autre ! murmura-t-elle, l'autre... je me rappelle ce qui lui est arrivé.

— Allons, assez là-dessus ! fit Milsom d'un ton farouche. Penses-tu que je vais rester ici à écouter tes billevesées ? Va te mettre au lit et dors. Dors profondément, si tu ne veux pas que je te procure un sommeil que rien ne troublera plus, ma sentimentale demoiselle ! »

Le misérable saisit sa fille par le bras et la poussa rudement dans une chambre dont la porte était entr'ouverte : c'était la triste pièce qu'elle appelait sa chambre. Il poussa la porte derrière elle et la ferma à double tour, à l'aide d'un passe-partout qu'il prit dans sa poche.

« Maintenant te voilà en lieu sûr, ma belle chanteuse, » murmura-t-il.

Il descendit l'escalier et retourna près de son hôte, que Wayman avait poussé à boire et à manger, et qui

avait cédé avec sa bonhomie habituelle à ses hospitalières attentions.

* * * * *

Une fois dans sa chambre, Jenny ouvrit la fenêtre et
alla s'y asseoir, les yeux vaguement fixés sur un ciel
sans étoiles et écoutant les voix des trois hommes qui
étaient dans la salle d'en-bas.

Les voix s'entendaient distinctement : de temps en
temps un bruyant éclat de rire ébranlait toute la vieille
maison délabrée ; mais bientôt le silence s'établit. Jenny
comprit que les trois hommes étaient tout à leur jeu.

« Oui, oui, dit-elle, tout se passe comme cela s'est passé
dans cette terrible nuit ; d'abord des conversations à
voix haute, des éclats de rire, puis rien... grand Dieu !
faudra-t-il que le dénoûment soit le même aujourd'hui ! »

Elle joignit les mains, et, tombant à genoux, elle ap-
puya sa tête sur la barre d'appui de la fenêtre.

La malheureuse fille resta dans la même position durant plusieurs heures, exposée à l'air froid de la nuit.
Tout semblait tranquille dans la salle du bas. De temps
en temps on entendait parler à demi-voix. Les bruyants
éclats de rire avaient cessé.

Une teinte grisâtre commençait à poindre dans le ciel,
du côté du levant. C'étaient les premières lueurs de
l'aube matinale. Le jeune fille releva la tête, et ses yeux
fatiguées se dirigèrent vers la clarté naissante.

« Oh ! si cette nuit pouvait finir ! murmura-t-elle, si
elle pouvait finir sans malheur ! »

A peine ces paroles venaient-elles de sortir de ses lèvres,
qu'elle entendit au-dessous d'elle comme une altercation.
Les voix devinrent de plus en plus fortes et irritées. Puis
une lutte s'engagea ; le fracas d'un meuble qui tombe,
de verres qui se brisent, retentit ; puis un bruit sourd,

qui fit trembler la bâtisse en bois jusque dans ses fondations ; on eût dit la chute d'un corps pesant ; enfin un affreux gémissement auquel succéda un chuchotement de paroles échangées à voix basse.

La fenêtre de Jenny donnait sur la route, de là elle ne pouvait voir ni le sombre marais, ni la rivière.

Elle essaya d'ouvrir la porte de sa chambre, mais cette porte était trop solidement verrouillée.

« Ils me tueront si j'essaie de m'interposer entre eux et leur victime, dit-elle. Et j'ai peur de la mort ! » ajouta-t-elle en frémissant.

Elle se glissa jusqu'à son lit, où elle se jeta tout habillée, en s'enveloppant dans la couverture.

Elle y était à peine depuis dix minutes, que la clef tourna dans la serrure, et la porte fut ouverte avec précaution. Milsom regarda dans la chambre.

La lumière blanchâtre du crépuscule éclairait le pâle visage de Jenny. Ses yeux étaient clos, et sa respiration, un peu bruyante, était régulière.

« Elle dort, dit Milsom à voix basse à quelqu'un qui se tenait dans le corridor, et d'un sommeil profond. »

Il se retira et ferma doucement la porte.

* * * * *

Harker avait poussé les travaux avec ardeur, à bord du *Pizarre*, et les réparations étaient terminées le 4 avril. Dans la matinée du 5, le navire était tout paré à neuf, et Joseph le contemplait avec l'orgueil d'un homme qui a conscience de n'avoir perdu ni son temps ni sa peine.

Il avait à cœur que la réunion des deux frères fut fêtée à bord, et il avait fait tous les préparatifs d'un dîner qui devait être une merveille en son genre.

Joseph se présenta au comptoir de la taverne tenue par Wayman à onze heures et demie du matin, heure

militaire. Il espérait que les deux frères seraient ponc-
tuels, mais il ne croyait pas les voir apparaître avant
midi.

Tout était tranquille dans la taverne, à cette heure de
la matinée. Le propriétaire de l'établissement était seul
au comptoir, lisant un journal. Il leva la tête à l'arrivée de Joseph, mais il n'eut pas l'air de le reconnaître.

« Puis-je entrer dans la salle particulière ? demanda
Joseph, j'attends le capitaine Jernam et son frère, qui
doivent venir me rejoindre dans une demi-heure.

— Certainement, mon maître. Il n'y a personne dans
la salle à cette heure du jour. Jernam... Jernam... dites-
vous ? Quel est ce Jernam ? Je ne me rappelle pas
ce nom.

— Vous avez la mémoire courte, répondit Joseph ;
vous devez vous souvenir du capitaine Jernam, du
Pizarre ; car il n'y a pas huit jours qu'il était ici avec
moi. Il y a dîné et passé la nuit ; ensuite il est parti de
très-grand matin, malgré toutes vos instances pour le
retenir.

— Nous voyons tant de capitaines et de marins d'un
bout de l'année à l'autre, que je ne les connais pas par
leurs noms, répliqua Wayman ; mais je me rappelle
votre ami, mon maître ; je me souviens de lui maintenant, et de vous également.

— Oui, dit Joseph avec une grimace, on ne m'oublie
pas facilement ; il n'y en a pas tant qui soient taillés
sur mon patron ! Je prendrai un verre de rhum pour
faire aller les affaires de la maison, et, si vous voulez
me prêter un journal, je jetterai un coup d'œil sur les
nouvelles du jour en attendant mes amis. »

Joseph passa dans la petite salle, où Wayman lui ap-
porta du rhum et un journal.

Midi sonna à l'horloge, et le commis commença à lever la tête, s'attendant à chaque instant à voir la porte s'ouvrir ou à entendre des pas dans le corridor ; le temps lui semblait long ; il tournait à chaque instant les yeux vers le coin de la chambre où était placée la vieille horloge d'Allemagne, surveillant la marche lente des aiguilles sur le cadran décoloré.

Il attendit ainsi toute une heure.

« Qu'est-ce que cela signifie ? se dit-il. Le capitaine avait si bien promis d'être exact, et il aime tant son frère ! Il ne voudrait pas être d'une minute en retard, quand il s'agit de voir le capitaine George. »

Joseph retourna au comptoir. Wayman examinait l'adresse d'une lettre venant de l'étranger.

« Ne m'avez-vous pas dit que le nom de votre ami était Jernam ?

— Oui.

— Alors, cette lettre doit être pour lui. Elle est ici depuis deux ou trois jours ; mais je ne fais que de m'en souvenir. »

Joseph prit la lettre. Elle était adressée au capitaine Valentin Jernam, du *Pizarre*, à la taverne du *Joyeux Loup de mer*, aux soins du propriétaire de l'établissement. Elle venait du Cap de Bonne-Espérance.

Harker reconnut l'écriture de George Jernam.

« Cette lettre doit annoncer que le rendez-vous n'aura pas lieu, se dit-il en retournant le pli dans tous les sens. La rencontre des deux frères est renvoyée à plus tard. Le capitaine George est allé courir quelques nouvelles aventures dans les Indes Orientales, je le parierais. Mais que peut être devenu le capitaine ? Je vais aller à *la Croix-d'Or* voir s'il y est. »

Il dit à Wayman où il allait et lui laissa un mot pour

le capitaine Jernam. De la route de Ratcliff à Charing Cross, Joseph avait une longue course à faire ; mais l'idée ne lui vint pas de se permettre le luxe d'une voiture. L'après-midi était avancée lorsqu'il arriva à l'hôtel de la *Croix d'Or*, et là, il éprouva un nouveau désappointement.

Le capitaine Jernam avait paru à l'hôtel le 2 du mois ; mais on ne l'avait plus revu depuis. Il était parti dans l'après-midi, en annonçant qu'il reviendrait le soir, et, comme preuve que telle était en effet son intention, le garçon informa Joseph que le capitaine avait laissé son sac de voyage, contenant quelques chemises et des vêtements de rechange.

« Il m'a manqué de parole, et il est tombé en de mauvaises mains ! pensa Harker, mais où et comment ? Il n'a certainement pas dû retourner à la taverne du *Joyeux Loup de mer*, après ce que je lui avais dit ; mais à quel autre endroit peut-il être allé ? Je ne sais pas plus où le chercher à travers cette immense ville de Londres, que si j'étais un enfant né d'hier. »

Dans l'ignorance absolue où il était des allées et venues de son capitaine, il ne restait à Joseph qu'une chose à faire, c'était de retourner à la taverne d'où il venait, avec le faible espoir de l'y trouver.

Il faisait nuit lorsqu'il fut de retour à la route de Ratcliff. Le gaz était allumé. Le comptoir était encombré de monde, et l'on entendait les faibles accords du piano dans la salle voisine.

Denis était occupé à servir ses pratiques, et Milsom buvait devant le comptoir. Joseph se fraya un chemin jusqu'à Wayman.

« Avez-vous eu des nouvelles de mon capitaine ?

— Non, il n'a pas paru ici depuis que vous êtes parti.

— Vous en êtes sûr?

— Parfaitement sûr.

— Il n'est pas venu aujourd'hui; mais il est venu ici dans la semaine, n'est-ce pas? Il était ici mardi, si je ne suis pas mal informé?

— Vous êtes mal informé, dit froidement Denis. Votre ami n'a pas franchi le seuil de ma porte, depuis le matin où il a quitté la maison pour se rendre à la diligence. »

Joseph ne pouvait insister davantage; il passa dans la salle publique, où le concert avait commencé. Jenny chantait.

Elle était très-pâle; et son maintien, quand elle vint s'asseoir près du piano, était encore plus glacialement indifférent que de coutume.

Joseph ne demeura pas longtemps dans la salle de concert. Il retourna au comptoir. Cette fois, il n'y avait là que Milsom et Wayman, qui paraissaient engagés dans une conversation animée.

Au moment où il entra, ils cessèrent de parler et levèrent la tête en entendant les pas du commis.

« Déjà las de musique? lui demanda Wayman.

— Je ne suis pas venu pour entendre de la musique, répondit Joseph, mais pour chercher mon capitaine. Il avait un rendez-vous ici à midi avec son frère, et ce n'est pas un homme à manquer de parole en pareille circonstance. Je commence à être fort inquiet.

— Mais pourquoi seriez-vous inquiet? Le capitaine est assez grand, assez âgé pour se protéger lui-même, dit Wayman, en accompagnant cette observation d'un bruyant éclat de rire.

— C'est vrai; mais voyez-vous, mon maître, il y a des hommes qui ne savent jamais veiller sur eux-

mêmes quand ils se trouvent en mauvaise compagnie.
Il n'est pas de meilleur marin que Valentin Jernam, ni
de gaillard plus capable à la mer; mais on pourrait
fouiller toute la grande ville de Londres d'un bout à
l'autre, sans trouver un homme plus naïf une fois à
terre. J'ai peur qu'il ne soit tombé en de méchantes
mains, car il avait une forte somme d'argent sur lui, et
il y a à terre des requins aussi dangereux que ceux
que nous rencontrons sur mer.

— Vous avez bien raison, mon maître! répondit
Wayman, et il faut convenir que nous avons quelques
mauvaises pratiques dans le voisinage.

— Je partage complétement votre avis, monsieur
Wayman, répliqua Joseph, et je vous dirai une chose :
S'il est arrivé malheur au capitaine, que ceux qui en
ont fait leur victime prennent bien garde à eux! Ils ne
savent peut-être pas ce que c'est que de s'attaquer à un
homme qui a un chien fidèle derrière ses talons. En
quelque endroit qu'ils se cachent, si habiles qu'ils
soient, le chien flairera tôt ou tard leur piste et les mettra en pièces, s'il les découvre. Je suis le chien du capitaine, monsieur Wayman. Si je ne trouve pas mon
maître, je me mettrai en chasse jusqu'à ce que j'aie
découvert ceux qui l'ont fait disparaître. Je ne sais ce
que j'ai ce soir, mais un pressentiment me dit que je
ne reverrai jamais l'honnête visage du capitaine Jernam. Si ce pressentiment ne me trompe pas, que le
diable vienne en aide aux scélérats qui ont comploté sa
perte, car, je le jure, toute ma vie sera consacrée à leur
recherche, afin qu'ils portent la peine de leur crime; et
j'arriverai à mon but. »

Après avoir dit cela d'une voix lente, mais d'un accent étrangement ferme et résolu, Joseph promena ses

regards de Wayman à Milsom. Cette fois, les masques
qu'ils avaient coutume de porter ne servirent pas aussi
bien que d'habitude ces misérables : leurs visages, à
tous les deux, trahirent un sentiment d'effroi.

« Je vais me mettre à la recherche de mon capitaine,
ajouta Joseph; bonne nuit, mes maîtres. »

Il quitta la taverne. Lorsque la porte se fut refermée
derrière lui, les deux complices se regardèrent l'un
l'autre, d'un air anxieux.

« Voilà un homme dangereux! dit Wayman.

— Bah! murmura Milsom d'un ton farouche, som-
mes-nous hommes à nous effrayer des rodomontades
d'un méchant bossu? Je gagerais qu'il convoitait l'argent pour lui-même. »

Toute la nuit, Joseph erra dans tous les endroits fré-
quentés par les marins de la marine marchande; mais
il eut beau courir de côté et d'autre, et quêter des
informations auprès de tous ceux qu'il rencontrait, il
n'obtint aucune nouvelle de celui qu'il cherchait.

Après s'être reposé deux heures dans une taverne de
Shadwell, il recommença, dès la pointe du jour, ses
recherches, qu'il continua toute la journée avec une
patience infatigable, répétant sans cesse les mêmes
questions dans tous les lieux où il supposait qu'avait pu
passer son capitaine; mais ses efforts demeurèrent sans
résultat.

A la nuit tombante, Joseph se tenait le dos appuyé
contre la muraille, à la porte d'une taverne de Rotherhithe, et il contemplait la rivière.

« Je l'ai assez longtemps cherché parmi les vivants,
se dit-il, il faut maintenant le chercher parmi les
morts. »

Avant minuit ses investigations étaient terminées.

Sur une des affiches couvrant les murs dans le quartier qui borde la rivière, il avait lu le signalement d'un homme qu'on avait *trouvé noyé;* or, ce signalement convenait à Jernam. La découverte du corps ne remontait pas à plus de deux jours.

Joseph se rendit au bureau de police où le corps avait été déposé. Il n'eut pas besoin de regarder longtemps les traits du pauvre noyé, pour reconnaître cette bonne figure bronzée qui lui était si familière.

« Je m'y attendais, dit-il à l'officier de police qui l'avait admis à voir le corps. Il avait de l'argent sur lui, et il est tombé entre les mains de scélérats.

— Ainsi, vous ne pensez pas que la mort soit le résultat d'un accident ?

— Non, monsieur; il a été assassiné, et je crois connaître les hommes qui ont fait le coup.

— Vous connaissez ces hommes ?

— Oui, mais la connaissance que j'en ai ne suffira pas pour tirer vengeance du crime, si je n'arrive pas à le prouver ; et je ne suis pas encore certain d'y réussir. Il y aura une enquête du coroner, n'est-ce pas ?

— Oui, elle aura lieu demain. Si vous avez des renseignements à donner, vous ferez mieux de les réserver pour votre déclaration devant le coroner. »

Lors de l'enquête du lendemain, Joseph conta son histoire ; mais elle jetait peu de clarté sur les circonstances du décès de Valentin.

L'examen, fait en présence du coroner, ne laissa aucun doute sur les causes de la mort du capitaine. Les médecins déclarèrent qu'elle était le résultat d'un coup porté sur le derrière de la tête à l'aide d'un instrument pointu et pesant. Le malheureux devait être déjà mort lorsqu'il avait été jeté à l'eau.

Le verdict du jury fut que Valentin Jernam avait été méchamment assassiné par une personne ou des personnes inconnues. Joseph fut obligé de se contenter de cette déclaration. Il n'osa pas exprimer ses soupçons ouvertement, ils étaient trop vagues, trop incertains. Mais il se rendit devant un officier de la police de Bow Street et lui exposa toute l'affaire. Il y avait lieu à une enquête secrète, à une minutieuse investigation, et Joseph offrit, sur ses propres économies, une généreuse récompense.

Pendant que cette enquête secrète se poursuivait, Joseph ouvrit la lettre adressée à Valentin par son frère George.

« Cher Valentin, » écrivait le marin, « je me suis
« laissé tenter par une nouvelle excursion à Calcutta,
« avec un chargement pris à Lisbonne; je ne pourrai
« donc me trouver à Londres, pour le 5 avril. Dix à
« douze mois se passeront encore avant que je revoie
« l'Angleterre; mais j'y reviendrai, j'espère, apporter une
« notable addition à notre fortune commune. Je brûle
« du désir de te serrer la main; mais l'ambition de réaliser
« de beaux bénéfices me retient loin de toi. Nous sommes
« jeunes tous les deux, et nous avons le monde ouvert
« devant nous, nous pouvons attendre encore une année
« ou deux. Dépose ton argent chez un banquier. Joseph
« te dira où et comment tu dois effectuer ton dépôt, et
« fais-moi connaître tes projets avant de quitter Londres.
« Une lettre à mon adresse, aux soins de Ridervale et Cie,
« à Calcutta, me parviendra sûrement. Bonne chance,
« mon cher Valentin, reçois aujourd'hui comme toujours
« les bons souhaits de ton affectionné frère.

« GEORGE JERNAM. »

C'était pour Joseph, un triste devoir à remplir que
d'avoir à annoncer la mort de Valentin à son jeune
frère. Il écrivit une longue lettre dans laquelle il dé-
tailla tout ce qui s'était passé à sa connaissance, depuis
le moment où le *Pizarre* était arrivé à Gravesend jusqu'à la découverte du corps de Valentin dans le bureau
de police, au bord de la rivière.

Il fit part à George de l'impression que semblait avoir
produite sur son frère la vue de la jeune chanteuse.

« Je pense que cette fille et ces deux hommes, son
« père Thomas Milsom et Denis Wayman, le proprié-
« taire actuel de la taverne du *Joyeux Loup de mer*,
« sont dans le secret, et que c'est entre eux que s'est
« comploté l'assassinat de votre frère. S'il a manqué à
« la promesse qu'il m'avait faite et s'il est revenu à
« Londres avant le 5 avril, c'est qu'il y était attiré par
« la beauté de cette fille. C'est par elle que nous pou-
« vons espérer avoir la clef de ce mystère. Il ne faut
« pas compter obtenir quelque chose des deux hommes
« par la peur : ce sont deux scélérats endurcis, et si,
« comme je le crois, ils sont capables de ce crime, il
« n'est pas probable qu'ils en soient à leur coup d'essai.
« La police a les yeux sur eux. J'ai promis une forte
« récompense pour toute découverte qui pourrait être
« faite, mais c'est un travail qui demande du temps. »

La lettre de Joseph à George avait été écrite aussitôt
après l'enquête du coroner, et, le soir même, Joseph était
allé à la taverne du *Joyeux Loup de mer*, dans l'espoir
de voir Jenny. Mais, amère déception, dans la salle du
concert, il avait trouvé une nouvelle chanteuse, une
grosse femme, d'un âge mûr, à la chevelure rousse.

« Qu'est devenue la jolie fille qui chantait habituellement ici ? demanda-t-il au propriétaire de l'établissement.

— La fille de Milsom ? répondit Wayman, oh ! nous l'avons perdue. C'était un diable incarné, à ce qu'il paraît ; elle a eu une querelle avec son père, et elle s'est enfuie. Elle peut gagner sa vie partout, avec la voix qu'elle a. J'ai lieu de supposer que Milsom ne la traitait pas trop bien ; car c'est un homme brutal, mais il est honnête.

— Oui, fit Joseph avec un sourire ironique, il paraît d'une honnêteté peu commune ; il n'y a pas mal d'individus qui possèdent ce genre d'honnêteté dans ces parages, ne trouvez-vous pas, mon maître ? Je suppose que vous avez entendu parler de mon capitaine ?

— Pas le moins du monde. Lui serait-il arrivé quelque accident ?

— Ah ! il paraît que les nouvelles sont longues à se répandre dans ce quartier. Il y a eu une enquête ce matin, à quelques milles d'ici. »

Le cabaretier haussa les épaules d'un air indifférent.

« Je suis fort occupé tout le jour, et je n'ai rien entendu dire, » répliqua Wayman.

Joseph se mit à raconter tout ce qu'il savait sur la triste fin de son capitaine. Wayman l'écoutait avec l'apparence de la plus vive sympathie.

« Et vous n'avez aucune idée de ce que peut être devenue la chanteuse ? demanda Harker, en terminant son récit.

— Je n'en sais pas plus sur elle que sur le pauvre défunt. Elle s'est enfuie, voilà tout ce que j'ai appris.

— Son père s'est-il mis à sa poursuite ?

— Nullement. Il n'est pas homme à cela ; il a plu à

sa fille de se séparer de lui, et il la laisse libre d'agir à sa fantaisie.

— Et son grand-père, le vieil aveugle ?

— Il est parti avec elle. »

Il ne fut rien dit de plus sur ce sujet.

« Je vais vous expliquer ce qui m'amène, monsieur Wayman, reprit Joseph ; il est probable que je suis dans les environs pour quelque temps, jusqu'à ce que le capitaine George me transmette ses instructions relativement au navire de son pauvre frère. Or, comme votre maison me convient, j'ai l'intention d'y fixer ma résidence. Je sais que vous avez plusieurs chambres à louer, et vous aurez en moi un locataire peu turbulent.

— Soit, répartit Wayman sans hésitation, cela me va ! »

Sorti de la taverne, Joseph réfléchit profondément.

« Il est trop habile pour se laisser prendre facilement ; il me laisse m'établir dans sa maison, parce qu'il est persuadé que, malgré toutes les perquisitions auxquelles je pourrai me livrer, je ne découvrirai rien. Un pareil meurtre ne laisse pas de traces. Si j'avais pu mettre la main sur la fille, j'aurais pu, peut-être, en l'effrayant, tirer d'elle quelque chose ; mais il est clair qu'elle a pris réellement la fuite ; sans quoi Wayman ne m'aurait pas laissé m'installer chez lui. »

Depuis plusieurs semaines, Joseph était le locataire de Wayman, toujours aux aguets, toujours prêt à recueillir le plus léger indice qui pût l'aider à pénétrer le mystère dont restait enveloppée la mort de son cher capitaine. Rien n'était venu encore récompenser sa vigilance.

La police avait fait de son mieux pour trouver le mot de ce terrible secret, mais en pure perte. Ce que

possédait l'homme assassiné consistait en or et en billets de banque, qu'il n'avait pas été difficile de changer
dans une ville comme Londres, où il ne manque pas
d'individus connus pour se livrer à ce genre d'opérations, sans adresser d'indiscrètes questions à leurs
clients.

Aussi les chances de percer le sombre mystère deve-
naient-elles bien faibles. N'importe ! Joseph persévérait
dans ses recherches et attendait avec la fidélité et la
ténacité d'un chien.

III

DÉSHÉRITÉ

Près d'une année s'était écoulée depuis l'assassinat
de Valentin ; le vent frais du mois de mars sifflait à
travers les branches sans feuilles des arbres du Green
Park.

Dans la bibliothèque d'une des superbes maisons
d'Arlington Street, un gentleman se promenait avec
agitation, s'arrêtant de temps en temps devant une des
fenêtres pour regarder avec un déplaisir marqué le ciel
obscurci par de sombres nuages.

« Quel temps ! murmurait-il, quel exécrable temps ! »

Celui qui se livrait à ces exclamations était un homme
de cinquante ans, qui avait dû être très-beau et qui
l'était même encore ; il avait une de ces physionomies
fières et nobles, qu'on n'oublie pas facilement, une fois
qu'on les a vues.

Sir Oswald Eversleigh était le descendant d'une des plus anciennes familles du comté d'York. Il était propriétaire du château de Raynham dans ce même comté et du manoir d'Eversleigh dans celui de Lincoln ; ses domaines lui constituaient un revenu annuel de quarante mille livres.

Il était célibataire, et, comme il avait atteint sa cinquantième année, on considérait comme improbable qu'il se mariât.

Telle était du moins l'idée fixe que caressaient ceux qui étaient appelés à hériter de la fortune du baronnet. Le principal d'entre eux était Reginald Eversleigh, son neveu et son favori, fils unique de son plus jeune frère, mort glorieusement sur un champ de bataille, dans l'Inde.

Il avait deux autres neveux qui pouvaient prétendre à une certaine part de son héritage : c'étaient les fils de sa sœur, laquelle avait épousé un recteur de province nommé Dale ; mais Lionel et Douglas Dale n'étaient pas de ces êtres cupides, qui attendent impatiemment les souliers d'un mort. Sincèrement attachés à leur oncle, ils s'abstenaient avec soin de toute démonstration qui pût être regardée comme une cour faite à sa fortune. L'aîné se préparait à entrer dans les ordres, le plus jeune occupait un petit appartement dans Temple Bar, où il faisait ses études de droit.

Il en était tout autrement de Reginald Eversleigh ; depuis sa plus tendre enfance il avait occupé auprès de son oncle la position d'un fils adoptif plutôt que celle d'un neveu.

Il y a des natures que n'altère pas trop d'indulgence, des fleurs qui ne fleurissent que mieux plus elles sont entourées de soins ; mais ce n'était pas le cas de Reginald.

Sir Oswald était trop généreux pour exiger de grandes
démonstrations de reconnaissance de ceux auxquels il
prodiguait sa fortune et son affection. Quand le jeune
homme se montrait hautain et impétueux, le baronnet admirait son noble et fier esprit. Quand il dépensait l'argent avec une extravagante prodigalité, le baronnet ne voulait voir là que la preuve de sa libéralité,
sans faire attention que ce n'était que pour ses plaisirs que Reginald gaspillait les guinées de son parent.
Quand Sir Oswald recevait des professeurs d'Eton
et d'Oxford des rapports peu favorables sur leur élève,
il trouvait naturel qu'un jeune homme à humeur
ardente et vive fût un peu paresseux; une jeunesse
paresseuse, pensait-il, est souvent un pronostic de
génie.

Mais l'aveuglement causé par une profonde affection
ne peut durer toujours. Un jour vint où le baronnet se
convainquit que le fils de son frère était indigne de
l'amour qu'il avait pour lui.

Le jeune homme était entré dans l'armée. Son oncle
lui avait acheté une commission d'officier dans un brillant régiment de cavalerie, et il commença sa carrière
militaire sous les plus brillants auspices. Mais depuis
le jour où il avait quitté le précepteur qui avait présidé
à ses études militaires jusqu'à l'heure présente, Sir
Oswald avait été continuellement assiégé par ses demandes extravagantes et tout récemment Sir Oswald
avait souffert cruellement de la révélation de faits qui
lui avaient prouvé, à n'en plus douter, que son neveu
n'était rien moins qu'un honnête homme.

Dans les circonstances ordinaires de la vie, Sir Oswald
n'était pas doué d'une patience bien robuste, mais il
avait fait preuve d'une longanimité extraordinaire à

l'égard de son neveu. L'heure était arrivée où sa bonté
devait avoir un terme.

Il avait écrit à Reginald pour l'inviter à venir le voir,
ce jour-là même, à trois heures.

L'idée de cette entrevue était pénible pour lui ; car
il avait résolu que ce serait la dernière qu'il aurait avec
Reginald. Dans cette occasion il n'avait pas agi avec
une précipitation hâtive. Ce n'était qu'avec peine qu'il
avait pris le parti de se séparer pour toujours de son
neveu.

Comme l'horloge sonnait trois heures, on annonça
M. Eversleigh. C'était un jeune homme de manières
élégantes et aristocratiques, empreintes plutôt d'une
grâce efféminée que d'une expression de force et de
vigueur ; son visage, d'une beauté correcte, avait un
charme séduisant, auquel peu de gens résistaient. Il
était difficile de croire que Reginald fût un homme
indélicat et vil. Ceux qui se trouvaient en rapport avec
lui, l'aimaient, se fiaient à lui, et ce n'était qu'en voyant
leur confiance trahie, qu'ils apprenaient à connaître quel
être méprisable était ce jeune et bel officier. Les femmes
l'avaient gâté, et sa jolie figure, son exquise élégance,
jointes à ses brillantes espérances d'avenir, avaient fait
de lui le favori de tous les cercles du monde fashionable.

Il arriva dans Arlington Street, préparé à recevoir
une semonce, même une semonce sévère, car il n'ignorait pas que quelques-uns de ses méfaits étaient parve-
nus à la connaissance de Sir Oswald ; mais, il comptait
sur l'influence qu'il avait toujours exercée sur son
oncle ; il était déterminé à affronter hardiment la difficulté, comme il l'avait fait déjà tant de fois auparavant.

Il entra dans la bibliothèque l'air souriant, et s'a-
vança vers son oncle la main tendue.

Mais Sir Oswald refusa du geste de prendre la main qui lui était offerte.

« Je ne serre la main qu'à un gentilhomme digne de ce nom et aux honnêtes gens, dit-il avec hauteur : et vous, monsieur, vous n'appartenez ni à l'une ni à l'autre de ces deux classes d'hommes. »

Reginald était habitué à entendre son oncle lui parler avec colère, mais jamais Sir Oswald n'avait eu avec lui ce ton de froid mépris. Son visage pâlit, et il le regarda avec une expression d'alarme.

« Mon cher oncle !.... s'écria-t-il.

— Veuillez oublier, monsieur, que vous m'ayez jamais appelé de ce nom, et qu'un lien de parenté existe entre nous, répondit Sir Oswald avec une sévérité qui ne se démentait pas. Asseyez-vous, car l'entretien que nous devons avoir ensemble sera probablement long. »

Le jeune homme s'assit sans dire un mot.

« Je vous ai invité à venir, monsieur, reprit le baronnet, parce que je désirais vous dire, sans colère, que les liens qui avaient jusqu'à présent existé entre nous étaient irrévocablement rompus. Dieu sait que j'ai fait preuve de patience ; j'ai enduré vos fautes, pensant qu'elles étaient de pures erreurs de jeunesse, commises par légèreté, et non le résultat d'une nature perverse ou endurcie dans le vice. Un vieil ami, dont je ne puis mettre en doute la sincérité et dont l'honneur ne saurait être contesté, a cru de son devoir de me faire connaître certains faits qu'il avait appris, et il m'a ouvert les yeux sur votre véritable caractère. J'ai longtemps réfléchi avant de prendre le parti auquel je me résous aujourd'hui à l'égard de quelqu'un qui m'était si cher. Vous me connaissez assez pour savoir que lorsque j'ai arrêté une résolution, elle est irrévocable. Je désire

agir avec justice, même avec un misérable. Je vous ai
élevé dans les habitudes luxueuses d'un homme riche,
et il est de mon devoir de vous garantir d'une pauvreté
absolue. J'ai donc ordonné à mon notaire de préparer
un acte qui vous assure, votre vie durant, un revenu
de deux cents livres, sans conditions. Cet acte signé, je
cesse de prendre intérêt à votre destinée. Vous agirez
comme vous l'entendrez, monsieur, vous choisirez les
compagnons qui vous conviendront, sans avoir à craindre les remontrances ou l'intervention d'un parent, qui
avait la folie de vous aimer si tendrement.

— Mais, mon cher oncle, qu'ai-je fait pour que vous
me traitiez si sévèrement ? »

Le jeune homme était d'une pâleur mortelle. La manière d'être de son oncle à son égard l'avait pris par
surprise ; mais même en ce moment où il sentait que
tout était perdu, il essayait encore de feindre l'innocence injustement accusée.

« Ce que vous avez fait ! s'écria le baronnet avec un
accent indigné. Faut-il donc que je vous montre deux
lettres, Reginald, deux lettres qu'un étrange concours
de circonstances a fait tomber entre mes mains, et qui,
l'une et l'autre, révèlent une histoire honteuse dont
vous êtes le héros, et dans laquelle vous avez joué un
rôle déshonorant ?

— Quelles lettres ?

— Vous les lirez, répliqua Sir Oswald, elles vous
ont été adressées et ont été en votre possession ; mais
pour un beau gentleman comme vous, ces lettres étaient
de peu d'importance. Une autre personne, néanmoins,
a trouvé qu'elles valaient la peine d'être conservées et
me les a fait parvenir. »

Le baronnet prit sur la table deux lettres, enfermées dans leurs enveloppes, et les tendit à son neveu.

A la vue de l'adresse de la première, le visage de Reginald devint livide ; il regarda celle qui était dessous ; puis rendit les deux lettres à son oncle ; sa main tremblait malgré lui.

« Je ne connais pas ces lettres, balbutia-t-il d'une voix mal assurée.

— Vraiment ? Alors, je me vois dans la nécessité de rappeler vos souvenirs. »

Sir Oswald tira l'une des lettres de son enveloppe. Avant de la lire, il regarda son neveu, le visage empreint d'une grave tristesse, qui en avait fait disparaître toute expression de mépris.

« Avant de connaître l'histoire que révèle cette lettre, je croyais fermement que, malgré vos folies et vos extravagances, vous aviez des sentiments honorables et un cœur généreux ; mais, je sais maintenant combien vous êtes vil et sans cœur. Vous dites que vous ne connaissez pas cette lettre ? Peut-être me direz-vous aussi que vous avez oublié le nom de celle qui l'a écrite. Pourtant, il me paraît difficile que vous ayez oublié si vite Marie Godwin. »

Le jeune homme courba la tête. Une sourde rage le dominait. Un des sombres secrets de sa vie avait été révélé à son oncle.

« Je vais vous raconter l'histoire de Marie Godwin, poursuivit le baronnet, puisque vous avez si mauvaise mémoire. C'était la sœur de lait de Jane Stukely, noble et belle jeune femme à laquelle vous étiez fiancé. Vous vous étiez trouvé avec Mlle Stukely à Londres, vous en étiez devenu amoureux, du moins à ce qu'il semblait, et vous lui aviez fait la cour. Votre recherche avait été acceptée par elle, avec l'approbation de son

père. Nulle alliance ne pouvait être plus avantageuse.
Je ne fus jamais plus satisfait que lorsque vous m'an-
nonçâtes les engagements que vous aviez pris. L'influence d'une bonne épouse le guérira de toutes ses
folies, me disais-je, et j'aurai tout sujet d'être fier de
mon neveu.

— Par pitié, monsieur, épargnez-moi! murmura Reginald à voix basse.

— Et vous, avez-vous eu pitié des autres? Avez-vous
eu quelque considération pour les autres, du moment
qu'ils ont fait obstacle à vos ignobles plaisirs, à vos
jouissances égoïstes? Non, jamais. Eh bien! moi aussi,
je serai sans pitié pour vous. Prétendu accepté de
Mlle Stukely, vous fûtes invité à vous rendre à la résidence de campagne de la famille; là vous vîtes Marie.
Le hasard la fit se rencontrer fréquemment sur votre
passage; mais le temps ne tarda pas où vos rencontres
cessèrent d'être l'effet du hasard. Il y eut entre vous
des rendez-vous secrets dans le parc; cette pauvre fille
fut sans force pour résister à la fascination exercée par
le beau gentilhomme, qui l'abusait par de fallacieuses
promesses. Quand le moment arriva pour vous de
quitter le château, vous pûtes effectuer votre retraite
sans avoir éveillé de soupçons. Quelques jours après
votre départ, Marie disparut. Pendant six mois on resta
sans nouvelle de la fugitive. Mais à l'expiration de ce
temps, un gentleman, qui l'avait vue au château de
Stukely dans ses jours de beauté et d'innocence, reconnut les traits de la protégée de Mlle Stukely dans
ceux d'une jeune fille qui avait mis fin à ses jours, et
dont le corps était exposé à la morgue de Paris. Marie
s'était noyée. L'Anglais lui fit donner une sépulture
convenable et transmit à la famille Stukely la nouvelle

du triste sort de leur protégée. Ce secret avait néanmoins été soupçonné par Mlle Stukely. Cette triste cause
rompit tout engagement entre elle et vous. C'était chez
vous que Marie s'était réfugiée après sa fuite du château
Stukely; c'est vous qui l'aviez entraînée en pays étranger, où vous voyagiez sous un faux nom, en la faisant
passer pour votre femme ; ce qui n'empêche pas que
vous ayez été reconnu. Bientôt la satiété vous rendit
votre victime à charge. Quand vos ressources finan-
cières furent épuisées, quand ses regrets et son repentir
vous devinrent fatigants, à l'heure où elle était le plus
misérable et le plus désolée, où elle avait le plus besoin
de pitié et de protection, vous l'avez abandonnée, la
laissant seule à Paris, avec quelques pièces d'or pour
payer son retour en Angleterre, dans le cas où elle eût
eu le courage de retourner auprès des amis qui lui auraient donné asile. Mais, dans sa honte et son abandon,
elle préféra la mort à cette épreuve, et elle se noya.

— Je vous jure sur l'honneur que mon intention
était de bien agir avec elle, s'écria le jeune homme ; je
voulais... »

Mais son oncle ne parut pas prendre garde à cette
interpellation.

« Je vais vous lire la lettre de cette malheureuse fille,
continua le baronnet : c'est la dernière qu'elle ait écrite ;
elle l'a laissée à l'hôtel où vous l'avez abandonnée, et
d'où elle vous a été envoyée. C'est une lettre bien
simple, mais chaque ligne porte le témoignage d'un
cœur brisé.

« Vous m'avez quittée, Reginald, et, en agissant ainsi,
« vous me donnez la preuve que l'amour que vous aviez
« ressenti pour moi s'est complétement éteint. Pour cet

« amour, j'ai sacrifié l'honneur, j'ai brisé les liens les
« plus sacrés, j'ai taché le nom d'une honnête famille,
« j'ai trahi la plus chère et la plus tendre amie qui ait
« jamais accordé à une pauvre fille sa constante pro-
« tection. Et maintenant vous m'abandonnez ! et vous
« m'engagez à retourner auprès de mes anciens amis,
« qui me pardonneront, dites-vous, et ne refuseront
« pas de m'accorder un asile dans mon malheur !

« Oh ! Reginald ! me connaissez-vous assez peu pour
« penser que je puisse retourner près de ceux que j'ai
« quittés, avoir l'effronterie de lever les yeux sur ces
« chers visages qui avaient coutume de m'accueillir par·
« des sourires, et qui, maintenant, se détourneraient de
« moi avec une expression de mépris et d'aversion !
« Vous savez bien que je ne puis plus jamais aller vers
« eux. Vous me laissez dans cette grande ville où je
« suis une étrangère, et vous ne vous demandez pas
« quel est le sort probable qui m'attend.

« Vous dirai-je ce que je vais faire, Reginald ? Vous
« qui avez été un amant si passionné, vous que j'ai vu à
« mes pieds, aux pieds d'une pauvre fille sans naissance
« et sans fortune, vous avez bien le droit de connaître
« le sort de votre maîtresse abandonnée par vous.

« Quand j'aurai achevé cette lettre, la nuit sera
« venue ; l'ombre se répand déjà autour de moi, et c'est
« à peine si je vois ce que j'écris. Je me glisserai sans
« bruit hors de la maison, et je me dirigerai vers la
« rivière, que j'ai traversée si souvent en voiture, assise
« auprès de vous. Une fois sur le pont, protégée par
« cette bienheureuse obscurité, j'aurai bientôt mis fin à
« toutes mes peines. Je ne serai pas plus longtemps un
« embarras pour vous, et je ne vous coûterai même pas
« les dix livres que vous avez laissées pour moi et que je

« renferme dans cette lettre. Pardonnez-moi, si j'ai
« quelque amertume au cœur. Je fais tous mes efforts
« pour vous pardonner, et je vous pardonne ! Puisse
« le ciel me pardonner mes fautes comme je vous par-
« donne votre abandon !

                                        « M. G. »

Après la lecture de cette lettre, il y eut un moment
de silence que Reginald n'essaya pas de rompre.

« Quant à la seconde lettre, continua le baronnet, il
est, je pense, inutile que je vous en donne lecture;
elle est d'un jeune homme qu'il vous a plu de patron-
ner il y a un an environ. Simple employé d'une maison de banque, mais dévoré d'ambition, ce jeune
homme aspirait à pénétrer dans le monde. Vous avez
encouragé cette faiblesse; vous lui avez gagné son
argent, plus d'argent qu'il n'en pouvait perdre; puis,
après avoir été le plus indulgent des amis, vous êtes
devenu le plus dur et le plus impitoyable des créan-
ciers. Vous menaciez le jeune employé de lui faire
affront, s'il ne vous payait pas les sommes qu'il avait
perdues. Il vous a écrit des lettres suppliantes; vous
avez accueilli ses prières avec un rire de mépris. Enfin,
fou de honte, il s'est servi, pour s'acquitter envers vous,
de l'argent qui lui était confié par ses patrons. Cet em-
prunt forcé a été découvert, ces choses-là se découvrent
toujours tôt ou tard, et votre victime a été condamnée
à la déportation. Avant de quitter l'Angleterre, il vous
a adressé une lettre, dans laquelle il vous suppliait
d'avoir compassion de sa mère, une pauvre veuve que
le déshonneur de son fils laissait sans ressources et
sans protecteur. Quel compte avez-vous tenu de cette
prière ?... Qu'avez-vous fait pour venir au secours de

cette malheureuse femme, qui vous doit tous ses malheurs ?... Je voudrais le savoir, monsieur. »

Le jeune officier n'osa pas lever les yeux sur son oncle; la conscience de sa cruauté le rendait incapable d'articuler un mot pour sa défense.

« Il me reste peu de choses à vous dire, reprit le baronnet. Je vous ai aimé comme rarement un oncle aime son neveu. Je vous ai aimé par affection pour le frère qui est mort entre mes bras et pour une personne qui m'était plus chère encore que mon frère, par affection pour la femme que nous aimions tous deux, qui avait fait son choix entre nous, et qui, en s'unissant au plus jeune et au plus pauvre des deux frères, avait gardé son estime et son amitié à l'aîné. J'ai aimé votre mère, Reginald, et quand elle mourut, une année après la mort de son mari, j'ai juré que son fils me serait aussi cher que s'il eût été mon propre enfant. J'ai tenu mon serment. Peu de pères eussent enduré avec autant de patience les folies que je vous ai pardonnées. Mais ma patience est épuisée, mon affection a été étouffée par votre manque de cœur, et désormais nous sommes étrangers l'un à l'autre.

— Vous ne pouvez avoir cette intention, monsieur? » répondit Reginald.

Une terrible angoisse lui serrait le cœur; il avait intérieurement la conviction que son oncle parlait sérieusement.

« Mes hommes d'affaires vous communiqueront l'acte dont je vous ai parlé, dit Sir Oswald, sans accorder la moindre attention à l'appel suppliant de son neveu. Votre carrière de soldat vous est ouverte, et vous êtes encore assez jeune pour racheter le passé, du moins aux yeux du monde, sinon devant Dieu. Si vous trouvez votre régiment de cavalerie trop coûteux par suite du changement survenu dans votre position, je vous conseille de passer dans la ligne. Sur ce, monsieur, je vous souhaite le bonjour.

— Mais, Sir Oswald, mon oncle..., mon cher oncle..., vous ne pouvez certainement me quitter si froidement... Vous... »

Le baronnet sonna. Un domestique entra.

« Reconduisez M. Eversleigh. »

Le jeune homme se leva en jetant un regard de stupeur sur son oncle. Il ne pouvait croire qu'il fût réellement chassé de sa présence, que toutes ses espérances fussent complétement anéanties, et qu'il fût réduit à une pension qui lui paraissait misérable.

Mais le visage de Sir Oswald demeurait glacé, un masque de pierre n'eût pas été plus inflexible..

« Adieu, monsieur, » dit Reginald, d'une voix rendue tremblante par la rage concentrée qui l'agitait.

Il ne put en dire davantage ; le domestique attendait, et il ne pouvait s'humilier devant un homme qui était habitué à le respecter comme l'héritier de Sir Oswald. Il prit son chapeau et sa canne, salua le baronnet, et sortit.

Une fois hors de la maison de son oncle, Reginald s'abandonna à toute sa fureur.

« Il s'en repentira ! murmura-t-il. Oui, tout puissant qu'il est, il se repentira d'avoir abusé de sa puissance. Comme si je n'avais pas assez souffert déjà, comme si je n'avais pas été constamment poursuivi par le pâle visage de cette fille, depuis le jour fatal où je l'ai abandonnée. Mais ces lettres, comment sont-elles tombées entre les mains de mon oncle ? Ce misérable Laston doit me les avoir volées, pour se venger d'avoir été chassé par moi. »

Il gagna la partie la plus solitaire de Green Park ; étendu sur un banc, le visage caché dans ses mains, il resta plongé dans ses sombres réflexions.

Il demeura là plusieurs heures, jusqu'à ce que la pâle clarté de ce jour sans soleil eût fait place aux ombres du soir. Il était sept heures passées. Le gaz brillait dans Piccadilly, lorsqu'il se leva, glacé jusqu'aux os, et se dirigea hors du parc.

« Et il faut que je me considère comme riche avec ma paie et une misérable pension de cinquante livres par trimestre ! se dit-il en souriant amèrement. Et si je trouve mon beau régiment de cavalerie trop dispendieux, je puis passer dans l'infanterie de ligne et affronter les regards ironiques de toutes mes anciennes connaissances. Non, non, Sir Oswald, vous m'avez élevé comme un gentilhomme et je resterai gentilhomme jusqu'à la fin, tant pis pour qui en paiera les frais. Il vous a paru facile de rompre avec moi, mais tout n'est pas encore fini entre nous. »

IV

HORS DES TÉNÈBRES

Après avoir congédié son neveu, Sir Oswald resta plongé pendant quelque temps dans de tristes pensées. L'épreuve avait été cruelle ; mais, sortant enfin de sa sombre rêverie, il dit à haute voix :

« Dieu merci ! c'est fait, ma résolution n'a pas failli ; tous nos liens sont brisés. »

Sir Oswald avait pris ses dispositions pour quitter Londres, le soir, et se rendre à son château de Raynham. Il existait peu de chemins de fer il y a vingt-six ans, et le baronnet avait coutume de voyager dans sa voiture attelée de chevaux de poste. Le voyage de Londres jusqu'à l'extrémité nord du comté d'York demandait deux ou trois jours.

Sir Oswald partit de Londres une heure après son entrevue avec Reginald.

Il était dix heures du soir, quand il descendit de voiture dans une ville importante que traverse la grande route du Nord. Il avait changé plusieurs fois de chevaux depuis Londres, et parcouru une assez grande distance, pendant les cinq heures écoulées. Il descendit au principal hôtel de la ville, où il comptait passer la nuit. La chambre qu'il occupait avait vue sur la grande Place du Marché, qui, ce soir-là, était brillamment éclairée et couverte de monde. Sir Oswald regarda avec étonnement l'aspect animé de cette foule, lorsque le garçon eut écarté les rideaux qui masquaient les grandes fenêtres de la pièce.

« Votre ville paraît bien animée ce soir.

— Oui, monsieur, nous avons eu une foire, la grande foire du printemps, la foire aux bestiaux. Peut-être préféreriez-vous que les rideaux fussent tirés, monsieur; ou bien vous serait-il agréable de regarder par la fenêtre après votre dîner, monsieur?

— Regarder par la fenêtre?.... oh! ma foi non! fermez les rideaux, je vous prie. »

Le garçon obéit et sortit pour aller presser le dîner de cet hôte bien connu dans l'établissement.

Onze heures étaient sonnées depuis longtemps; Sir Oswald songeait, assis devant le feu, lorsqu'il fut brusquement tiré de sa rêverie par la voix d'une femme qui chantait sur la Place du Marché, au-dessous de ses fenêtres. Les rues étaient désertes depuis quelque temps, les boutiques fermées, les lumières éteintes, à l'exception des becs de gaz, qui répandaient de loin en loin leur mourante clarté. Tout était tranquille, et la voix pleine et pure de la chanteuse arrivait distinctement à ses oreilles, au milieu du calme silence de la nuit.

Sir Oswald n'était pas en humeur d'écouter les chanteuses des rues; il fallait que cette voix eût quelque chose d'extraordinaire pour l'arracher à ses tristes méditations.

C'était vraiment une voix peu commune, une voix comme on en entend rarement ailleurs que sur les premières scènes lyriques. Pleine, pure, vibrante, ses accents mélodieux allaient au cœur.

Ce que chantait cette voix, c'était une simple ballade, la ballade si connue du *Vieux Robin Gray*.

En l'écoutant, Sir Oswald oubliait son chagrin, son indignation, la bassesse de son neveu; il oubliait tout, absorbé par cette voix de femme.

Il s'approcha d'une des fenêtres et en écarta le rideau. La nuit était froide et le vent impétueux; mais la pleine lune brillait dans un ciel clair, et l'on voyait comme en plein jour sur la grande place déserte.

La fenêtre de la chambre occupée par Sir Oswald donnait sur un balcon; il l'ouvrit et passa sur le balcon, malgré l'air froid. Il aperçut une femme qui s'éloignait de l'hôtel d'un pas lent et incertain. Tout à coup il la vit chanceler et s'arrêter, comme incapable d'aller plus avant. Puis elle fit encore quelques pas, et tomba, épuisée, sur le seuil d'une porte.

Sir Oswald quitta le balcon et descendit précipitam-

ment l'escalier. On commençait à fermer l'établissement; aussi le garçon regarda-t-il avec surprise Sir
Oswald, qui passa devant lui pour sortir dans la rue.

Sur la place, rien n'avait bougé; le baronnet put voir
la femme dans la même attitude que lorsqu'elle était
tombée à demi assise, à demi couchée sur la marche de
pierre.

Il pressa le pas, et se pencha sur elle. Elle avait la
tête cachée dans ses bras, croisés sur la pierre.

« Pourquoi restez-vous couchée là, jeune fille? » demanda le baronnet avec bonté.

Un pressentiment lui disait que cette femme était
jeune, quoiqu'il ne pût découvrir son visage.

La jeune fille souleva lentement la tête en portant les
yeux sur celui qui lui parlait.

« En quel endroit pourrais-je aller? répondit-elle,
avec un accent empreint d'amertume.

— N'avez-vous pas de demeure?

— Une demeure! répéta la jeune fille, je n'ai jamais
connu ce que vous autres, vous appelez une demeure.

— Où comptez-vous passer la nuit?

— Dans les champs ou dans quelque grange vide, si
je trouve une porte qui ne soit pas fermée. J'ai chanté
tout le jour et je n'ai pas gagné assez pour payer mon
gîte. »

La lueur de la lune éclairait en plein le visage de la
chanteuse; Sir Oswald vit qu'elle était belle.

« Y a-t-il longtemps que vous menez cette existence
misérable? lui demanda le baronnet.

— Mon existence n'a été qu'une longue misère, répondit la jeune fille.

— Depuis quand chantez-vous dans les rues?

— Il y a un an que je cours la province. Je n'ai pas

toujours chanté dans les rues. Pendant quelque temps j'ai été avec des artistes forains, mais la maîtresse de l'établissement me maltraitait, et je l'ai quittée. Depuis, j'ai erré de ville en ville, chantant dans les rues et dans les foires. »

La jeune fille racontait tout cela d'un air triste et apathique à la fois, comme une personne accoutumée à rendre compte de ses actions.

« Et avant de mener ce genre d'existence, dit le baronnet d'un ton qui trahissait l'émotion et l'intérêt, comment gagniez-vous votre vie ?

— Je vivais avec mon père, reprit la jeune fille en changeant de ton. Avez-vous fini vos questions, monsieur ? »

Elle frissonna légèrement et se leva. La lumière argentée de la lune faisait ressortir la pâleur de ses traits.

« Tenez, reprit Sir Oswald, voilà quelques pièces d'or ; vous n'aurez pas besoin d'errer dans la campagne pour y chercher une grange ouverte ; vous pourrez vous procurer un abri dans une auberge respectable. Ou plutôt, attendez ; il est près de minuit ; à une heure aussi avancée, il vous serait peut-être difficile de vous faire admettre dans une maison honnête. Vous ferez mieux de venir avec moi à mon hôtel, que vous voyez d'ici ; la maîtresse est une bonne femme, qui veillera à ce que vous soyez convenablement logée. Venez. »

La jeune fille se tenait debout, grelottant de froid, couverte à peine d'un méchant châle serré sur son corp. Le vent glacial de la nuit écartait de son front les boucles de sa brune chevelure. Elle regardait le baronnet avec une indicible expression de stupeur.

« Vous êtes bien bon ! dit-elle. Jusqu'à présent aucune

personne de votre classe ne s'est dérangée de son chemin pour me porter secours. Les pauvres gens seuls
ont été bienveillants pour moi, souvent, très-souvent.
Oh! vous êtes bien bon!... »

Ceci était dit avec plus d'étonnement que de joie par
la jeune fille; elle semblait insouciante de son sort, et
son principal sentiment était la surprise en rencontrant
tant de bonté chez un gentleman.

« Ne parlez pas de cela, reprit Sir Oswald avec douceur. Je m'inquiète de vous procurer un abri pour cette
nuit : c'est là un bien faible service. Je suis un peu
musicien, et j'ai été vivement frappé de la beauté de
votre voix. Je puis vous mettre en position d'en tirer
bon parti.

— De ma voix?.... répéta la jeune fille, sans avoir
l'air d'attacher un sens à ces paroles.

— Venez, dit le baronnet; vous êtes fatiguée, malade
peut-être? Vous êtes extrêmement pâle. Venez à l'hôtel. »

Il se mit à marcher, et la jeune fille le suivit très-
lentement, comme si elle avait à peine la force de fran-
chir cette courte distance.

Il y avait quelque chose d'étrange dans la rencontre
de Sir Oswald avec cette jeune fille, dans l'intérêt subit
qu'elle lui avait inspiré, dans le vif désir qu'il éprouvait de connaître son histoire.

La maîtresse de l'Étoile fut quelque peu étonnée,
quand un des garçons vint l'inviter à descendre dans la
salle, où elle trouva la chanteuse des rues debout près
de Sir Oswald. Mais elle avait trop de savoir-faire pour
laisser voir son étonnement. Sir Oswald était un des
habitués les plus haut placés de sa maison, et sa clientèle avait pour elle une grande importance. Il lui sem-

blait par conséquent presque impossible qu'il pût être
en faute.

« J'ai trouvé cette pauvre fille dans un état complet
d'épuisement, ici près, dans la rue, dit Sir Oswald. Elle
est absolument sans protecteur ; elle n'a pas d'asile
pour cette nuit, quoiqu'elle paraisse être au-dessus de
la classe des mendiants. Je vous prie, ma chère madame
Willet, de la mettre quelque part et de veiller à ce
qu'on ait soin d'elle. Demain matin je réfléchirai au
moyen de lui trouver une position plus convenable. »

Mme Willet promit qu'on prendrait soin d'elle, et
qu'on ne la laisserait manquer de rien.

« Pauvre fille ! fit l'hôtesse, elle paraît bien pâle, bien
malade. Je pense que souper ne lui fera pas de mal.
Venez avec moi, ma chère enfant. »

La jeune fille obéit. Arrivée sur le seuil de la porte,
elle se retourna :

« Je vous remercie, monsieur, dit-elle à Sir Oswald,
je vous remercie de tout mon cœur. Jamais je n'ai
trouvé autant de bienveillance.

— Le monde doit avoir été bien dur pour vous, ma
pauvre enfant, répliqua-t-il, si un léger service vous
touche si profondément. Venez me voir demain matin,
et nous causerons de votre avenir. Bonne nuit !

— Bonne nuit, monsieur, et que Dieu vous protége ! »

Le baronnet monta lentement les escaliers en songeant à ce qui venait de se passer et il rentra dans son
appartement.

Sir Oswald passa la nuit dans un sommeil fréquemment troublé, le cerveau agité par les événements de
la journée. Par moments, il était avec son neveu, qui
plaidait sa cause avec les angoisses d'une terreur
égoïste ; puis il se trouvait sur la Place du Marché

ayant devant lui le pâle visage de la chanteuse des rues.

Au matin, quand il se leva, il résolut de bannir de sa pensée le souvenir de son neveu. En revanche, son étrange aventure de la soirée précédente avait fait sur son esprit une impression profonde, et c'est sur cette aventure qu'il médita pendant son déjeuner. Il se disait à lui-même, en prolongeant son repas :

« J'ai vu des sites qui, au grand jour, n'avaient rien d'extraordinaire, et qui, à la clarté magique de la lune, semblaient être des paradis. Peut-être cette fille n'est-elle, après tout, qu'une créature fort ordinaire, une coureuse des rues commune et vulgaire. »

Mais Sir Oswald s'arrêta dans cet ordre d'idées, en se rappelant la pureté de la voix qu'il avait entendue la veille et la réserve parfaite qu'il avait remarquée dans l'attitude de la jeune fille.

« Non, s'écria-t-il ; elle n'est ni commune ni vulgaire, ce n'est pas une chanteuse des rues comme les autres. Quelle qu'elle soit, il y a là un mystère qu'il faut que j'approfondisse. »

Quand Sir Oswald eut déjeuné, il appela le premier garçon de l'hôtel.

« Veuillez dire à cette jeune personne, que si elle se sent suffisamment reposée, je serais bien aise d'avoir quelques minutes d'entretien avec elle. »

Un instant après, le garçon revenait et introduisait la jeune fille. Le baronnet se retourna pour la regarder ; et en la regardant on peut dire qu'il ne cédait pas seulement à un mouvement de curiosité. Ce n'était pas la première fois qu'il s'était détourné de sa route pour accomplir un acte de charité ; mais c'était certainement la première fois qu'il éprouvait un intérêt si absorbant pour l'objet de sa bienfaisance.

La beauté de la jeune fille n'était pas une illusion produite par la clarté de la lune : maintenant qu'il l'avait devant lui au grand jour, elle paraissait d'autant plus belle que ses traits se distinguaient mieux.

La chanteuse ne trahit aucun signe d'embarras sous le regard de Sir Oswald ; elle se présenta devant son bienfaiteur avec un calme plein de grâce, il y avait même presque de la fierté dans son maintien. Ses vêtements étaient usés, mais sa mise n'était pas celle d'une vagabonde ; sa robe, d'une grossière étoffe noire, était rapiécée et raccommodée en plus d'une place, mais elle lui allait fort bien, et un col propre entourait son cou délicat, dont la blancheur rivalisait avec celle du linge. Ses cheveux noirs ondulés se séparaient en épais bandeaux sur son front, laissant voir le bout d'une oreille rose et bien dessinée. La couleur foncée de sa magnifique chevelure faisait encore ressortir la blancheur d'ivoire de son teint, qui rougissait légèrement, quand elle éprouvait une émotion.

« Soyez assez bonne pour prendre une chaise, dit Sir Oswald, je voudrais avoir une petite conversation avec vous. J'ai le désir de vous venir en aide, si je le puis. Vous ne paraissez pas faite pour la vie que vous menez ; je suis sûr que vous possédez un talent qui peut vous procurer une situation plus sortable. Mais avant de parler de l'avenir, je dois vous adresser quelques questions sur le passé. Dites-moi, continua-t-il avec bonté, comment il se fait que vous soyez si isolée dans le monde ? Comment votre père et votre mère vous laissent-ils traîner une pareille existence ?

— Ma mère est morte, quand je n'étais qu'une enfant, répondit la jeune fille.

— Et votre père ?

— Il est mort aussi,

— Vous ne m'aviez pas dit cela hier soir, répliqua le baronnet d'un ton à travers lequel perçait un soupçon involontaire ; car il lui semblait que les manières de la jeune fille avaient changé, du moment où il avait parlé de son père.

— Ne vous l'avais-je pas dit ? répliqua-t-elle. Je ne crois pas que vous m'ayez adressé de questions au sujet de mon père ; mais, si vous l'avez fait, je vous ai répondu sans réflexion. Absorbée que j'étais par le besoin de nourriture et de repos, je ne savais guère ce que je disais.

— Qu'était votre père ?

— Il était marin.

— On reconnaît peu le type anglais dans votre visage, fit Sir Oswald ; êtes-vous née en Angleterre ?

— Non, je suis née à Florence, le pays de ma mère.

— Ah ! »

Il y eut un moment de silence. Il était évident qu'il répugnait à la jeune fille de parler de sa vie passée, et les renseignements que le baronnet voulait obtenir, il fallait qu'il les arrachât un à un. Toute autre personne, dans cette misérable situation, se fût montrée empressée à raconter l'histoire vraie ou fausse de sa misère à l'homme qui s'annonçait à elle comme un protecteur ; mais celle-ci se retranchait dans une réserve de laquelle il était difficile de la faire sortir.

« Je crains qu'il n'y ait quelque chose de pénible dans votre passé, dit-il enfin, quelque chose que vous ne vous souciez pas de révéler.

— Plus pénible que vous ne le supposez, et que je ne puis le dire.

— Cependant, vous devez comprendre qu'il me sera

difficile de vous venir en aide, si je ne puis savoir à qui j'accorde mon assistance. Je désire vous mettre dans un état bien différent de celui où je vous vois ; il y aurait folie de ma part à m'intéresser à une personne dont la vie m'est tout à fait inconnue.

— Alors, ne pensez plus à moi, laissez-moi suivre ma voie, répondit la jeune fille avec cette fierté calme qui prêtait un charme si singulier à sa beauté. Je quitterai cette maison le cœur reconnaissant et pleinement satisfait. Je ne vous ai rien demandé et n'ai l'intention de vous demander rien. Vous avez été très-bon pour moi, qui suis accoutumée à voir les gens de votre classe passer leur chemin sans m'accorder la moindre attention. Laissez-moi vous remercier de votre bonté et me mettre en route. »

En disant cela, elle s'était levée, Elle fit un pas vers la porte.

« Non ! s'écria Sir Oswald avec impétuosité, je ne puis vous laisser partir ainsi. Il faut que je vous vienne en aide, d'une façon quelconque, dussé-je ne rien connaître de votre passé et agir en aveugle.

— Vous êtes trop bon, monsieur, reprit la jeune fille profondément touchée ; mais rappelez-vous que je ne sollicite pas votre assistance. Mon histoire est une histoire terrible. J'ai souffert des crimes des autres ; mais jamais un crime, une action déshonorante n'a taché ma vie. J'ai vécu au milieu de gens que je méprisais, mais en me tenant à l'écart autant que possible. J'ai été raillée, haïe, maltraitée, à cause de ce qu'on appelait mon orgueil ; mais j'ai su me préserver de toute souillure au milieu de la corruption qui m'entourait. Si vous pouvez me croire, vous en rapporter à ma parole et me tendre la main pour me secourir, sans en savoir davantage sur mon compte que ce que je viens de dire, j'accepterai votre assistance avec fierté et gratitude. Mais si vous ne me croyez pas, laissez-moi suivre ma destinée.

— Je vous croirai, dit-il, je vous viendrai en aide sans rien savoir, puisqu'il faut qu'il en soit ainsi. Permettez-moi encore deux ou trois questions, et tout entretien de ce genre sera terminé entre nous.

— Je suis prête à vous satisfaire sur toute question à laquelle il me sera possible de répondre.

— Votre nom ?

— Honoria Milford.

— Votre âge ?

— Dix-huit ans.

— Comment se fait-il que votre manière de vous exprimer et votre ton soient ceux d'une personne qui a reçu une éducation supérieure ?

— Je ne suis pas complètement sans éducation. Un prêtre italien, un cousin de ma pauvre mère, m'a donné ses soins pendant que j'étais à Florence. C'était un homme très-instruit, et il m'a enseigné bien des choses qu'on apprend rarement à une jeune fille de quatorze à quinze ans. Sa demeure était mon refuge dans les jours de cruelle misère, et ses leçons étaient le seul bonheur de ma vie. Monsieur, ne poussez pas plus loin vos questions, je vous en supplie.

— Bien. Alors, je ne vous demande plus rien et je me fie à vous.

— Merci, monsieur, pour cette généreuse confiance.

— Et maintenant, laissez-moi vous parler de mes projets pour votre bien-être futur, continua Sir Oswald avec bonté. J'ai beaucoup pensé à vous pendant mon déjeuner. Vous avez une magnifique voix, et c'est sur cette voix que vous devez fonder vos espérances d'avenir. Aimez-vous la musique ?

— Oh! beaucoup! »

Cette parole de la jeune fille était bien simple en elle-même; mais l'accent avec lequel elle avait été dite, l'expression inspirée qui avait illuminé son visage, convainquirent Sir Oswald qu'elle avait l'enthousiasme d'une artiste.

« Jouez-vous du piano?

— Un peu, par instinct.

— Vous ne savez pas la musique?

— Non.

— Alors vous avez beaucoup à apprendre avant de pouvoir vous servir de votre voix utilement. Je vais vous dire ce que je compte faire. Je prendrai d'abord des arrangements pour vous placer dans un pensionnat de premier ordre de Londres ou des environs, afin que vous acheviez votre éducation. Vous recevrez là les leçons des meilleurs maîtres de musique et de chant, et vous consacrerez la plus grande partie de votre temps à cultiver votre voix. Il sera connu que votre intention est de vous préparer à la carrière lyrique, et toutes les facilités vous seront données pour vos études. Vous resterez dans cet établissement deux ans, au bout desquels je vous mettrai sous la direction de quelque chanteur éminent qui complétera votre instruction musicale et vous mettra en état de paraître devant le public. Le reste dépend de vous, de votre travail, de votre persévérance.

— Je serais une créature indigne, si je ne travaillais avec plus d'ardeur que qui que ce soit au monde, s'écria Honoria. Ah! monsieur, comment vous exprimer ma reconnaissance?

— Vous n'avez pas à me remercier, je suis riche, et je n'ai ni femme, ni enfant, pour qui dépenser mon argent,... D'ailleurs, si vous trouvez que la reconnaissance soit un fardeau trop lourd à porter, vous pourrez vous acquitter envers moi, quand vous serez devenue une cantatrice célèbre.

— Je ferai tous mes efforts pour hâter ce moment, monsieur, » dit la jeune fille.

Sir Oswald avait ainsi présenté les choses dans le but de mettre sa protégée plus à l'aise. Il vit que ses yeux étaient mouillés de larmes. Pour lui donner le temps de se remettre, il se dirigea vers la fenêtre, où il s'arrêta quelque temps à regarder sur la Place du Marché. Puis, venant reprendre sa place au coin du feu, il adressa de nouveau la parole à Honoria.

« Je vais retourner à Londres cette après-midi, pour y prendre les arrangements dont je vous ai parlé. En attendant, vous resterez ici, confiée aux soins de Mme Willet, que je chargerai du soin de monter votre garde-robe. Cela fait, vous vous rendrez directement à ma demeure, dans Arlington Street, d'où je vous conduirai moi-même au pensionnat que j'aurai choisi. Rappelez-vous qu'à compter d'aujourd'hui vous entrez dans une nouvelle vie. A propos, j'ai une dernière question à vous faire : Vous n'avez ni parent, ni compagnon de votre vie passée, qui puisse vous inquiéter dans l'avenir ?

— Aucun. Je n'ai point de parent qui oserait venir me trouver et j'ai toujours eu soin de me garder de toute liaison.

— Bien ! alors la carrière est libre devant vous. Vous pouvez retourner auprès de Mme Willet. Je la verrai tout à l'heure et m'entendrai avec elle pour les arrangements à prendre en ce qui vous concerne. »

Honoria s'inclina devant son bienfaiteur, et sortit en

silence. Dans chacun de ses gestes et de ses mouvements, dans son ton, dans ses manières, il y avait de
la grande dame. Sir Oswald la suivit des yeux avec admiration, jusqu'à ce qu'elle eût disparu à ses regards.

La maîtresse de l'*Hôtel de l'Étoile* fut fort surprise,
lorsque Sir Oswald lui demanda de garder la chanteuse
chez elle durant huit jours et de lui acheter un trousseau simple, mais complet.

« Oui, ajouta le baronnet, je vous la confie pour une
semaine, madame Willet; j'espère qu'à l'expiration de
ce temps, sa garde-robe pourra être prête. Je vous
ferai un chèque de... disons de cinquante livres. Si ce
n'est pas assez, vous n'avez qu'à parler, je le ferai pour
un chiffre plus important.

— Oh ! monsieur, c'est tout ce qu'il faut pour la
monter comme une duchesse, si je puis m'exprimer
ainsi, » répondit l'hôtesse.

A midi la voiture de voyage du baronnet était devant
la porte de l'*Hôtel de l'Étoile*; dix minutes après, elle
roulait dans la direction de Londres.

Sir Oswald visita plus d'un pensionnat dans les quartiers élégants avant d'en trouver un qui le satisfît sous
tous les rapports. Si sa protégée avait été sa fille ou sa
future femme, il ne se serait pas montré plus difficile
à contenter. Il s'étonnait lui-même de ses exigences.

« Je suis comme un enfant en possession d'un nouveau jouet, pensait-il. Je suis presque honteux du vif
intérêt que je ressens pour cette jeune inconnue. »

Enfin il trouva un établissement qui lui convint. Il
était installé dans un ancien manoir situé à Fulham.
Les jardins étaient superbes. C'était un pensionnat aristocratique, dirigé par deux sœurs, qui s'entendaient
parfaitement à élever leurs prétentions au niveau des

avantages qu'offrait la maison. Sir Oswald souscrivit sans hésiter à leurs conditions et promit de leur amener leur nouvelle élève sous peu de jours.

« Cette jeune personne, je suppose, est une de vos parentes, Sir Oswald? dit l'aînée des demoiselles Beaumont.

— Oui, répondit le baronnet, c'est... une parente éloignée. »

S'il n'avait pas eu le dos tourné à la lumière, les deux dames auraient pu voir une soudaine rougeur lui monter au visage lorsqu'il prononça ces paroles. Jamais jusqu'alors il n'avait fait sciemment un mensonge ; mais il avait craint de dire la vérité.

« A ses manières, elles ne devineront jamais son secret, pensa-t-il ; et si elles la questionnent, elle saura bien déjouer leur curiosité. »

Le jour même où expirait la semaine convenue, Honoria fit son apparition dans Arlington Street. Sir Oswald était dans sa bibliothèque, assis dans un grand fauteuil devant la cheminée ; il tenait un livre à la main, mais sa pensée était loin de ce livre. La porte de la bibliothèque s'ouvrit, et un domestique annonça :

— Mademoiselle Milford.

Le baronnet vit une élégante jeune femme s'avancer vers lui avec une gracieuse timidité. Elle était vêtue d'une robe de mérinos gris, d'un mantelet de soie noire, et d'un chapeau de paille garni de rubans blancs. Rien de plus simple que ce costume digne d'une quakeresse ; mais tout, dans celle qui le portait, respirait une distinction que Sir Oswald avait vue rarement surpassée.

Il se leva pour la recevoir.

« Vous arrivez à Londres ?

— Oui, Sir Oswald, une voiture de place m'a amenée directement du bureau de la voiture ici.

— Je suis heureux de vous voir, dit le baronnet en lui tendant la main, qu'Honoria toucha légèrement du bout de ses doigts gantés. J'ai la satisfaction de vous annoncer que j'ai trouvé pour vous une maison d'éducation qui vous conviendra, j'ai tout lieu de le penser.

— Oh! monsieur, vous êtes véritablement trop bon pour moi. Je ne saurai jamais comment vous remercier.

— Alors, ne me remerciez pas du tout. Croyez-moi, je ne tiens pas aux remerciements. Je n'ai rien fait qui mérite de la reconnaissance. Une influence plus forte que ma volonté m'a poussé vers vous, et, en faisant ce que j'ai pu pour vous être utile, j'ai cédé à une impulsion à laquelle il m'était impossible de résister. »

La jeune fille regarda son bienfaiteur d'un œil surpris, dont l'expression n'échappa pas à Sir Oswald.

« Oui, dit-il, vous êtes en droit d'être étonnée de ce que je vous dis, j'en suis étonné moi-même. Il y a quelque chose de mystérieux dans l'intérêt que vous m'avez inspiré. »

Bien que le baronnet eût pensé constamment à sa protégée pendant la semaine qui venait de s'écouler, il ne s'était pas demandé s'il y avait une solution simple et facile à cette étrange énigme, s'il était dans les choses possibles qu'un homme de cinquante ans se laissât gagner par cette fièvre fatale qu'on appelle l'amour.

Il contemplait la jeune fille avec l'admiration que tout homme éprouve pour la perfection de la beauté ; c'était le pur et respectueux sentiment d'un artiste ou d'un poëte. Il n'avait pas supposé un seul instant que le jour pût n'être pas éloigné où il contemplerait ce beau visage avec d'autres sentiments et avec une autre émotion.

« Passons dans la salle à manger, Mademoiselle Milford, reprit-il ; je vous attendais aujourd'hui, et j'ai pris mes dispositions en conséquence. Votre voyage doit vous avoir donné de l'appétit. Je n'ai pas encore déjeuné, j'espère que vous voudrez bien partager mon repas. »

Honoria fit un signe de tête. Ses manières à l'égard de son bienfaiteur étaient charmantes dans leur grâce tranquille, pleines de déférence sans servilité. Avant de quitter la bibliothèque, elle jeta un coup d'œil autour d'elle sur les livres, les bronzes, les peintures, avec une expression de ravissement. Jamais elle n'avait vu d'appartement aussi splendide, et elle avait pour tout ce qui est beau cet amour instinctif qui est l'attribut des natures bien douées.

Le baronnet fit asseoir sa protégée à table et prit place en face d'elle.

Aucun domestique ne les servait ; Sir Oswald lui-même se faisait un plaisir de prévenir les souhaits de son invitée. Il amoncela sur son assiette les mets les plus délicats, remplit son verre de son meilleur et plus vieux vin ; mais elle ne mangea que quelques bouchées et but à peine : la nouveauté de sa position actuelle lui causait une émotion trop profonde.

Durant tout le repas, le baronnet ne lui adressa aucune question. Il lui parla comme s'ils se connaissaient depuis longtemps, lui expliquant les mérites des tableaux et des statues qu'elle admirait, charmé de trouver toujours cette intelligence à la hauteur de la sienne.

« Une merveilleuse créature ! pensait-il, une perle sans prix, ramassée dans un ruisseau ! »

Après le déjeuner, Sir Oswald sonna pour qu'on fît avancer sa voiture. Quelques instants après, Honoria était en route pour sa nouvelle demeure.

La maison habitée par les demoiselles Beaumont s'appelait les Hêtres : une ancienne résidence seigneuriale, dont les jardins étaient les plus beaux des environs de la métropole ; rien de semblable n'existe plus dans un endroit aussi rapproché de Londres. Des ruelles étroites et de pauvres habitations couvrent maintenant les terrains où, il y a vingt-sept ans, de grands cèdres du Liban répandaient leurs ombres sur de délicieuses pelouses.

Honoria fut ravie de la beauté du lieu. Cette vaste maison, défendue en quelque sorte contre les bruits du monde extérieur, par de grands et vieux arbres, ces tapis de verdure, ces parterres bien entretenus où les plus belles fleurs s'épanouissaient déjà, en dépit du vent froid, à l'approche du printemps, tout cela aurait frappé même les gens habitués à vivre dans de confortables habitations ; à plus forte raison quel effet cela devait-il produire sur la pauvre chanteuse des rues, réduite, une semaine auparavant, à compter sur la chance d'une grange ouverte pour y passer la nuit.

Elle regarda Sir Oswald avec des yeux remplis de larmes.

« Si j'étais votre fille, vous n'auriez pas choisi une plus ravissante résidence, dit-elle.

— Si vous étiez ma fille, je doute qu'il me fût possible de prendre un plus vif intérêt à votre destinée que celui que vous m'inspirez maintenant, » répartit Sir Oswald du ton le plus naturel.

L'aînée des demoiselles Beaumont reçut sa nouvelle pensionnaire avec une bonté cérémonieuse. Elle examina la jeune fille avec ce regard scrutateur habituel aux maîtresses de pension ; mais le plus sévère examen ne pouvait rien trouver à reprendre dans l'air et les façons d'Honoria.

« Cette jeune personne est charmante, dit Mlle Beaumont confidentiellement au baronnet, lorsqu'il prit congé d'elle, il suffit de la voir pour deviner en elle une Eversleigh ; elle est si élégante, si aristocratique de tons et de manières ! Ah ! Sir Oswald, le vieux sang se montre toujours ! »

Le baronnet sourit en disant adieu à la maîtresse de pension ; il avait expliqué à Honoria qu'il avait jugé prudent de la présenter comme une de ses parentes, et il ne craignait pas que la jeune fille le trahît ou se trahît elle-même par quelques révélations maladroites.

Sir Oswald se sentait triste et oppressé en rentrant dans Londres ; il lui semblait qu'en se séparant de sa protégée, il avait perdu une chose nécessaire désormais à son bonheur.

« Je n'ai passé que quelques heures avec elle, se dit-il, et elle occupe mon esprit plus que mon neveu Reginald, qui, pendant quinze ans de ma vie, a été mon espoir et l'objet de tous mes soins. Qu'est-ce donc que cela signifie ? »

V

MAL, DE TOI J'ATTENDS MON BIEN

Reginald Eversleigh était beau, aimable, accompli, irrésistible, quand il le voulait, au dire de beaucoup de gens ; mais il n'était pas doué de ces facultés intellectuelles qui font les hommes éminents en bien ou en mal. Il était d'un caractère faible et indécis ; sous

l'empire d'un premier mouvement, il était susceptible
pendant une minute d'éprouver un certain repentir et
de se laisser gagner par un sentiment généreux ; mais,
un moment après, son égoïsme reprenait le dessus et
il ne songeait plus qu'à ses plaisirs. Il subissait facilement l'influence de tout ami ou compagnon d'une intelligence supérieure. Or, il possédait un ami de ce
genre en la personne du docteur Victor Carrington,
qui était infiniment au-dessous de lui comme position
sociale, mais que ses talents, unis à un tact parfait,
avaient élevé bien au-dessus de sa sphère.

C'était un jeune homme grand et mince, à la tournure élégante, au visage pâle, avec de grands yeux
noirs pleins de feu. Extérieurement, il avait l'apparence d'un étranger, et malgré son nom anglais, il était
à demi allemand ; sa mère était native de Berlin. Elle
était veuve, et vivait du travail de son fils, qu'elle ché-
rissait de l'amour le plus dévoué.

Une rencontre due au hasard, dans une salle de billard, entre Victor et Reginald, amena des relations qui
se changèrent bientôt en une étroite amitié. La nature
faible de Reginald fut heureuse d'en trouver une plus
forte sur laquelle elle pût s'appuyer. Eversleigh invita
son nouvel ami à le venir voir chez lui, à ses déjeuners
au champagne, à ses soupers, à ses parties de cartes,
où de grosses sommes se gagnaient et se perdaient.
Mais les perdants étaient rarement Victor ou Reginald,
et certaines gens disaient qu'Eversleigh était un fort
dangereux adversaire au whist, depuis qu'il s'était lié
avec Carrington.

« J'ai toujours peur d'Eversleigh, quand ce médecin à face pâle est son partner au whist ou se tient
planté derrière sa chaise à l'écarté, dit un officier du

régiment de Reginald. Mon opinion est que ce Prussien à l'œil sombre est Méphistophélès en personne ; jamais visage n'a mieux répondu à l'idée que je me fais de Satan. »

On rit de cette boutade ; mais il était peu de personnes à qui le nouvel ami de Reginald fût sympathique. Plusieurs même s'abstinrent de retourner chez le jeune officier, après deux ou trois soirées passées dans la société de Carrington.

« Ce garçon est trop habile ! avait observé un autre officier, et ces gaillards si experts sont des coquins presque invariablement. J'estime un talent remarquable dans une spécialité, un grand médecin, un grand jurisconsulte, un grand général, mais un individu qui sait tout mieux que qui que ce soit, est presque toujours un malhonnête homme. »

Carrington était la seule personne à laquelle Reginald eût dit la vérité sur sa rupture avec son oncle. Il s'était confié à lui, non par besoin d'épanchement, car le fait était trop humiliant pour n'être pas pénible à raconter, mais parce qu'il lui fallait les conseils d'un esprit plus fort que le sien.

« C'est dur de perdre l'espérance d'une fortune de quarante mille livres de revenu et de se voir réduit à une misérable pension de deux cents livres, n'est-ce pas, Carrington ? dit Reginald, pendant que les deux jeunes gens dînaient ensemble chez le déshérité, une quinzaine de jours après la scène qui s'était passée dans Arlington Street ; c'est bien dur, en vérité !

— Oui, ce serait bien dur, si une telle éventualité était possible, répondit froidement le médecin, mais nous ne laisserons pas cette fortune se réduire à deux cents livres. L'oncle généreux peut vouloir serrer les cor-

dons de sa bourse, mais nous ne souffrirons pas que
cela se passe longtemps ainsi. Nous devons prendre les
choses tranquillement et mener l'affaire avec un peu de
savoir-faire. Vous avez besoin de mes conseils, je suppose, mon cher Reginald !

— En effet. »

Le docteur appelait toujours ses amis par leur nom
de baptême, surtout quand ces amis étaient dans une
position au-dessus de la sienne. Ses manières simples
et calmes cachaient un grand fonds d'orgueil, que peu
de gens savaient démêler, et il avait une façon à lui de
faire comprendre aux gens qu'il se regardait sur tous
les points comme leur égal, et sur certains points
comme leur supérieur.

« Vous avez besoin de mon avis ; très-bien ! Alors,
mon avis est que vous jouiez le rôle de l'enfant prodigue repentant. Ce n'est pas un rôle difficile, si vous
voulez tout observer. Votre oncle vous a donné le
conseil de passer dans la ligne ; au lieu d'agir ainsi,
vendez entièrement votre commission. Cela paraîtra un
acte de prudence, et vous aurez toute liberté pour mener
votre jeu avec habileté, et avoir l'œil sur celui du cher
oncle.

— Vendre ma commission ! s'écria Reginald, quitter
l'armée ! J'ai juré de ne jamais faire pareille chose.

— Mais vous vous trouverez malgré tout dans l'obligation de le faire. Votre régiment est trop dispendieux
pour un homme qui n'a qu'une pension si médiocre en
sus de sa paie. Votre phaéton, à lui seul, absorbera tout
votre revenu ; la note de votre tailleur vous dévorera
deux cents livres encore, et avec quoi paierez-vous vos
gants, vos fleurs, vos vins, vos cigares? Vous ne pouvez
pas vivre toujours sur le crédit, les marchands ont gé-

néralement l'ennuyeuse manie d'avoir besoin d'argent,
ne fût-ce que de quelques centaines de livres de temps
en temps à titre d'à-compte. Les juifs commencent à
regarder votre papier d'un œil soupçonneux. La nouvelle de votre rupture avec Sir Oswald transpirera à
coup sûr, un jour ou l'autre, et alors où en serez-vous?
Les cartes et le billard ont du bon dans leur genre,
mais vous ne pouvez en vivre sans passer définitivement dans la classe des grecs, et, comme grec, vous
perdriez toute chance de devenir jamais possesseur des
domaines de Raynham. Non, mon cher Reginald, il
faut vous restreindre, c'est mon dernier mot. Il faut
vendre votre commission, vous tenir tranquille, et surveiller votre oncle.

— Qu'entendez-vous par le surveiller? » demanda
Eversleigh d'un ton maussade.

Les conseils de son ami n'étaient guère de son goût.
Il était assis dans une attitude découragée, les coudes
sur les genoux, la tête appuyée sur les mains. et regardant le feu. Son verre plein restait sur la table sans
qu'il y portât les lèvres.

« Je veux dire que vous devez avoir les yeux sur lui,
afin de veiller à ce qu'il ne vous joue pas quelque tour,
répondit Carrington avec calme.

— Quel tour voulez-vous qu'il me joue?

— Dame! voyez-vous, quand un homme se brouille
avec ses héritiers, il peut prendre un parti désespéré.
Sir Oswald peut se marier.

— Se marier!... à cinquante ans!

— Oui, des hommes de cinquante ans sont capables
de devenir aussi éperdûment amoureux qu'aucun de
vos héros de vingt-cinq à trente ans. Sir Oswald serait
un magnifique parti, et, croyez-moi, il y a bon nombre

de femmes belles et bien nées qui seraient heureuses de conquérir le nom de Lady Eversleigh. Tenez compte de mes avis, mon cher Reginald; ayez l'œil sur votre oncle !

— Mais il m'a chassé de sa maison. Il a rompu tous les liens qui existaient entre nous.

— Alors, c'est à vous d'établir une chaîne secrète de communication avec sa maison, répartit Victor. Il a quelque domestique de confiance, je suppose ?

— Oui, il a son valet de chambre, Millard, qui est plus avant que tous les autres dans sa confiance. Seulement, il n'est pas homme à être bien communicatif avec ses gens.

— C'est possible ; mais les domestiques ont leurs moyens d'informations, et soyez-en sûr, Millard connaît mieux les affaires de votre oncle que Sir Oswald ne le voudrait. Il faut mettre ce Millard dans vos intérêts.

— Mais c'est un brave serviteur, l'honnêteté même, un modèle de fidélité.

— Hum ! murmura le médecin, avez-vous jamais essayé l'effet de quelques présents sur ce modèle de fidélité ?

— Jamais.

— Alors, vous ne savez rien de lui. Rappelez-vous ce qu'a dit Sir Robert Walpole : Tout homme a son prix. Nous n'avons qu'à connaître le prix de Millard.

— Vous êtes un être étonnant, Carrington.

— Vous croyez ? Bah ! J'ai les yeux ouverts, voilà tout. Les autres hommes circulent dans la vie les yeux à moitié fermés ; j'ai pris mes degrés à une bonne école, et peut-être aussi étais-je un assez bon élève.

— A quelle école ?

— A celle de la pauvreté ! c'est un genre d'éducation qui développe l'intelligence. Mon père était un réprouvé, un joueur ; et j'ai su de très-bonne heure que je n'avais rien à espérer de lui. Il m'a fallu m'ouvrir moi-même ma route dans le monde, et si jusqu'à présent je n'ai pas marché beaucoup en avant, c'est que j'ai eu à soutenir un combat terrible contre les événements.

— Pourquoi n'êtes-vous pas entré résolûment dans une carrière professionnelle ? reprit Eversleigh. Votre éducation est terminée, vous avez pris vos grades, qu'attendez-vous ?

— J'attends ma chance, répondit Victor. Je ne me soucie guère de m'engager dans une carrière où il faille travailler vingt ans et plus pour arriver à quelque chose qui ressemble à une vie prospère. J'ai étudié, comme peu d'hommes de vingt-cinq ans l'ont fait, la chimie, aussi bien que la médecine. Je puis attendre l'occasion. Je me fais quelques livres par semaine en écrivant pour les journaux de médecine, et, avec cette ressource et les gains que je réalise au jeu, je fais aisément face aux dépenses de la modeste demeure où nous vivons, ma mère et moi. En attendant, je suis libre ; et, croyez-moi, mon cher Reginald, il n'y a rien d'aussi précieux que la liberté.

— Et vous ne m'abandonnez pas, maintenant que je n'ai plus de position dans le monde, mon vieux camarade ?

— Non, Reginald, je ne vous abandonnerai jamais, tant qu'il vous restera une chance d'hériter de quarante mille livres sterling de rente, » répliqua le médecin en accompagnant ses paroles d'un éclat de rire.

En même temps ses yeux profonds étincelaient.

Reginald le regarda et éprouva comme une sensation de frayeur.

« Quel singulier garçon vous êtes, Carrington ! Vous ne cherchez pas même à faire croire que vous avez du cœur.

— Le cœur est un luxe dont un homme pauvre doit se priver, dit Victor avec un sang-froid parfait. Je pourrais tout aussi bien me permettre un phaéton à deux chevaux que de faire parade de sensibilité et de grands sentiments. J'ai mon chemin à faire dans le monde, Eversleigh, et je dois m'occuper de mes intérêts et de ceux de mes amis. Vous le voyez, je ne suis pas hypocrite ? Ne concevez aucune crainte, mon cher ; je vous aiderai, vous m'aiderez à votre tour, et nous aurons bien du malheur si la fortune de Sir Oswald ne nous est pas rendue avant la fin de l'année. Mais il faut être patient. Notre travail sera lent, car il nous faudra nous livrer à une œuvre souterraine. Si votre oncle est encore à sa résidence d'Arlington Street, demain je verrai Millard.

* * * * *

Sir Oswald n'avait pas quitté Arlington Street.

Dès le lendemain, en effet à la tombée de la nuit, Carrington se présenta à l'hôtel du baronnet et demanda Millard, le valet de chambre.

Carrington n'avait jamais vu le parent de son ami et ne courait risque d'être reconnu. Il avait choisi, pour sa visite, l'heure du dîner, sachant qu'à ce moment le valet de chambre serait libre. Il envoya sa carte à Millard, avec un mot écrit au crayon par lequel il lui demandait un entretien pour affaire urgente.

Millard vint sur le champ dans le vestibule et introduisit son visiteur dans une petite pièce réservée à l'usage des chefs de service de la maison.

Le médecin était profondément versé dans l'art de gagner le cœur et l'esprit de ses semblables. Il lut sur le visage du valet de chambre comme dans un livre ouvert. Il vit qu'il était pusillanime, irrésolu, suffisamment honnête, mais accessible à la tentation. C'était un homme d'une quarantaine d'années, aux cheveux blonds, au visage pâle, aux yeux d'un gris verdâtre.

« Faible et cupide ! se dit le médecin en examinant la physionomie de son homme. Bien ! bien ! nous trouverons ce qu'il faut pour nous entendre avec Millard. »

Carrington confia au valet de chambre qu'il était l'intime de Reginald et qu'il venait lui faire visite à l'insu de son ami. Il s'étendit beaucoup sur le chagrin et le désespoir d'Eversleigh.

« Mais il est fier, ajouta-t-il, trop fier pour approcher de cette maison directement ou indirectement. Le coup que lui a porté l'abandon inattendu de son oncle l'a complétement accablé. Je suis médecin, monsieur Millard, et je vous atteste que pendant la quinzaine qui vient de s'écouler, j'ai presque eu des craintes pour la raison de mon ami. C'est pourquoi je me suis décidé à cette démarche désespérée, que Reginald ne me pardonnerait pas s'il en avait connaissance. Je me suis déterminé à venir dans cette maison pour m'assurer, si c'est possible, des véritables sentiments de Sir Oswald à l'égard de son neveu. Reste-t-il un espoir de réconciliation ?

— Je crains bien que non, monsieur.

— C'est fâcheux ! fit Victor gravement, très-fâcheux ! Une grande fortune en déshérence ; ce sera mauvais pour tout le monde, si cette fortune passe en des mains étrangères ; mauvais surtout pour les vieux serviteurs ;

car, vis-à-vis des étrangers, les liens résultants de leurs longs services seront reconnus. Ce qui serait pire encore, ce serait que Sir Oswald se mît en tête de se marier. »

Le valet de chambre prit un air soucieux.

« Si vous m'aviez dit une chose pareille il y a quinze jours, dit-il, je vous aurais affirmé qu'elle était impossible ; mais maintenant...

— Maintenant ?... Que voulez-vous dire ?...

— Eh bien, monsieur, vous êtes gentleman, et comme de raison vous savez garder un secret ; je vous avouerai donc franchement que rien ne me surprendrait de la part de mon maître, après ce que j'ai vu dans ces derniers quinze jours. »

Ces paroles étaient plus que suffisantes pour Carrington, qui ne quitta pas Arlington Street sans avoir arraché au valet de chambre toute l'histoire de l'adoption de la chanteuse des rues.

VI

LE VIEUX ROBIN GRAY

Une année et quelques mois s'étaient écoulés ; l'été était venu, le soleil répandait sa plus éclatante lumière sur les bois qui entourent le château de Raynham.

Ce château est un vaste et imposant édifice noirci par le temps. A l'une des ailes, les tours puissantes de l'ancien château-fort ; l'autre aile, avec ses fenêtres en ogive et ses tourelles élancées, est construite dans le style

du XVᵉ siècle. Le corps de logis principal a été rebâti
sous le règne de Henri VIII, et une longue rangée de
fenêtres à la Tudor donne sur la large terrasse, au delà
de laquelle un jardin d'agrément se prolonge en pente
douce jusqu'au parc. Au centre de cette large façade,
une haute voûte donne accès dans une cour carrée, entourée sur les quatre faces par les bâtiments, et au milieu de laquelle s'élève une fontaine, dont les eaux jail-
lissantes retombent dans un bassin de marbre.

Tous les bois, toutes les terres qui entourent le château de Raynham à perte de vue dépendaient de ce riche
domaine, dont Reginald avait été pendant de longues
années considéré comme l'héritier, et sur lequel sa folle
et honteuse conduite lui avait fait perdre ses droits.

Maintenant il n'y avait pas dans le village de Raynham
un paysan qui n'eût plus de droits que lui de pénétrer
dans le château avec la chance d'y être bien accueilli.

L'héritier dépossédé s'était entièrement remis entre
les mains de son conseiller Carrington. Il avait vendu
sa commission d'officier et il s'était établi dans un modeste logement situé dans une des petites rues des beaux
quartiers de Londres. Là il essaya de mener une existence tranquille, conformément aux avis de son ami,
mais il était trop l'esclave de ses passions et de ses vices.

La vente de sa commission l'avait fait riche pour le
moment, et, tant qu'il eut de l'argent, il continua son
ancien genre de vie, pariant, jouant, fréquentant tous
les lieux aristocratiques consacrés à la dissipation, se
conduisant néanmoins avec un peu plus de prudence
qu'autrefois et se laissant quelque peu tenir en bride pas
son adroit ami.

« Amusez-vous tant que vous voudrez, mon cher Reginald, lui disait Carrington, mais ayez soin que le bruit

de vos folies ne parvienne pas aux oreilles de votre oncle. Rappelez-vous que je compte vous réconcilier avec lui avant la fin de l'année.

— Cela n'arrivera jamais, répondit Eversleigh d'un ton de désespoir. Je suis ruiné, je suis perdu, Carrington. Inutile de chercher à me cacher la vérité. Je suis condamné à la pauvreté pour la vie, et ce que j'ai de mieux à faire, c'est de me jeter par-dessus un des ponts de la Tamise, pour mettre au plutôt un terme à ma misérable existence. Au dire de Millard, la passion insensée de mon oncle pour cette chanteuse des rues devient de plus en plus vive. Il est certain maintenant qu'il finira par l'épouser.

— Eh! quand elle sera Lady Eversleigh, ce sera à nous de trouver les moyens de nous interposer entre elle et la fortune des Eversleigh, répondit froidement Victor. Je vous ai dit que le mariage de votre oncle serait pour nous un événement malheureux; mais je ne vous ai jamais dit qu'il dût anéantir toutes vos chances. Je pense, d'après les rapports de Millard, qu'il est peu douteux que Sir Oswald fasse la folie d'épouser cette fille. Dans ce cas-là, nos efforts devront tendre à empêcher qu'il ne lui laisse sa fortune. Elle est sans famille et d'origine fort obscure; il n'est donc guère probable qu'il prenne tout de toute des dispositions en sa faveur. Quant à l'avenir, un homme de cinquante ans qui épouse une jeune fille de dix-neuf est exposée à se repentir de sa folie. Ce sera à nous de manœuvrer en sorte que le repentir ne ne se fasse pas attendre longtemps, une fois qu'il aura sauté le pas fatal.

— Je ne vous comprends pas, Carrington?

— Mon cher Eversleigh, il vous arrive rarement de me comprendre, répartit le médecin de ce ton quelque

peu méprisant qu'il avait coutume de prendre avec son
ami ; mais ceci est de fort peu de conséquence, conten-
tez-vous de faire ce que je vous dis, et reposez-vous
sur moi du reste. Vous serez encore l'heureux possesseur du château de Raynham, si mon intelligence est
bonne à quelque chose. »

* * * * *

Une année s'était encore passée pendant laquelle Sir
Oswald habitait tantôt le château de Raynham, tantôt
la résidence d'Arlington Street. Il faisait de nombreuses
visites à l'institution des Hêtres.

A chacune de ses visites, il ne voyait sa protégée que
pendant un quart d'heure, en présence de l'imposante
Mlle Beaumont, souriant d'un air digne à sa pupille et
au généreux seigneur qui payait d'une façon si libérale
les frais de son éducation. Elle n'avait toujours que les
plus favorables rapports à faire sur son élève. Jamais
elle n'avait vu autant de talent uni à une application
aussi soutenue. Quelquefois Sir Oswald priait Mlle Milford de chanter, et Honoria s'asseyait au piano, sur
lequel ses doigts blancs couraient maintenant avec as-
surance.

Sa voix de soprano, pure et splendide, avait acquis
une nouvelle puissance depuis que Sir Oswald l'avait
entendue sur la Place du Marché ; son exécution comme
chanteuse s'améliorait de jour en jour. L'Italien qui lui
donnait des leçons de chant parlait avec ravissement de
son élève ; jamais il n'avait entendu plus belle voix conduite avec plus de goût. Mlle Milford ne pouvait manquer de produire la plus profonde impression, quand
ses études musicales seraient terminées et qu'elle pourrait paraître devant le public.

Mais à mesure que l'année approchait de sa fin, Sir

Oswald parlait de moins en moins de la carrière artistique à laquelle il avait d'abord destiné sa protégée. Il ne lui arrivait plus de lui rappeler que c'était uniquement sur son travail qu'elle devait fonder ses espérances de fortune. Il ne parlait plus en termes aussi brillants de l'avenir qui s'ouvrait devant elle. Ses manières avaient complétement changé : il restait grave et silencieux chaque fois qu'une allusion était faite par Mlle Beaumont ou par Honoria au parti qu'il y aurait à tirer, dans l'avenir, de la voix superbe et du talent hors ligne de la jeune fille.

Un jour, la maîtresse de pension, en causant avec son élève, fit une observation au sujet de ce changement.

« Savez-vous, ma chère mademoiselle Milford, que je suis réellement disposée à croire que Sir Oswald n'a plus la même manière de voir à l'égard de votre carrière future, et qu'il ne paraît plus avoir l'intention que vous deveniez une artiste lyrique.

— Ce que vous me dites là, chère mademoiselle Beaumont, est tout à fait impossible, répondit Honoria avec calme. Mon éducation coûte à mon bienfaiteur, à mon bon parent, beaucoup d'argent, qui serait perdu si je ne devais pas faire de la musique une profession. D'ailleurs, quelle autre espérance d'avenir peut s'offrir à moi ? Souvenez-vous que Sir Oswald vous a toujours dit que j'avais ma fortune à faire. Je n'ai rien à attendre de personne ; c'est à sa générosité seule que je dois ma position actuelle.

— Eh bien ! je ne sais ce qui en est, ma chère enfant, répondit Mlle Beaumont, je me trompe peut-être, mais je ne puis m'empêcher de penser que Sir Oswald a changé d'idée à votre sujet. Je n'ai pas besoin de vous dire que mes opinions sont contraires à ce qu'une jeune fille élevée dans mon établissement entre dans une carrière professionnelle, quelque bien douée qu'elle soit ; mon sang se fige dans mes veines, quand je me représente une de mes élèves sur les planches d'un théâtre et paraissant devant le public. J'ai dit à Sir Oswald, quand il m'a proposé de vous amener ici, qu'il serait nécessaire que la carrière à laquelle vous vous destiniez restât un secret pour vos compagnes ; car je vous assure, ma chère Honoria, que plus d'un père viendrait aussitôt retirer ses enfants de ma maison, si on apprenait qu'une jeune fille se destinant au théâtre fait ici son éducation. En définitive, votre conduite discrète et les conditions généreuses offertes par Sir Oswald ont pu seules me décider à m'exposer au risque que je courais en vous accueillant ici. »

La seconde année du séjour d'Honoria aux Hêtres avait commencé. Les visites de Sir Oswald devenaient de plus en plus fréquentes. Lorsque les rapports sur les progrès de sa protégée étaient plus flatteurs que de coutume, sa visite était généralement suivie de l'envoi de quelque riche cadeau pour l'élève de Mlle Beaumont : une bague, un bracelet, un médaillon. Ces bijoux, toujours d'un goût parfait, étaient de ceux qu'une jeune personne peut porter ; mais ils étaient d'une certaine valeur.

Honoria aurait eu un cœur de pierre, si elle n'avait pas été pleine de reconnaissance pour son généreux protecteur ; mais elle n'était pas ingrate et ses sentiments n'échappaient point à Sir Oswald. Son beau visage était radieux lorsqu'elle entrait dans le salon où il l'attendait, et la joie qu'elle éprouvait de ses courtes visites était aussi évidente que si elle l'eût exprimée par des paroles.

On était au milieu de l'été. Il y avait quinze mois qu'Honoria était aux Hêtres. Elle avait beaucoup acquis pendant ce temps en talent et en grâce ; au milieu du calme et du repos de cette confortable demeure, sa beauté s'était développée dans toute sa splendeur. Elle était aimée de toutes ses compagnes, mais elle n'avait parmi elles ni amie ni confidente. Les noirs secrets de sa vie passée l'éloignaient de toutes relations intimes avec les jeunes filles de son âge.

Elle avait ainsi mené une existence presque solitaire, et elle trouvait son plus grand bonheur dans ses études ; c'était peut-être ce qui avait doublé ses progrès durant son séjour chez les demoiselles Beaumont.

Par une brillante après-midi de juin, le phaéton à deux chevaux de Sir Oswald s'arrêta devant les fenêtres de la salle d'étude.

« Une visite pour Mlle Milford ! » s'écrièrent les élèves assises près des fenêtres, en reconnaissant l'élégant équipage.

Honoria se leva de sa place, attendant qu'on vînt la prévenir. Bientôt le domestique se présenta à la porte de la classe et Mlle Milford fut priée de passer au salon.

Elle y trouva Sir Oswald qui l'attendait seul. C'était la première fois que Mlle Beaumont s'absentait de la salle de réception lors des visites du baronnet.

Il se leva pour la recevoir et prit la main qu'elle lui tendait.

« Je suis seul, vous le voyez, Honoria, dit-il. J'ai prévenu Mlle Beaumont que j'avais un entretien d'une nature sérieuse à avoir avec vous, et elle m'a permis de vous parler sans témoins.

— Un entretien de nature sérieuse ? répéta la jeune fille en regardant Sir Oswald avec une expression de surprise. Oh ! je crois deviner ce que vous allez me dire, ajouta-t-elle après un moment d'hésitation. Mon éducation musicale est suffisamment avancée pour que je fasse un nouveau pas dans la carrière que vous m'avez tracée.

— Non, Honoria, vous vous trompez, répliqua gravement le baronnet ; loin de vouloir hâter votre éducation musicale, mon intention est de vous prier de renoncer à toute pensée de carrière lyrique.

— Quoi ! c'est vous qui me demandez cela, Sir Oswald ! vous qui m'avez dit si souvent que mon seul espoir de fortune était là !

— Vous aimez donc beaucoup votre art, Honoria ?

— Plus que ma vie.

— Et c'est avec chagrin sans doute que vous renonceriez à paraître devant le public, à abandonner le rêve que vous aviez fait de devenir une grande cantatrice ? »

Il y eut un moment de silence ; puis la jeune fille répondit d'un air pensif :

« Je ne sais. Je n'ai jamais pensé au public. Je ne me suis jamais représenté le moment où je paraîtrais devant une grande assemblée, ainsi qu'autrefois dans les rues, au milieu du bruit et du tumulte, pour des gens qui m'accordaient bien peu d'attention. Je n'ai jamais pensé à cela, j'aime la musique pour elle-même, et j'éprouve autant de plaisir quand je chante seule dans ma chambre que j'en pourrais éprouver à chanter dans la plus grande salle d'opéra.

— Et les applaudissements, l'admiration, les hommages que votre beauté, aussi bien que votre voix, vous attirerait ? L'idée de renoncer à de tels succès ne vous cause-t-elle aucune peine, Honoria ? »

La jeune fille secoua tristement la tête.

« Vous oubliez ce que j'étais quand vous m'avez ramassée sur une froide pierre de la Place du Marché ; sans cela vous ne m'adresseriez pas une semblable question. J'ai affronté le public, non pas la foule brillante d'un théâtre, mais la foule grossière des gens qui s'assemblent devant la porte d'un débit de liqueurs pour entendre une pauvre chanteuse des rues. J'ai chanté sur les champs de course, où les gens riches et de haute race se réunissent, et je connais ce que sont leurs témoignages d'admiration. Je sais ce que cela vaut, Sir Oswald. Souvent la même personne qui vous met dans la main une pièce d'argent, joint une insulte à son offrande. »

Sir Oswald contemplait sa protégée dans un silencieux ravissement. Il se passa quelque temps avant que la conversation reprît.

« Voulez-vous venir faire un tour de promenade avec moi dans le jardin ? demanda Sir Oswald. Cette avenue de hêtres est délicieuse, et... je pense que je serai mieux là pour ce que j'ai à vous dire. En tout cas, je craindrai moins d'être interrompu. »

Honoria se leva avec la déférence qu'elle apportait dans toutes ses relations avec son bienfaiteur, et ils sortirent sur la pelousee. Cette pelouse était traversée par l'avenue de hêtres ; ce fut de ce côté que se dirigea Sir Oswald.

« Honoria, dit-il, après un silence assez long, si vous saviez à quels doutes, à quelles anxiétés j'ai été en proie avant de venir aujourd'hui, avant de me résoudre à une démarche sur la sagesse de laquelle je ne suis guère fixé encore, je pense que vous auriez quelque compassion de moi. Mais me voici près de vous, et si je me dé-

cide à parler, je dois le faire avec franchise. Au commencement, je me suis efforcé de croire que dans
l'intérêt passionné qui me portait vers vous, il n'y avait
qu'un sentiment tout simple d'humanité. Quand je vous
ai indiqué la carrière où vous pouviez vous distinguer,
et quand je vous ai fourni les moyens de la suivre, j'a-
vais encore mon sang-froid et ma raison. J'avais résolu
de passer l'année qui vient de s'écouler à l'étranger. Je
ne comptais pas vous voir plus d'une fois avant mon
départ. Mais l'impression que vous aviez produite sur
moi, lors de notre première rencontre, est devenue plus
forte de jour en jour. Malgré moi, je pensais à vous;
malgré moi, je venais ici, j'y revenais encore, pour
contempler votre visage, pour entendre pendant quelques instants votre voix; puis je retournais dans le
monde, qui me semblait plus sombre et plus triste lorsque je sortais ébloui de l'éclat de votre beauté. Peu à
peu l'idée de vous voir vous faire actrice m'est devenue
odieuse. J'avais d'abord pensé avec orgueil aux succès
qui vous attendaient, aux hommages qui vous seraient
offerts. Mais un changement absolu n'a pas tardé à se
faire dans mes sentiments, et j'ai frémi à l'idée de vos
triomphes, car ces triomphes devaient sans doute nous
séparer à jamais. Pourquoi m'appesantir sur ce bouleversement inouï de mon âme? Honoria! vous devez
avoir déjà deviné le secret de mon cœur. Dites-moi que
vous ne me méprisez pas!

— Vous mépriser, Sir Oswald!.... vous, le plus noble
et le plus généreux des hommes! Vous devez savoir à
n'en point douter que je n'ai que de l'admiration et du
respect pour vos nobles qualités et pour la bonté dont
vous avez fait preuve à l'égard d'une malheureuse créature telle que moi.

— Mais, Honoria, j'ambitionne quelque chose de plus que votre estime. Vous rappelez-vous cette soirée où, pour la première fois, je vous ai entendue chanter sur la Place du Marché ?

— Puis-je oublier jamais cette triste soirée ! s'écria la jeune fille, comme si cette question lui semblait étrange ; puis-je oublier cette heure d'angoisse où vous êtes accouru à mon secours ?

— Vous rappelez-vous l'air que vous chantiez, le dernier que vous ayez chanté dans les rues ? »

Honoria réfléchit un instant avant de répondre ; elle ne pouvait évidemment retrouver tout de suite dans sa mémoire l'air qu'elle chantait ce soir-là.

« J'avais les idées bien confuses dans ce cruel moment, dit-elle, j'étais si fatiguée, si malheureuse ; pourtant, attendez... je m'en souviens : c'était la ballade du *Vieux Robin Gray*.

— Oui, Honoria, l'histoire de l'amour d'un vieillard pour une jeune femme qui aurait pu être sa fille. J'étais tristement assis devant mon feu, méditant sur les événements d'une journée qui avait été bien douloureuse pour moi, lorsque votre voix vibrante frappa mon oreille et m'arracha à ma rêverie. J'écoutai jusqu'à la dernière note cette vieille ballade. Quoique les paroles m'en fussent connues depuis longtemps, elles me paraissaient ce soir-là toutes nouvelles. Une attraction irrésistible me poussa vers l'endroit où je vous avais vue tomber, succombant à la peine. A partir de cette heure, vous avez exercé une influence décisive sur ma vie. Je vous ai aimée, ah ! comme peu d'hommes sont capables d'aimer. Dites-moi, Honoria, ai-je aimé en vain ? Le bonheur de ma vie est entre vos mains ; c'est à vous de décider si l'existence sera désormais vide et morne pour moi, ou si je dois être le plus fier et le plus heureux des hommes.

— Mon amour aurait-il le pouvoir de vous rendre heureux, Sir Oswald ?

— Heureux d'un bonheur ineffable.

— Alors il est à vous.

— Vous m'aimez !..... Vous m'aimez malgré la différence de nos âges ?

— Oui, Sir Oswald, je vous vénère et vous aime de tout mon cœur. Ai-je jamais connu plus digne objet de l'affection d'une femme ? Depuis l'heure où quelque ange gardien m'a jetée sur votre chemin, qu'ai-je vu en vous, si ce n'est la noblesse de votre caractère et la générosité de votre cœur ? Est-il étrange que ma reconnaissance soit devenue de l'amour ?

— Honoria ! murmura Sir Oswald, en baissant la tête et en appuyant ses lèvres sur le front de la jeune fille, Honoria ! vous m'avez rendu trop heureux. Ah ! j'ai peine à croire que ce bonheur ne soit pas un rêve qui va s'évanouir et me laisser plus seul et plus triste, pleurant ma folie. »

Il fit avec Honoria quelques pas vers la maison. Même en ce moment de suprême félicité, il fallait qu'il n'oubliât pas Mlle Beaumont, qui sans doute était aux aguets quelque part pour veiller sur son élève.

« Ainsi donc, vous renoncerez au théâtre, Honoria ? dit le baronnet, pendant qu'ils s'avançaient à pas lents vers la maison.

— Je vous obéirai en toute chose.

— Merci, ma chère enfant ! quand vous quitterez cette maison vous en sortirez avec le titre de Lady Eversleigh. »

Mlle Beaumont attendait dans le salon, évidemment

I. — 7

surprise de la longueur de l'entretien de Sir Oswald
avec sa pensionnaire.

« Vous admirez mes jardins, à ce que je vois, Sir
Oswald, dit-elle très-gracieusement. Il n'est pas dans
les habitudes de ma maison de laisser un gentleman se
promener en tête-à-tête avec une de mes élèves ; mais
je suppose qu'en faveur d'une personne de votre âge,
nous pouvons, dans une certaine mesure, faire une in-
fraction à la sévérité de nos règlements. »

Le baronnet salua avec un peu de raideur. Un homme
de cinquante ans n'aime pas qu'on lui rappelle son âge,
juste au moment où il vient d'être accepté comme
époux par une jeune fille de dix-neuf ans.

« C'est peut-être la dernière occasion que j'aurai
d'admirer vos jardins, mademoiselle Beaumont, dit-il ;
car je pense vous enlever votre élève très-prochainement.

— En vérité ! s'écria la maîtresse de pension, qui rougit d'une indignation contenue. Je me plais à croire que
Mlle Milford n'a eu aucun sujet de plainte. Elle a joui
dans ma maison de priviléges exceptionnels : une
chambre séparée, un service particulier, sans parler de
ma sollicitude, toute maternelle, j'ose le dire. Il faudrait
vraiment qu'elle oubliât la reconnaissance la plus ordinaire, si elle n'était pas satisfaite.

— Vous faites erreur, chère madame, Mlle Milford
n'a pas exprimé la plus légère plainte. Au contraire, je
suis sûr qu'elle s'est trouvée parfaitement heureuse
dans votre établissement. Mais des changements sur-
viennent chaque jour, et un important changement est
au moment de se produire dans mon existence et la
sienne. Quand je vous ai proposé de l'amener ici, vous
m'avez demandé si elle était ma parente ; je vous ai dit

qu'il existait entre nous un lien de parenté éloigné.
J'espère bientôt pouvoir dire que le lien qui nous attache l'un à l'autre est le plus étroit qui soit ; j'espère
faire bientôt d'Honoria Milford ma femme. »

L'étonnement de Mlle Beaumont, en entendant ces
paroles, fut extrême ; mais comme la surprise est une
émotion bonne pour le vulgaire, l'imposante maîtresse
de pension parvint à réprimer toute manifestation exté-
rieure de ses sentiments. Sir Oswald ajouta que, comme
Mlle Milford était orpheline et sans proches parents, il
désirait qu'elle sortît directement de la pension des
Hêtres pour se rendre à l'église, où elle deviendrait sa
femme, et il pria Mlle Beaumont de vouloir bien lui
prêter son assistance pour les arrangements à prendre
et les préparatifs à faire.

Mlle Beaumont possédait un bon cœur sous la couche
de glace de ses grandes manières : elle fut ravie à l'idée
du rôle qu'elle était appelée à jouer dans ce véritable
mariage d'amour. En outre, l'affaire bien conduite devait lui donner à elle-même une grande importance ;
elle pourrait glisser dans la conversation : « Mon élève
Lady Eversleigh » ou : « Cette charmante jeune fille,
Mlle Milford, qui est sortie de chez moi pour épouser
le riche Sir Oswald Eversleigh. » Sir Oswald demanda
avec instance que la célébration du mariage eût lieu
dans le délai le plus court, et Honoria, accoutumée à
lui obéir en tout, ne fit aucune opposition à son souhait. Une fois encore Sir Oswald souscrivit un chèque
pour l'achat de la garde-robe de sa protégée, et
Mlle Beaumont se sentit gonflée d'orgueil à la pensée
de l'honneur qui rejaillirait sur elle, lorsqu'elle aurait
à dépenser une grosse somme d'argent dans les maga-
sins de Regent Street, où elle avait l'habitude de faire

les achats dont elle était chargée pour ses élèves, et où elle était déjà considérée comme une personne de quelque importance.

On était à l'époque des vacances, et la plupart des pensionnaires étaient absentes. Mlle Beaumont put donc consacrer toute la quinzaine suivante à la délicieuse occupation de courir les boutiques. Elle se rendait à Londres en voiture presque tous les jours avec Honoria, et les heures se passaient à choisir des étoffes de satin et de velours, des bijoux et des dentelles, et à tenir de longues consultations avec les marchandes de modes et les couturières en renom.

« Sir Oswald m'a confié la direction de cette importante affaire, et je tomberai de fatigue et d'épuisement devant les comptoirs de Howell et de James plutôt que de manquer à l'accomplissement ponctuel de ma tâche, » disait Mlle Beaumont, quand Honoria la suppliait de ne pas se donner tant de peine pour son trousseau.

L'intention de Sir Oswald était que son mariage se fît dans le plus strict incognito. Qui pouvait-il inviter à son mariage avec une jeune fille sans nom et sans famille ? Mlle Beaumont était la seule personne à laquelle il pût se fier, et il l'avait trompée, car elle croyait qu'Honoria était une cousine au quatrième ou au cinquième degré, quelque parente pauvre de Sir Oswald.

Au commencement du mois de juillet, le mariage eut donc lieu. Tous les préparatifs avaient été faits assez secrètement pour déjouer la surveillance même du vigilant Millard. Il avait remarqué que le baronnet était plus occupé et d'une humeur plus gaie que de coutume; mais il n'en avait pas découvert la raison.

« Il se passe quelque chose, monsieur, dit-il à Carrington, mais que je sois pendu si je me doute de ce que c'est. Je crois pouvoir assurer que la jeune femme est au fond de tout cela. Jamais je n'ai vu à mon maître l'air si bien portant et si heureux. Il semble rajeunir de jour en jour. »

Reginald regarda son ami avec une expression de sombre désespoir, quand ces nouvelles lui furent transmises.

« Je vous avais bien dit que j'étais ruiné, Victor, dit-il, et peut-être maintenant voudrez-vous bien me croire ? Mon oncle épousera cette femme. »

Ce fut seulement la veille du mariage que Sir Oswald se décida à faire une communication à son valet de chambre. En s'habillant pour le dîner, il lui dit :

« Vous veillerez à ce que mes malles de voyage soient prêtes pour demain deux heures, et vous vous tiendrez prêt vous-même à m'accompagner. Je partirai de Londres à trois heures, d'une maison située à Fulham. Vous partirez d'ici avec la chaise de poste et les bagages.

— Vous allez voyager à l'étranger, monsieur ?

— Non, je vais dans le nord du pays de Galles, pour huit ou quinze jours. Je ne partirai pas seul... Je me marie demain matin, Millard, et Lady Eversleigh m'accompagne. »

Malgré toutes les discussions qui avaient eu lieu à l'office sur les probabilités de ce mariage, Millard fut atterré de surprise. Rien n'est moins bien accueilli par les vieux serviteurs que le mariage d'un maître qui est resté longtemps célibataire. Quelque belle et bien née que soit la future épouse, elle sera considérée comme une intruse, et si, comme c'était le cas, il se trouve qu'elle soit pauvre et sans nom, le mari est regardé comme une dupe ou un imbécile, et la femme est flétrie du nom d'aventurière.

Le valet de chambre fut absorbé toute la soirée, et même une partie de la nuit, par les préparatifs du voyage, et il ne trouva pas le temps d'aller chez Reginald pour lui porter la terrible nouvelle.

« Il l'apprendra assez tôt, ce pauvre et infortuné jeune homme ! » se dit-il.

Millard avait raison. Peu de jours après, l'annonce du mariage du baronnet parut dans le *Times*; car, malgré le secret du jour de la célébration, Sir Oswald n'entendait pas éloigner sa jeune femme du monde.

« *Le mardi, 4 du courant, dans l'église de Saint-*
« *Marc de Fulham, Sir Oswald Morton Vansittard*
« *Eversleigh a été uni à demoiselle Honoria, fille*
« *de feu Thomas Milford.* »

C'était tout, et c'est cette nouvelle que Reginald lut un matin en déjeunant, après une nuit passée au jeu. Il jeta le journal loin de lui en jurant, et s'habilla en hâte, et comme fou de colère, pour aller trouver Carrington.

Le médecin demeurait à l'extrémité du quartier de Maida Hill, dans un cottage qui se trouvait alors toucher aux champs. C'était une petite résidence assez confortable, mais Reginald y jeta un regard de suprême dédain.

« Vous pouvez attendre, dit-il au cocher de sa voiture. Je serai de retour dans une heure environ. »

L'homme dirigea sa voiture vers la plus prochaine auberge pour faire rafraîchir ses chevaux, et Reginald, passant devant la jeune servante qui était venue lui ouvrir la porte du jardin, entra sans être annoncé.

Tout, dans la demeure de Carrington, était d'une pro-

preté parfaite. La pauvreté s'y trahissait, il est vrai,
mais une pauvreté décente et parée. Dans le petit salon
où Reginald avait été reçu, tout brillait de fraîcheur et
de goût. Des rideaux de mousseline blanche garnissaient la fenêtre; des oiseaux chantaient dans une cage
simple, mais élégante; de grands vases de cristal remplis de fleurs fraîchement coupées ornaient la cheminée et les tables.

Le neveu de Sir Oswald regardait pourtant avec une
moue méprisante cette indigence où se mêlait la distinction.

Le médecin vint bientôt le rejoindre.

« Voulez-vous me suivre à mon laboratoire? fit-il
après avoir serré la main de son visiteur imprévu. Je
vois que vous avez quelque chose d'important à me
dire, nous serons là plus à l'abri des interruptions.

— Je ne serais pas venu ainsi au bout du monde, si
je n'avais pas le plus grand besoin de vous voir, vous
pouvez en être sûr, Carrington! répondit Reginald d'un
ton maussade. Comment diable! habitez-vous au fond
de ce trou perdu?

— Je suis un travailleur, et ce trou perdu me convient. De plus, le loyer est bon marché, ce qui convient à ma bourse.

— Cela ressemble à une maison de poupée, reprit
Reginald dédaigneusement.

— Ma mère aime à s'entourer d'oiseaux et de fleurs,
et moi j'aime à me prêter aux fantaisies de ma mère. »

La physionomie de Victor semblait changer d'expression quand il parlait de sa mère; l'éclat sombre de ses
yeux s'adoucissait, et la ligne inflexible de ses lèvres
serrées se détendait un peu.

L'affection qu'il portait à sa mère était l'unique sentiment tendre auquel cet homme dangereux fût accessible.

Il ouvrit la porte d'une pièce sur le derrière de la maison, et il y introduisit Eversleigh.

Reginald tressaillit de surprise à la vue de la salle où il se trouvait. Cette salle, qui avait été autrefois une cuisine, était beaucoup plus grande que toutes les autres pièces de la maison. Là, rien n'avait été disposé en vue du comfort ou de l'élégance. Les murs nus et blanchis à la chaux n'offraient au regard, pour tout ornement, que quelques planches chargées de fioles et de vases d'une forme étrange. Reginald apercevait tous les curieux accessoires d'un laboratoire de chimie : fourneaux, cornues, alambics, tous ces étranges instruments qui, pour les ignorants, semblent toujours effrayants et mystérieux.

Le jeune homme regardait autour de lui avec un profond étonnement.

« Mais, Victor, s'écria-t-il, votre cabinet de travail ressemble au laboratoire d'un alchimiste du moyen âge, d'un de ces hommes qu'on avait coutume de brûler comme sorciers.

— Je suis toujours un étudiant enthousiaste de son art. »

Les yeux de Reginald, après avoir erré autour de la chambre s'arrêtèrent tout à coup sur un objet posé sur la table, près du fourneau. Carrington suivit la direction de son regard, et, avec une vivacité de mouvement qui ne lui était pas habituelle, il laissa tomber son mouchoir sur cet objet.

Quelque rapide qu'eût été le geste, Reginald avait vu ce que le médecin tâchait de lui cacher.

C'était un masque en métal avec des yeux en verre.

« Vous portez donc un masque, quand vous êtes au travail, Carrington? dit Eversleigh, cela semble indiquer que vous manipulez des poisons.

— La moitié des substances employées en chimie sont des poisons, repartit froidement Victor.

— J'espère que l'atmosphère qu'on respire ici n'est pas dangereuse?

— En aucune façon. Allons, Reginald, venons aux nouvelles que vous devez avoir à me communiquer.

— Oui, j'ai des nouvelles, et des pires! Mon oncle a décidément épousé cette chanteuse des rues!

— Ah! reprit froidement Carrington, eh bien, il faut agir promptement, et faire tourner ce mariage même à notre avantage.

— Eh! comment?

— En nous en servant comme moyen d'amener une réconciliation. Vous écrirez une lettre de félicitations à Sir Oswald, une cordiale et généreuse lettre, où vous exprimerez votre repentir, votre affection, les angoisses que vous avez endurées pendant cette cruelle période de séparation. Vous pouvez parler franchement de ces choses, maintenant que votre honoré oncle a formé des liens qui excluent toute idée de motifs intéressés de votre part! Vous pouvez l'approcher hardiment, direz-vous, maintenant que vous n'avez rien à attendre de lui, si ce n'est son pardon. Puis, vous terminerez par une prière fervente adressée au ciel pour son bonheur; et, si je ne me trompe dans mes calculs sur la nature humaine, cette lettre adoucira l'oncle par le mari. Comprenez-vous ma tactique?

— Oui, vous êtes un habile homme, Carrington.

— Vous pourrez le dire quand je vous aurai remis

en possession de l'héritage perdu. Il est nécessaire à mes projets que vous soyez invité à vous rendre au château de Raynham et à offrir vos respects à la nouvelle mariée.

— Pourquoi ?

— J'ai besoin de savoir ce qu'elle est. Elle est appelée à exercer une grande influence sur mes plans futurs. »

Avant de quitter le cottage, Eversleigh fut présenté à la mère de son ami, qu'il n'avait pas encore vue. Elle avait une grande ressemblance avec son fils : c'était le même visage pâle, les mêmes yeux profonds et brillants. Elle était grande et mince; elle avait quelque chose de grave et d'imposant dans les manières.

Elle regarda Eversleigh d'un œil scrutateur et à plusieurs reprises, pendant les minutes qu'il resta à causer avec elle. Rien de ce qui touchait son fils n'était sans intérêt pour elle, et elle savait que ce jeune homme était le compagnon le plus intime de Victor.

Reginald rentra à Londres dans une meilleure disposition d'esprit que lorsqu'il en était sorti le matin. Il écrivit sans perdre de temps la lettre dont Carrington lui avait suggéré l'esprit, et, comme il avait une certaine facilité de persuasion, sa lettre était parfaitement réussie.

« Je crois que Carrington a raison, pensa-t-il, en y apposant son cachet; cette lettre arrivera à mon oncle dans un moment où il est encore dans l'ivresse que doit lui causer cette situation, toute nouvelle pour lui, de mari d'une jeune et jolie femme. Il doit être disposé à avoir bonne opinion de tout le monde. »

Reginald attendit la réponse de Sir Oswald avec impatience, mais avec une impatience pleine d'espoir.

La réponse arriva par le retour du courrier; elle était plus favorable encore qu'il n'avait pu l'espérer.

« Cher Reginald, écrivait le baronnet, votre affec-
« tueuse lettre, pleine de désintéressement, m'a touché.
« Que, dans cet heureux présent, le triste passé soit
« oublié !...

« Vous avez sans doute été surpris en apprenant mon
« mariage. Je n'ai consulté que mon cœur dans le choix
« que j'ai fait, et j'ose espérer que ce choix assurera le
« bonheur du reste de ma vie. Je suis dans le nord du
« pays de Galles, où je compte passer les premières
« semaines de mon mariage au milieu des solitudes de
« ce beau pays. Vers le 24 de ce mois, Lady Eversleigh
« et moi, nous nous rendrons à Raynham, où nous
« serons charmés de vous voir à notre arrivée. Venez à
« nous, mon cher enfant, venez à moi comme s'il ne
« s'était jamais élevé un nuage entre nous, et nous par-
« lerons ensemble de votre avenir.

« Oswald Eversleigh,
« Hôtel Royal, Bannerdoon,
« Comté de Galles. »

Reginald dîna avec Victor le soir même du jour où il
reçut cette lettre, et les termes en furent discutés entre
les deux amis.

« Maintenant le terrain est ouvert devant nous ! dit le
médecin. Vous irez à Raynham, vous ferez tous vos efforts pour vous rendre aussi agréable que possible à la
nouvelle Lady Eversleigh, et pour gagner le cœur de
votre oncle par votre repentir du passé et votre désintéressement quant à l'avenir. Fiez-vous à moi pour
le reste.

— Mais comment ferez-vous pour me servir à
Raynham ?

— C'est ce que le temps démontrera. Je n'ai qu'une

recommandation à vous faire pour le moment : Ne vous étonnez pas, si par hasard vous me rencontrez dans les montagnes du comté d'York, et ayez soin de conformer votre jeu à celui que vous me verrez jouer. Quoi que je fasse, ce sera, soyez-en persuadé, dans votre intérêt. Sur toute chose, n'oubliez pas, si nous nous retrouvons en face l'un de l'autre, que je ne sais absolument rien de votre visite au château de Raynham. Je serai aussi surpris de vous voir, que vous de me rencontrer.

— Soit, je me conformerai à tous vos plans. Votre première idée a si merveilleusement réussi, que je suis tout disposé à mettre en vous une confiance aveugle. Je suppose que vous comptez vous faire chèrement payer, si je parviens jamais à rentrer dans tout ou partie de la succession de mon oncle ?

— Oh ? je vous demanderai ma récompense, mon cher, n'en doutez pas. Je suis pauvre, vous le savez, et je n'ai pas la prétention d'être un homme désintéressé. Mais c'est là une question que nous traiterons à loisir quand nous serons ensemble au château de Raynham. »

* * * * *

Le 28 juillet, Reginald se présentait au château de Raynham, où il avait bien cru ne jamais remettre les pieds. Le sentiment du triomphe fit affluer le sang dans ses veines, lorsqu'il se revit debout sur le seuil de cette demeure qui lui était si familière.

Cependant, sa position dans la vie avait singulièrement changé depuis la dernière fois qu'il s'était trouvé à la même place. Il n'était plus l'héritier reconnu auquel les gens de la maison rendaient tout l'hommage de leurs plus profonds respects. Il s'imaginait que les vieux serviteurs le regardaient de travers et que leur accueil glacial était celui que, dans la prospérité, on fait à un parent pauvre. Il ne s'était jamais conduit envers aucun d'eux de manière à s'attirer l'amour ou la reconnaissance. Peut-être se le rappelait-il maintenant et le regrettait-il, non par un sentiment de bonté pour ces gens, mais parce qu'il éprouvait une égoïste contrariété de leur froideur.

« Si jamais je regagne ce que j'ai perdu, ces parasites me payeront leur insolence ! » pensait-il en pénétrant, escorté du vieux sommelier, dans la grande salle gothique du château.

Mais il n'avait pas beaucoup de temps à donner à ses pensées sur les domestiques de son oncle ; une autre personne plus importante absorbait son esprit : c'était la nouvelle épouse de son oncle.

« Lady Eversleigh est-elle chez elle ? demanda-t-il.

— Oui, monsieur, leurs seigneuries sont au grand salon. »

Le sommelier ouvrit la lourde porte de chêne et introduisit Reginald.

Près d'un grand piano qu'elle venait de quitter, se tenait debout la maîtresse du château. Elle était simplement vêtue d'une robe de soie grise : ses beaux cheveux noirs n'avaient pour tout ornement qu'un ruban d'un rouge vif mêlé à leurs nattes épaisses. Sa beauté produisit l'effet qu'elle produisait sur quiconque la voyait pour la première fois : le jeune homme fut ébloui par cet admirable visage.

« Et cette divinité, ce prodige de grâce, est la femme de mon oncle ! pensa-t-il, c'est là cette chanteuse des rues qu'il a ramassée dans le ruisseau ! »

Pendant quelques instants, l'élégant Reginald resta

confondu devant la gravité calme de cette fille de rien,
à laquelle son oncle avait donné son nom.

Sir Oswald accueillit son neveu avec la plus grande
cordialité. Il était heureux, et, dans la plénitude de
son bonheur il ne pouvait garder le moindre ressentiment contre le fils d'adoption qu'il avait si fort aimé.
Mais, tout disposé qu'il fût à ouvrir ses bras à l'enfant
prodigue, ses idées sur les arrangements relatifs à sa
fortune ne s'étaient point modifiées, et sa détermination
était arrêtée de ne point revenir là-dessus.

Le baronnet le déclara franchement à son neveu dans
la première conversation confidentielle qu'il eut avec
lui après son arrivée à Raynham.

« Vous pouvez me trouver dur et sévère, Reginald,
lui dit-il, mais la résolution que je vous ai fait connaître autrefois, n'avait été prise qu'après mûre réflexion. Je crois avoir agi pour le mieux. Je suis arrivé
à cette conviction que mon indulgence excessive a fait
le malheur de votre jeunesse ; elle eût été moins dissipée si je vous avais tenu plus sévèrement. Depuis
que vous avez quitté l'armée, je n'ai plus entendu
parler de vos folies, et je me plais à croire que vous
êtes entré dans une meilleure voie et que vous avez
rompu avec vos dangereux compagnons. Mais vous ne
pouvez, avec la faible pension que vous recevez de moi,
mener une existence oisive. Il faut choisir une nouvelle carrière : quelle qu'elle soit, je vous viendrai en
aide pour vous la rendre plus facile. Votre cousin Douglas Dale fait ses études de droit ; cette profession ne
vous siérait-elle pas ?

— Je suis à vos ordres, monsieur, prêt à vous obéir
en tout.

— Bien ! Réfléchissez à ce que je vous ai dit, et, s'il vous convient d'entrer comme étudiant à Temple Bar, je vous avancerai l'argent nécessaire.

— Mon cher oncle, vous êtes trop bon ! fit Reginald, avec un sourire dont il dissimula à peine l'amertume.

— Mon désir est de faire tout pour vous être utile, à cette réserve près que je ne serai injuste à cause de vous envers personne... Reginald, reprit-il tout à coup, que pensez-vous de ma femme ?

— C'est la plus belle créature qui soit !

— Eh bien, elle est aussi bonne et aussi sincère qu'elle est belle ; c'est une perle, Reginald ! Je remercie la Providence de m'avoir donné un tel trésor.

— Oui ! pensa le jeune homme avec une rage concentrée, c'est elle, n'est-ce pas, qui possédera le château de Raynham et toutes ses richesses ! »

Sir Oswald ajouta, comme s'il répondait à la pensée secrète de son neveu :

« J'ai été d'une entière franchise avec vous, Reginald ; je veux, je dois aller jusqu'au bout. Je suis dans cette période de l'existence considérée par quelques-uns comme celle où l'homme est dans la force de l'âge, et je me sens encore toute mon ancienne vigueur. Mais la mort nous surprend quelquefois au moment où nous nous croyons pleins d'avenir. Je veux pourvoir à toutes les éventualités, en ce qui regarde la disposition de mes biens. D'autres font un mystère du contenu de leur testament ; je veux que le mien soit connu de tous ceux qui y sont intéressés.

— Je ne désire pas être éclairé à cet égard, monsieur ! s'écria Reginald, pressentant que les paroles de son oncle ne lui promettaient rien de bon.

— Mon testament a été fait depuis mon mariage,

continua Sir Oswald, sans s'arrêter à l'interruption. Tout testament antérieur est bien et dûment invalidé par mes nouvelles dispositions. Je laisse les deux tiers et plus de ce que je possède à ma femme, qui par conséquent sera riche après ma mort. Si elle a un enfant, la fortune patrimoniale lui reviendra, comme de raison. En tout cas, Lady Eversleigh restera encore en possession d'une belle fortune. Je laisse un revenu de cinq mille livres à chacun de mes neveux. Mais vous, Reginald, vous avez largement usé de ce qu'on appelle les avances d'hoirie, et vous devez, en bonne justice, vous rappeler que c'est vous qui avez été votre propre ennemi. La pension dont vous jouissez actuellement sera doublée après ma mort, et au service de cette pension seront affectés les revenus d'une propriété appelée Morton Grange, que je possède dans le comté de Lincoln. Mais là se bornera votre part, et vous n'avez, en somme, qu'un modeste revenu à espérer. C'est donc à vous à gagner la fortune par vos efforts et vos talents. »

La pâleur du visage de Réginald trahit seule la fureur qui l'agitait. Heureusement Sir Oswald ne jeta pas en ce moment les yeux sur lui. Lady Eversleigh apparaissait sur la terrasse, et il s'empressa d'aller au devant d'elle.

« Quels sont vos plans pour cette après-midi, ma chère? lui demanda son mari. J'ai terminé mes affaires, et je suis à vos ordres pour le reste de la journée.

— Alors vous ne sauriez mieux me plaire qu'en me faisant connaître quelque nouvelle merveille de votre pays natal.

— Vous me faites cette proposition, parce que vous savez qu'elle m'est agréable, chère flatteuse! mais je

vous obéis. Ferons-nous notre excursion à cheval ou en
voiture ? Peut-être, comme l'après-midi est chaude,
ferons-nous bien de prendre la calèche. Allons déjeuner, je vais donner les ordres nécessaires. »

Ils se rendirent dans la salle à manger, où Reginald
les accompagna. Il avait déjà réussi à effacer toute
trace d'émotion de son visage, bien que les paroles de
son oncle retentissent encore à ses oreilles.

« Quatre cents livres par an ! une misérable pension de quatre cents livres ! voilà mon lot ; tandis que
mes cousins, habitués aux difficultés d'une vie sans
luxe ni splendeur, auront chacun un revenu de cinq
mille livres. Et cette femme, cette créature inconnue,
sans famille et de basse extraction, qui n'a pour elle
que sa diabolique beauté, sera à la tête d'une fortune
énorme ! »

Telles étaient les pensées qui tourmentaient Reginald. Il était, depuis une quinzaine, au château de
Raynham, et, en apparence du moins, il était parfaitement à l'aise avec la jeune et belle maîtresse de la maison. Il y a des femmes qui semblent à la hauteur de
toutes les positions, si élevées qu'elles soient. Les ma-
gnificences de la richesse n'ont rien qui les étonne.
Elles ne commettent pas de méprise. Elles possèdent
un tact instinctif, que les leçons des plus habiles ne
sauraient donner à d'autres. Elles se meuvent si naturellement dans leur nouvelle sphère que ceux qui con-
templent leur dignité calme, leur grâce sans étude et
sans apprêt, ont peine à croire qu'elles n'y sont pas
nées.

Honoria était une de ces femmes. La nouveauté de sa
position ne lui causait aucun embarras ; le luxe qui
l'entourait charmait son sentiment du beau, mais sans

troubler son esprit, sans éblouir ses yeux, qui n'y étaient pourtant pas accoutumés. Elle traitait Reginald avec la cordialité, amicale mais digne, qu'il convenait à la femme de Sir Oswald de témoigner à un parent de son mari, et le regard scrutateur du jeune homme chercha vainement à découvrir un secret sous cet extérieur tout imprégné de noblesse.

« Cette femme est un mystère ! pensait-il. On dirait une princesse déguisée. Aime-t-elle réellement mon oncle ? Je me le demande. Si elle est fausse, elle joue bien son rôle. Mais qui ne le jouerait pas bien, quand il s'agit d'un pareil prix à remporter ? Je voudrais que Victor fût ici. Lui, peut-être, il pénétrerait l'énigme de cette existence. Que ne donnerais-je pas pour pouvoir arracher le masque de ce beau visage ? »

Des pensées de ce genre harassaient sans cesse l'ambitieux jeune homme, pourtant assez maître de lui pour observer une courtoisie étudiée à l'égard de Lady Eversleigh. Les personnages les plus importants du comté étaient venus en visite à Raynham présenter leurs hommages à la femme de Sir Oswald. L'amoureux baronnet la voyait ainsi honorée sans que l'ombre même de la jalousie vînt troubler sa joie. Il était fier de l'empressement de tous les jeunes gens à lui payer leur tribut d'admiration. Il se sentait sûr de son amour, car elle lui avait affirmé plus d'une fois qu'elle lui avait donné son cœur tout entier avant même qu'il se fût déclaré. Il avait foi dans cette âme loyale et pure.

Un homme comme Sir Oswald ne se laisse pas de lui-même dominer par la jalousie ; mais aussi, pour un tel homme, le plus léger soupçon, un mot calomnieux prononcée contre celle qu'il aime, devient une cause d'angoisses aussi cruelle que la mort.

Depuis son arrivée, Reginald avait partagé toutes les distractions de Sir Oswald et de sa femme. Ils n'étaient allés nulle part sans lui, car pour le moment il était le seul hôte à demeure du château, et Sir Oswald était un maître de maison trop courtois pour laisser son neveu seul.

« Après le 12, nous aurons bon nombre d'amis, lui dit Sir Oswald, et vous trouverez le vieux château beaucoup plus à votre goût. En attendant, il faut vous contenter de notre société.

— Je suis très-satisfait, mon cher oncle, et ne soupire pas du tout après l'arrivée de vos amis ; ce qui ne m'empêchera pas de les bien accueillir quand ils arriveront.

— J'attends également un brillant essaim de jeunes et jolies filles. Vous souvenez-vous de Lydia Graham, la sœur de Gordon Graham, des Fusiliers ?

— Parfaitement !

— Elle doit venir... Je crois qu'il y a eu comme un commencement de cour entre elle et vous... »

Un matin, Sir Oswald et Lady Eversleigh montèrent dans la calèche, et Reginald les suivit à cheval, monté sur un des magnifiques pur-sang des écuries de son oncle.

Le pays, sur une étendue de plus de dix milles aux environs du château, présentait les sites les plus admirables et les plus variés. A l'ouest, l'horizon était borné par une chaîne de montagnes boisées ; entre ces montagnes et le village de Raynham, coulait une rivière sur laquelle étaient jetés de loin en loin de vieux ponts, qui faisaient communiquer entre eux de ravissants villages enfouis dans la verdure.

Cette nature, agreste et imposante à la fois, mettait

un admirable champ d'explorations à la portée des visiteurs du château.

Dans cette belle après-midi d'août, Sir Oswald avait choisi pour but de la promenade l'ascension d'une montagne, le Pic de Thorpe, situé à environ sept milles du château, et d'où l'on découvre tout le pays d'alentour.

Arrivés au bas de la montagne, le baronnet et sa femme descendirent de voiture, et, accompagnés par Reginald, qui avait laissé son cheval aux soins des domestiques, ils gravirent un sentier ombragé qui menait au sommet de la côte.

Ils montèrent lentement, Lady Eversleigh s'appuyant sur le bras de Sir Oswald, Le sentier contournait le flanc de la montagne au milieu des sapins ; mais quand on parvenait à la cime, on était saisi par la vue soudaine d'un immense panorama. Sur le plateau supérieur, les arrivants trouvèrent un jeune gentleman assis sur un tronc d'arbre, un album posé sur ses genoux, et une boîte de couleurs à côté de lui.

Il dessinait et semblait entièrement absorbé par son occupation. Il ne leva pas les yeux de son travail, à l'approche de Sir Oswald et de ceux qui l'accompagnaient. Il portait un habit de voyage fort simple, mais dont le pittoresque sans-façon n'excluait pas l'élégance.

Un cheval broutait l'herbe autour de l'arbre aux branches duquel il était attaché.

Ce voyageur n'était autre que Carrington.

« Carrington ! s'écria Reginald. Carrington ! oh ! qui aurait pu s'attendre à vous trouver ici ? »

Le médecin releva la tête brusquement, regarda son ami, et, partant d'une joyeuse exclamation, se leva pour aller lui serrer la main. Il paraissait plus beau dans son négligé d'artiste. Sa veste de velours, son grand col de chemise autour duquel était noué un foulard de soie, faisaient ressortir sa taille bien prise et le type étrange de son pâle visage.

« Vous êtes surpris de me voir ; mais j'ai autant de droit d'être étonné de vous rencontrer. Qui vous amène ici ?

— Je suis chez mon oncle, Sir Oswald Eversleigh, au château de Raynham.

— Ah ! c'est sans doute cette superbe résidence qu'on aperçoit au loin du village d'Abbey Wood, où j'ai établi mes quartiers. »

Le baronnet et sa femme s'étaient tenus à l'écart, à une petite distance des deux jeunes gens ; mais Sir Oswald s'avança alors, avec Honoria toujours appuyée à son bras.

« Présentez-moi votre ami, Reginald, » dit-il du ton le plus affectueux.

Reginald obéit, et Victor fut présenté au baronnet et à sa femme. Ses manières aisées et gracieuses étaient de nature à produire tout d'abord une impression favorable, et Sir Oswald était évidemment prévenu en faveur de l'ami de son neveu.

« Vous êtes artiste, à ce que je vois, monsieur Carrington ? fit-il après avoir jeté un coup d'œil sur l'esquisse, qui, bien qu'à peine ébauchée, décélait un talent véritable.

— Amateur seulement, Sir Oswald, répondit Victor. Je suis médecin de profession ; mais jusqu'à présent je n'ai pas encore pratiqué. Je trouve mon indépendance si agréable que j'ai peine à me résigner à exercer. J'erre dans ce beau pays depuis une quinzaine de jours, mon album sous le bras, m'arrêtant un jour ou deux là où je trouve un site pittoresque, et louant un cheval quand je puis m'en procurer un passable. C'est une façon bien simple de jouir de mes vacances, et qui me convient parfaitement.

— Votre goût vous fait honneur. Mais, si vous êtes dans notre voisinage, il vous faudra prendre vos chevaux dans les écuries de Raynham. Où demeurez-vous pour le moment ?

— A la petite auberge du Pont d'Abbey Wood.

— A cinq milles du château. Nous sommes proches voisins, monsieur Carrington, et, vu les habitudes de la campagne, il faut revenir avec nous et dîner à Raynham.

— Vous êtes bien bon, Sir Oswald, repartit Victor, mais mon costume...

— Allons ! nous sommes seuls pour le moment, et je suis sûr que Lady Eversleigh excusera votre toilette de voyage. Vous vous joindrez à moi, n'est-ce pas, Honoria ? »

Lady Eversleigh sourit en signe d'assentiment. Le médecin murmura quelques mots de remerciement. Jusqu'alors, il avait peu regardé la compagne du baronet. Il n'était venu dans le comté d'York que pour étudier cette femme, comme on étudie une science abstraite et difficile ; mais il était trop bon tacticien pour laisser percer l'intérêt qu'elle lui inspirait. La politique de sa vie était la patience ; et en cela, comme en toute chose, il attendait l'occasion.

« Elle est très-belle, pensait-il, et elle a tiré un brillant parti de sa beauté ; mais nous ne sommes qu'au début, le reste et la fin sont encore à venir. »

* * * * *

A la suite de cette première rencontre, le médecin

devint un des constants visiteurs du château de Raynham. Sir Oswald était ravi de ses talents et de ses qualités, et Victor réussit à gagner de plus en plus son estime
au moyen de révélations en apparence accidentelles sur
les luttes qu'il avait eues à soutenir, sur la pauvreté de
sa mère, sur ses longues études, et sur son indomptable
force de volonté. Tout cela semblait être dit sans intention de le dire; un mot, une allusion avait suffi pour
faire connaître l'histoire de sa jeunesse privée d'amis
et de protecteur. Sir Oswald s'imagina qu'un semblable
compagnon était éminemment propre à guider son neveu
dans la route difficile qui mène à la fortune et aux
honneurs.

« Si Reginald avait seulement la moitié de votre
amour du travail et de votre persévérance, je ne serais
pas inquiet pour son avenir, dit le baronnet à Carrington dans le cours d'une conversation confidentielle.

— Cela viendra en son temps, Sir Oswald, répondit
Victor. Reginald est un noble garçon, et sa nature
vaut mieux qu'il ne le croit lui-même. Les qualités que
vous êtes assez bon pour estimer en moi, vous les dé-
couvririez aussi en lui. Mais j'ai été élevé à la rude
école de la pauvreté dès ma plus tendre enfance, tandis
que Reginald a été habitué à tous les raffinements du
luxe. Pardonnez-moi, Sir Oswald, si je parle avec franchise, mais je dois vous rappeler que peu de jeunes
gens se seraient tirés avec honneur de l'épreuve à
laquelle votre neveu a été soumis par le changement de
fortune qui est venu le surprendre.

— Que voulez-vous dire ?

— Je veux dire que, pour beaucoup, un pareil revers
eût été une ruine complète, ruine de corps et d'âme.
Voyant tout à coup détruites toutes ses espérances d'a-

venir, toutes les illusions qui avaient été la moitié de
sa vie, un homme ordinaire se serait laissé aller au
vice, et serait devenu un grec, un escroc, un ivrogne,
que sais-je ? Il aurait assiégé de ses importunités la porte
du parent qui l'avait banni. Eversleigh a agi tout autrement. Du moment qu'il s'est vu abandonné par celui
qui avait été plus qu'un père pour lui, il a affronté la
mauvaise fortune avec calme et courage ; il a rompu
toutes relations avec ses compagnons de folie ; il n'a
plus fréquenté les cercles où il était admiré et courtisé.
Le seul chagrin qui ait oppressé son cœur généreux,
c'est la conscience qu'il avait, par sa faute, perdu l'affection de son oncle. »

Sir Oswald soupira. Pour la première fois, il se prit à
penser qu'il pouvait avoir traité son neveu avec une
rigueur injuste.

« Vous avez raison, monsieur Carrington, dit-il après
un moment de réflexion. L'épreuve était rude, et je
suis fier de savoir que Reginald l'a traversée avec honneur. Mais la résolution que j'ai prise il y a un an et
demi n'est pas de celles sur lesquelles il soit possible
de revenir. J'ai formé de nouveaux liens, j'ai rêvé un
nouvel avenir. Mon neveu doit payer la peine de ses
erreurs passées et ne compter que sur ses propres
efforts pour se faire une position honorable. Si je meurs
sans héritier direct, il succédera à mon titre de baronnet, et j'espère qu'il fera ce qui dépendra de lui pour
gagner une fortune qui le mette à même de soutenir
son rang. »

Ce langage était loin d'être encourageant ; néanmoins
Carrington fut assez satisfait du résultat de la conversation. Il avait semé le doute dans l'esprit du baronnet,
et le temps pourrait faire le reste.

CHAPITRE VII

GARDEZ-VOUS, MILORD, DE LA JALOUSIE.

Le château s'était animé de la présence de nombreux hôtes. Le baronnet avait voulu réunir autour de lui tous ses anciens amis, pour leur présenter la jeune et charmante femme qui allait être la consolation de la fin de sa vie. Un homme de cinquante ans qui épouse une femme de dix-neuf ans est aisément exposé à de cruelles railleries. Sir Oswald le savait, et il voulait montrer au monde qu'il était heureux, on ne peut plus heureux, du choix qu'il avait fait.

Parmi les personnes arrivées au château de Raynham, pour la saison d'automne, se trouvait un des amis intimes de Sir Oswald, le capitaine Copplestone, un vieux et rude soldat, qui n'avait jamais obtenu de grandes faveurs au service, mais qui était connu pour avoir lui-même vaillamment gagné tous ses grades.

Son amitié pour Sir Oswald avait le caractère de la fraternité; il était peut-être le seul qui eût osé faire entendre au baronnet des vérités désagréables. Il était pauvre, mais il n'avait en aucun temps voulu accepter le moindre service de son opulent ami. Sir Oswald lui était sincèrement attaché, et lui aurait volontiers ouvert sa bourse comme à un frère, s'il n'eût craint de froisser la fierté de l'austère soldat rien qu'en exprimant même le désir de lui être utile.

Le capitaine Copplestone arriva à Raynham, forte-

ment disposé à faire des remontrances à son ami sur
la folie de son mariage. Il entra dans le salon de réception au moment où il était rempli de visiteurs, et il se
tint quelque temps debout dans un coin, observant
avec dédain les hôtes nouvellement arrivés, qui s'em-
pressaient d'adresser leurs félicitations à Sir Oswald.

Peu à peu ceux-ci se retirèrent, et les deux amis se
trouvèrent seuls.

« Eh bien! mon vieil ami, s'écria le baronnet, prenant les deux mains du capitaine dans les siennes avec
plus de chaleur que lors de leur première étreinte amicale, ne recevrai-je pas aussi de vous un mot de félici-
tation?

— Hum! grommela le capitaine, que voulez-vous que
je vous dise? La vérité?.... Vous ne la trouveriez sans
doute point de votre goût, et Dieu me garde de hasarder
un mensonge! il me semble que mes paroles m'étran-
gleraient au passage. Il a été assez dur pour moi de
m'astreindre à la patience pendant que tous ces idiots
vous débitaient leurs compliments et leurs banalités.
Et maintenant qu'ils sont partis, pour rire de vous derrière votre dos, vous feriez mieux de me laisser suivre
leur exemple et de ne pas risquer de vous quereller
avec un vieil ami en me poussant à vous dire mon avis.

— Vous croyez donc que j'ai fait une folie?

— Quelle autre idée voulez-vous que j'aie? Si un
homme de cinquante ans se met en tête d'épouser une
jeune fille de dix-neuf printemps, il ne doit pas s'attendre à ce qu'on lui reconnaisse la sagesse de Salomon!

— Ah! Copplestone, quand vous aurez vu ma femme,
vous penserez différemment.

— Allons donc! plus elle sera jolie, plus je vous esti-

merai fou, car les chances n'en seront que plus grandes
pour qu'elle vous rende la vie misérable.

— La voici qui vient, dit le baronnet. Regardez-la
bien avant de la juger trop sévèrement, mon vieil ami,
et que son visage vous réponde de sa sincérité. »

La pièce dans laquelle se trouvaient les deux amis
donnait sur un autre grand salon, et, par la porte à
deux battants qui était ouverte, le capitaine vit s'approcher Lady Eversleigh. Elle était vêtue de blanc, de cette
pure et transparente mousseline que son mari aimait
tant à lui voir porter; une grosse rose naturelle était
fixée au milieu de sa noire chevelure. Lorsqu'elle
arriva tout près du baronnet et de son ami, la rude
physionomie du vieux soldat s'adoucit, quoi qu'il
en eût.

La présentation fut faite par Sir Oswald, et Honoria
tendit la main à Copplestone, avec le plus charmant
sourire.

« Mon mari m'a si souvent parlé de vous, capitaine,
dit-elle, qu'il me semble que nous sommes de vieux
amis plutôt que des étrangers. J'ai du plaisir à recevoir
tous les hôtes de Sir Oswald, mais ce n'est pas le
même plaisir que je sens à vous faire accueil à vous. »

Le soldat serra dans sa main basanée les doigts blancs
de la jeune femme comme dans un étau. Il regarda
Lady Eversleigh avec une expression d'étonnement
d'un sérieux comique; puis son regard se porta sur le
baronnet.

« Eh bien? demanda Sir Oswald, quand Honoria les
eut quittés.

— Eh bien! Oswald, s'il faut dire la vérité, je pense
qu'il y a quelque excuse à votre déraison. C'est une
belle créature! et, si l'on peut ajouter foi à la physio-

nomie humaine, elle est aussi bonne qu'elle est belle. »

Le baronnet pressa la main de son ami d'une étreinte plus éloquente que les paroles; il avait une foi absolue dans la pénétration du capitaine, et ce jugement favorable sur la femme qu'il adorait le remplit de gratitude et de joie; non que l'ombre du plus léger doute obscurcît son esprit, mais il avait besoin de voir sa confiance partagée par ceux qu'il aimait.

* * * * *

Pendant ce cordial entretien, Reginald et Victor, retirés dans un petit salon, fumaient leur cigare, appuyés sur la balustrade de la fenêtre, et avaient, de leur côté, une sérieuse conférence.

« Vous êtes un habile joueur, mon cher Carrington, disait Reginald, mais le jeu est lent, bien lent!

— Parce que vous êtes aussi impatient qu'un enfant qui aspire à la possession d'un pantin nouveau, répondit le médecin d'un ton railleur. Vous trouvez le jeu lent? Chaque mouvement a été cependant marqué par un succès. Il y a un mois, vous ne pouviez croire à la possibilité d'une réconciliation avec votre oncle, et pourtant cette réconciliation a eu lieu. Il y a quinze jours, vous auriez ri à la seule idée que je pourrais être ici, à Raynham, en qualité d'invité, et pourtant m'y voici. J'ai déjà insinué qu'on avait été injuste envers vous... Laissez-moi faire, Reginald, et fiez-vous à moi. J'ai mon plan.

— Mais pourquoi refusez-vous de me le faire connaître?

— Parce qu'il n'est encore qu'à moitié formé. Voyez-vous ces deux personnes qui se promènent là-bas dans le jardin?

— Oui, c'est mon oncle et sa femme, répondit Reginald avec un geste d'impatience.

— Ils paraissent bien heureux, n'est-ce pas ? C'est une vraie pastorale arcadienne ! Contemplez-les attentivement, je vous prie.

— Êtes-vous fou, Carrington ! s'écria le jeune homme, en jetant son cigare avec colère ; si mon oncle est en train de tomber en enfance, quel plaisir puis-je trouver à contempler sa démence ?

— Vous vous méprenez, mon cher ! repartit Victor, dont les yeux brillèrent de tout leur sombre éclat. Je vous dis : Regardez ce tableau tandis que vous le pouvez encore, parce que vous n'aurez pas occasion de le voir longtemps.

— Que voulez-vous dire ?

— Je veux dire que le jour est proche où Lady Eversleigh tombera des hauteurs qu'elle occupe. Je veux dire qu'une élévation aussi soudaine présage souvent une chute encore plus prompte. Je veux dire que l'heure approche où Sir Oswald déplorera, comme une erreur irréparable, son fatal mariage, et, dans son désespoir, vous rendra à vous, le neveu en disgrâce, la place qui vous appartenait comme son héritier reconnu.

— Et qui amènera ce résultat ?

— Moi ! »

Il y eut un moment de silence : silence de surprise de la part de Reginald, de méditation de la part de Carrington.

Le médecin reprit :

« Avant tout, parlons net et franc, il faut que nous nous entendions sur le prix de mes services. Si le chat qui a tiré les marrons du feu au profit du singe avait stipulé quelle part lui reviendrait dans le butin, il ne serait pas passé à la postérité avec le renom d'un imbécile. Si je vous reconquiers votre fortune, mon bon Reginald, il me faut ma part.

— Supposez-vous que je puisse être ingrat ?

— Non, certes ! Mais, voyez-vous, je n'ai que faire de votre reconnaissance. Ce que je veux, c'est une somme ronde payée en écus comptants. La fortune de votre oncle, si vous en avez les deux tiers, vous représentera près de quarante mille livres de revenu. Pour une si riche proie, vous pouvez bien prendre l'engagement de me payer, dans les deux années qui suivront votre réintégration dans vos droits, la somme de vingt mille livres.

— Vingt mille livres !

— Si vous trouvez que ce soit trop cher, n'en parlons plus. L'affaire n'est pas sans risques, et c'est tout au plus si je me soucie de m'y engager.

— Mon cher Victor, écoutez-moi. J'ai peine à croire à la possibilité de reprendre mon ancienne place dans le testament de mon oncle ; mais si la chose se réalise, les vingt mille livres sont à vous.

— Bien ! répliqua le médecin, avec son calme imperturbable, mais il me faut cet engagement par écrit. Vous me souscrirez deux billets de dix mille livres chacun, l'un à l'échéance d'une année, et l'autre à l'échéance de deux années à partir de ce jour.

— Mais si je ne suis pas en possession de cette fortune ? Mon oncle est vigoureusement constitué, et son existence....

— Ne vous préoccupez pas de l'existence de votre oncle. Je vous donnerai une contre-lettre annulant vos billets, si vous n'avez pas hérité en temps utile. Et maintenant, voici les papiers timbrés ; vous pouvez les remplir et les signer à l'instant. De cette façon, ce sera une affaire terminée.

— Vous vous étiez muni de papier timbré ?

— Oui, je suis homme d'affaires, bien qu'homme de science.

— Victor ! dit Reginald, vous me donnez parfois le frisson, il y a en vous quelque chose de presque diabolique.

— Bah ! si je renverse cette belle dame de sa haute position, peu vous importera, mon cher, que je sois le diable en personne ! »

* * * * *

Parmi les hôtes arrivés au château de Raynham pendant la dernière quinzaine, se trouvait Lydia Graham, la jeune fille dont le baronnet avait parlé à son neveu. C'était une séduisante personne, au visage hardi, avec des yeux bleus pleins de feu et une profusion de cheveux noirs ondulés. Elle savait tirer de ses dons extérieurs le plus habile parti. Elle s'habillait à merveille, mais avec un luxe qui excédait de beaucoup ses moyens. Aussi était-elle profondément endettée, et la seule ressource qu'elle eût de sortir d'embarras était de faire un brillant mariage.

Pendant plus de neuf ans elle avait fait tous ses efforts pour y parvenir. Elle était entrée dans le monde à dix-sept ans, et elle en avait maintenant vingt-neuf.

Elle avait toujours été entourée d'une foule d'admirateurs, elle s'était livrée à tous les manéges de la coquetterie et elle avait eu lieu de s'enorgueillir de la puissance de sa beauté. Mais elle n'avait pas gagné le grand prix dans la loterie de la haute vie, un mari noble et riche.

Le jour anniversaire de sa vingt-neuvième année était passé, et, en se contemplant attentivement dans son miroir, force lui avait été de s'avouer que sa beauté avait perdu de son éclat.

« Ma fraîcheur s'en va, se disait-elle; quand j'aurai trente ans, que deviendrai-je si je ne me marie pas? »

Triste perspective, en effet.

Lydia avait un petit revenu de deux cents livres provenant de l'héritage de sa mère, mais qui était tout à fait insignifiant avec des goûts comme les siens. Son frère, capitaine dans un régiment de cavalerie, était un égoïste, extravagant aussi dans ses dépenses, et fort peu disposé à ouvrir sa bourse à sa sœur.

Elle n'avait pas d'installation personnelle, elle vivait tantôt chez un parent, tantôt chez un autre, toujours élégamment mise, partout admirée, mais rarement satisfaite.

De tous ses désappointements matrimoniaux, aucun ne lui avait été plus cruel que celui qu'elle avait ressenti en lisant dans le *Times* l'annonce du mariage de Sir Oswald.

Elle avait fréquemment rencontré dans le monde le riche baronnet. Elle avait été en visite au château de Raynham avec son frère. Sir Oswald, selon toutes les apparences, avait admiré ses talents et sa beauté, et elle s'était imaginé que le temps et l'occasion avaient seuls manqué pour que cette admiration se transformât en un sentiment plus tendre. En un mot, Lydia s'était flattée de devenir Lady Eversleigh. Aussi, rien ne saurait rendre sa mortification lorsqu'elle apprit que le baronnet avait donné son nom et sa fortune à une femme inconnue et absolument étrangère à son monde.

Lydia vint à Raynham le cœur débordant de fiel. Elle s'y présenta néanmoins avec ses plus charmants sourires, comme avec ses plus délicieuses toilettes. Elle trouva des mots mielleux pour complimenter le baronnet; et elle offrit dans les termes les plus chaleureux son amitié à la belle maîtresse du château.

« Je suis sûre que nous nous entendrons parfaitement,
chère Lady Eversleigh, dit-elle, et que désormais nous
serons de bonnes amies, n'est-ce pas? »

Honoria était réservée par nature. Les protestations
banales de fausse sentimentalité la révoltaient. Elle répondit poliment, mais froidement, aux avances de Lydia.

La jeune coquette en conçut un vif ressentiment. Elle
avait une raison de plus pour détester cette femme, qui
avait ruiné ses plus belles espérances, dont la beauté
était infiniment supérieure à la sienne, et qui était de
plusieurs années plus jeune qu'elle.

Il y avait à Raynham quelqu'un dont l'œil scrutateur
découvrit le sentiment de haine qui se cachait sous la
bonne grâce affectée de Lydia. Ce pénétrant observateur,
c'était Carrington et il résolut de faire servir cette haine
à ses desseins.

« Je m'imagine que Mlle Graham a dû, dans le temps,
nourrir l'espoir de devenir la maîtresse de cette résidence, n'est-il pas vrai, Reginald? dit-il un matin que
les deux amis se promenaient sur la terrasse.

— Comment avez-vous su cela? dit Reginald.

— Sans aucune intervention diabolique, je vous assure, j'ai fait seulement usage de mes yeux. Mais il me
paraît, d'après votre exclamation, que j'ai rencontré
juste.

— Eh bien! je crois qu'en effet Lydia a fait tout ce
qu'elle a pu pour conquérir mon oncle comme mari.
J'ai surveillé ses manœuvres, quand elle était ici, il y a
deux ans; mais elles ne m'inspirèrent que peu d'inquiétude; je considérais alors Sir Oswald comme un célibataire endurci. Elle avait coutume de varier ses plaisirs
en faisant la coquette avec moi. A cette époque, j'étais
l'héritier reconnu, vous savez, et je ne doute pas qu'elle

ne m'eût épousé, si je m'y étais prêté. Mais c'est une
femme trop forte pour moi, et, malgré tout son éclat,
je n'ai jamais eu d'amour pour elle.

— Vous avez été sage une fois en votre vie, mon cher
Reginald. Mlle Graham est une dangereuse personne.
Elle a un charmant sourire, mais elle est de ces femmes qui peuvent commettre un meurtre le sourire sur
les lèvres. Néanmoins, elle peut devenir un instrument
très-utile.

— Un instrument?

— Oui, un bon ouvrier prend ses outils où il les
trouve, et il se peut que j'aie besoin d'un instrument
tel que Lydia. »

Tout se passa joyeusement au château de Raynham
pendant ce brillant mois d'août. Le baronnet était au
comble du bonheur. Honoria aussi était heureuse; heureuse par la nouveauté de sa position, heureuse de l'as-
surance qu'elle avait de l'amour de son mari. La généreuse nature de Sir Oswald avait gagné la meilleure
récompense qu'il pût ambitionner : il était aimé de sa
jeune femme, comme peu d'hommes le sont dans la
fleur de leur jeunesse. L'affection d'Honoria pour lui se
doublait d'une vénération pure et profonde. Pour elle,
Sir Oswald résumait tout ce qu'il y a de noble dans
l'humanité; elle était fière de son dévouement, reconnaissante de son amour.

Aucun hôte n'était plus en faveur au château que le
médecin. Ses talents étaient si variés, qu'ils faisaient de
lui un homme précieux dans une nombreuse compagnie : il était toujours prêt à se consacrer à l'amuse-
ment des autres. Sir Oswald était étonné de l'étendue
des connaissances de l'ami de son neveu. Victor était
également remarquable comme érudit, comme artiste,

et comme musicien. Mais la musique était son triomphe.
Sans autre prétention que celle d'un amateur, il faisait
preuve d'une science musicale des plus profondes et
d'une habileté d'exécution des plus rares.

« Un homme pauvre est obligé d'étudier plusieurs
arts, disait-il d'un air indifférent, lorsque Sir Oswald
le complimentait sur son talent; ma vie a été une vie
de travail; la musique est peut-être le seul délassement
que je me sois accordé. Je ne suis pas un prodige,
comme Lady Eversleigh ; ma seule prétention est d'a-
voir fait une étude patiente des grands maîtres. »

Ce qui enchantait surtout le baronnet, c'est que l'exécution brillante et sûre de son hôte aidait puissamment
à mettre en relief les merveilleuses qualités de Lady
Eversleigh comme cantatrice. Tous les soirs, il y avait
concert improvisé dans le grand salon; tous les soirs,
Lady Eversleigh chantait, accompagnée par Carrington.

Un soir que Lady Eversleigh avait plus magnifique-
ment chanté que de coutume, Lydia se trouvait assise
près de Sir Oswald, dans l'embrasure d'une fenêtre ouverte : la nuit commençait à tomber.

« Lady Eversleigh est véritablement un génie ! fit
Mlle Graham, après la strette d'un air de bravoure su-
perbement enlevé. Il est précieux pour elle d'avoir
M. Carrington pour l'accompagner ; bien qu'il y ait des
personnes qui préfèrent s'accompagner elles-mêmes, et
j'en suis un exemple. Mais, naturellement, quand on a
un parent qui accompagne avec tant d'art, c'est tout
différent !

— Un parent !... Je ne vous comprends pas, ma chère
mademoiselle Graham.

— Je dis qu'il est fort agréable pour Lady Eversleigh
d'avoir un cousin si parfait musicien.

— Un cousin?...

— Oui, M. Carrington n'est-il pas le cousin de Lady Eversleigh? Je vous demande pardon, peut-être est-ce son frère? je ne connais pas son nom de jeune fille.

— Le nom de ma femme est Milford, répondit le baronnet avec une nuance de déplaisir, et M. Carrington n'est ni son frère, ni son cousin; il n'y a entre eux aucun lien de parenté.

— En vérité! » s'écria Mlle Graham.

Il y avait quelque chose de singulièrement significatif dans ces deux mots : En vérité! Après les avoir prononcés, la jeune femme sembla prise d'un soudain embarras.

Sir Oswald la regarda vivement ; mais elle avait détourné de lui son visage, comme pour lui dérober sa confusion.

« Vous paraissez bien étonnée! dit Sir Oswald avec hauteur. Pourtant je ne vois rien de si surprenant dans ce fait, qu'entre ma femme et M. Carrington il n'existe aucun lien de parenté.

— Oh! certainement non, Sir Oswald, évidemment non! répliqua Lydia, accompagnant ses paroles d'un petit rire qui n'avait rien de naturel et semblait vouloir dissimuler quelque gêne pénible. Non, non, rien de surprenant, à coup sûr! C'était réellement absurde à moi de paraître étonnée, si j'ai paru l'être, en effet. Mais je n'en ai pas eu conscience, Sir Oswald, pas conscience, je vous le jure! Est-il, d'ailleurs, si extraordinaire que j'aie supposé un lien de famille entre Lady Eversleigh et M. Carrington? Il suffit que des personnes soient d'anciennes connaissances pour que leur intimité établisse entre elles toutes les apparences de la parenté. C'est uniquement dans le nom du lien qui les unit qu'est toute la différence.

— Vous semblez résolue à commettre ce soir méprises sur méprises, mademoiselle Graham! reprit le
baronnet d'un ton glacial; Lady Eversleigh et M. Carrington ne sont point de vieux amis. Ni ma femme, ni
moi, ne connaissons ce jeune homme depuis plus de
deux semaines. Il se trouve être excellent musicien, et
il est assez bon pour se rendre utile et agréable en
accompagnant ma femme quand elle chante. C'est le
seul titre qu'il ait à notre amitié, laquelle ne date que
de quelques jours.

— En vérité! répéta Mlle Graham, laissant encore
échapper cette exclamation, qui avait sonné d'une manière si désagréable aux oreilles de Sir Oswald. Pardonnez-moi!... Au nom du ciel, pardonnez-moi!... Je les
aurais certainement pris pour de vieux amis... Mais, au
fait, cette chère Lady Eversleigh est d'origine italienne.
Oui, c'est cela. Vous savez, il y a dans la manière d'être
des femmes des pays du Midi une... comment dirai-je?...
une vivacité, une expansion, une chaleur, qui paraissent
un peu bizarres à nos natures plus froides. »

En ce moment, Lady Eversleigh venait de se lever
de son fauteuil pour se rendre de nouveau aux instances
du cercle qui l'entourait.

Elle s'approcha du grand piano devant lequel Carrington était encore assis, occupé à feuilleter un cahier
de musique. Sir Oswald se leva et s'avança vivement
vers elle.

« Ne chantez plus ce soir, Honoria! dit-il, cela vous
fatiguerait. »

Ces paroles constituaient un manque de politesse,
dites au moment où Lady Eversleigh allait chanter pour
satisfaire au désir exprimé par ses hôtes. Elle se tourna
en souriant vers son mari.

« Je ne suis pas le moins du monde fatiguée, mon cher Oswald, répondit-elle, et si vos amis désirent réellement que je chante un autre morceau, je suis prête à le faire, à condition toutefois que M. Carrington ne soit pas fatigué de m'accompagner. »

Victor déclara que rien ne pouvait lui être plus agréable que d'accompagner Lady Eversleigh.

« M. Carrington est bien bon ! répondit sèchement le baronnet ; mais je désire, moi, que vous ne vous fatiguiez pas en chantant toute la soirée, et je vous prie de ne plus chanter, Honoria. »

Jamais, avant ce jour, le baronnet n'avait parlé à sa femme de ce ton. Il avait l'air presque sévère, et Honoria le regarda avec des yeux étonnés.

« Je n'ai pas de plus grand plaisir que de vous obéir, » dit-elle avec douceur, en s'éloignant du piano.

Elle s'assit près d'une table et ouvrit un album. Sa tête était penchée sur son livre, et elle semblait absorbée dans la contemplation des dessins. Sir Oswald, en jetant à la dérobée un regard sur elle, vit qu'elle était blessée. Pourtant lui, ce mari plein d'idolâtrie pour la femme qu'il aimait, il ne s'approcha pas d'elle. Son esprit était troublé, son cerveau en feu. Il sortit par une des portes-fenêtres et passa sur la terrasse.

Là tout était paix et tranquillité, mais la beauté sereine de la soirée n'apaisa qu'à demi l'angoisse de son âme. Une affection excessive n'existe jamais sans une secrète tendance à la jalousie. Jusqu'alors tous les germes en avaient été étouffés par sa profonde confiance, mais ce soir-là quelques mots dits, en apparence sans intention, par une personne qui, dans la pensée de Sir Oswald, ne pouvait avoir aucun motif méchant, avaient réveillé la passion endormie et la paix avait fui de son cœur.

En passant près de la fenêtre où il avait laissé Lydia, il entendit cette jeune femme causant avec quelqu'un.

« C'est positivement scandaleux, disait-elle ; cette coquetterie en règle avec M. Carrington est trop apparente, quoique Sir Oswald soit assez aveugle pour ne pas s'en apercevoir. Imaginez-vous ma surprise, quand j'ai appris qu'il n'étaient pas même des parents éloignés et qu'ils ne se connaissaient que depuis une quinzaine. La femme doit être une éhontée coquette et l'homme évidemment un aventurier. »

Le trait empoisonné avait atteint son but. Sir Oswald croyait que ces paroles avaient été dites sans intention qu'elles parvinssent à ses oreilles. Il ne pouvait pas soupçonner que Lydia l'eût reconnu se promenant sur la terrasse à la clarté de la lune, et n'eût prononcé ces paroles que pour qu'il les entendît.

Comment un homme au cœur droit pourrait-il soupçonner la méchanceté d'une femme ? Comment pourrait-il sonder les profondeurs de perfidie cruelle auxquelles une femme sans cœur peut descendre ?

Il ne savait pas que Lydia eût jamais conçu l'espoir d'être dame et maîtresse au château de Raynham. Il ne se doutait pas qu'elle fût animée de ressentiment contre lui et d'envie contre sa femme. Pour lui, ce qu'elle avait dit n'était qu'un indifférent bavardage de société ; toutefois son expérience lui avait démontré que dans les calomnies de ce genre se cachait généralement un atome de vérité.

« Je ne douterai pas d'elle, se disait-il en continuant sa promenade, trop fier et trop honnête pour chercher à entendre ce que Mlle Graham avait à dire de plus. Je ne douterai pas de la femme que j'aime si éperdûment, parce que de mauvaises langues s'acharnent déjà contre sa bonne renommée. Déjà! Il y a à peine deux mois que nous sommes mariés, et déjà les mauvaises langues versent le poison du soupçon dans mes oreilles. C'est par trop cruel! Mais je la surveillerai elle et cet homme. Son ignorance du monde peut l'avoir entraînée à se montrer plus familière avec lui que les usages sévères de la société ne le permettent. Et pourtant... elle est généralement si digne, si réservée... plutôt portée à pécher par trop de froideur que par trop d'ardeur... Je les surveillerai... Je les surveillerai!... »

Jamais précédemment Sir Oswald n'avait connu les tortures de la jalousie, mais sa nature ne le prédisposait que trop à subir le joug de cette passion terrible. Autant il s'était abandonné aveuglément à son amour pour Honoria, autant il se laissait aller maintenant aux doutes qu'une seule parole de mensonge avait jetés dans son cœur.

Cette nuit-là, son sommeil fut convulsif et fiévreux. Le lendemain, il se mit à épier sa femme et Carrington.

Voici ce que vit ce mari jaloux; et, à travers ses soupçons ombrageux, le moindre fait douteux s'exagérait encore. Carrington témoignait pour la maîtresse du château des égards d'une nature toute particulière; non qu'il lui parlât beaucoup, ou qu'il montrât plus d'empressement auprès d'elle que leurs positions respectives ne l'y autorisaient, mais il se vouait à son service avec la vigilance sans cesse en éveil d'un esclave.

Dès que Lady Eversleigh faisait un pas, les yeux de Carrington ne cessaient de la suivre. Il prévenait le moindre de ses désirs. Si elle se dirigeait vers une des portes ouvrant sur la terrasse, Victor se trouvait là aussitôt pour lui apporter son châle. Si elle lisait et que les feuillets eussent besoin d'être coupés, le méde-

cin lui avait apporté un couteau à papier, avant qu'elle
eût le temps de s'apercevoir qu'il lui était nécessaire.
Si elle allait au piano, il y était avant elle, prêt à disposer sa chaise et à arranger sa musique. Tous ces
riens insignifiants composaient, rassemblés, un tout
véritablement suspect. Puis, de la part d'un autre, ces
attentions eussent peut-être paru naturelles, mais Victor y mettait une sorte de discrétion qu'on ne pouvait
définir, et qui inquiétait l'esprit. Il marchait d'un pas
si furtif, il parlait d'une voix si contenue, qu'on ne
pouvait s'empêcher de remarquer dans toutes ses façons
on ne savait quoi de mystérieusement familier qui
choquait assurément les convenances. Un seul jour
d'observation attentive révéla à Sir Oswald ces singulières allures. Il sentit son cœur déchiré d'une nouvelle
et terrible inquiétude.

Jusqu'à quel point le blâme de ce qu'il y avait d'é-
trange dans cette manière d'être du médecin, devait-il
retomber sur sa femme? Avait-elle conscience de ce
discret servage? Encourageait-elle ce culte silencieux?
En tout cas, elle ne le décourageait point !

Le baronnet se demandait en même temps si les manières de Carrington produisaient sur les autres la
même impression que sur lui. Mlle Graham avait été
frappée, avec une bonne foi plus ou moins suspecte,
des prévenances du médecin pour Lady Eversleigh.
Mais d'autres yeux avaient-ils vu les choses comme
Lydia et comme lui-même ?

Il résolut d'interroger son neveu sur ce jeune homme,
pour lequel il avait été si cordialement hospitalier, et
qu'il se repentait amèrement aujourd'hui d'avoir accueilli sous son toit.

« Votre ami, M. Carrington, est très-empressé auprès

de Lady Eversleigh, dit Sir Oswald s'efforçant non sans
peine de feindre l'indifférence; a-t-il habituellement tant
d'attentions pour les femmes?

— Lui, Victor, attentif aux femmes ! oh ! il s'en faut,
mon cher oncle! répondit en riant Reginald, jouant
l'insouciance. Victor professe en général un profond
dédain pour le beau sexe. Il est absorbé par ses études
de chimie, vous le savez ; et, à Londres, il passe la plus
grande partie de sa vie dans son laboratoire. Mais Lady
Eversleigh est une personne si supérieure, que son
admiration pour elle doit sembler toute naturelle.

— Ah ! il l'admire beaucoup ?...

— Étonnamment, si j'en juge par ce qu'il m'en a dit
dans les premiers moments où il a fait connaissance
avec elle ; car, depuis quelque temps, il est devenu
beaucoup plus réservé.

— En vérité, il est devenu plus réservé depuis
peu ?...

— Oui, je ne sais, il s'imagine peut-être que je pourrais trouver à redire à son enthousiasme pour Lady
Eversleigh. C'est absurde à lui, n'est-ce pas ? Comme de
raison, mon cher oncle, vous ne pouvez être que fier
de voir votre femme entourée de ces légitimes hommages. »

Reginald parlait d'un ton léger qui blessait au vif
Sir Oswald. Il affecta pourtant la même indifférente
gaieté.

Mais il se hâta de quitter son neveu, et, retiré dans
son cabinet de travail, il médita douloureusement sur
les événements de la journée. Il se tint, les jours qui
suivirent, éloigné de sa femme. Ses tendres paroles l'ir-
ritaient. Il commençait à penser que ses témoignages
d'affection n'étaient pas sincères. Plus d'une fois il ré-

pondit aux questions inquiètes d'Honoria sur les causes
de sa tristesse avec une dureté qui la terrifia. Elle
voyait que son mari était changé, mais elle ne savait à
quoi attribuer ce changement; et, comme par sa nature
elle était fière aussi, ses manières cessèrent d'être les
mêmes envers l'homme qui l'avait tirée de si bas pour
l'élever si haut. Elle devint, de son côté, plus réservée
et plus froide. Un abîme se creusait entre le mari et la
femme, qui vivaient si heureux et si unis quelques
jours auparavant.

Les plans de Carrington étaient en sérieuse voie de
succès. Reginald l'observait dans une sorte d'effroi silencieux, trop vil pour s'opposer au complot criminel
qui se tramait à son profit. Tout ce que l'artisan de
cette œuvre inique lui prescrivait, il l'exécutait sans
honte et sans scrupule. Devant lui se dressait l'éblouis-
sante vision de sa fortune future !

Toute une semaine se passa ainsi. Semaine cruelle
pour Sir Oswald, car chaque jour, chaque heure semblait
élargir entre sa femme et lui la fatale séparation. Honoria avait conscience de n'avoir pas à se reprocher la
plus légère offense envers l'homme qu'elle aimait de
l'amour le plus sincère et le plus reconnaissant, et sa
dignité lui défendait de provoquer une explicat n sur
l'incompréhensible changement qui avait banni de leurs
cœurs le bonheur et la paix. Plus d'une fois cependant,
elle alla à lui, prête à lui demander les raisons de son
refroidissement; mais elle trouva toujours un accueil
si sévère et même si dur, qu'elle ne chercha plus à
l'interroger. Elle se renferma dans sa fière réserve et
attendit.

Elle n'en remplissait pas moins tous ses devoirs de
maîtresse de maison avec le même calme et la même

grâce. Mais le combat qu'elle soutenait intérieurement laissait sur son beau visage des traces qui n'échappèrent pas à Sir Oswald. L'atroce jalousie, maîtresse de ce cœur, trouva là une preuve de plus contre elle..

« Le dévouement de cet homme l'a touchée ! pensait-il. C'est à lui qu'elle songe quand elle reste ainsi muette et pensive. Elle ne m'aime plus ! Insensé que je suis, elle ne m'a jamais aimé ! Elle a vu en moi une dupe disposée à la tirer de son obscurité pour l'élever au rang qu'elle ambitionnait, et maintenant qu'elle l'occupe, ce rang convoité, elle ne prend plus la peine d'attacher un bandeau sur mes yeux aveugles, elle peut faire ce qui lui plaît, et se prêter à de plus flatteuses adorations ! »

Le moment d'après, le remords le prenait, et pendant un instant il se reprochait d'être injuste envers sa femme.

« Est-elle à blâmer parce que cet homme l'aime ? se demandait-il. Peut-être n'a-t-elle pas fait attention à son amour. Oh ! si je pouvais seulement l'enlever de Raynham, sans retard, à l'instant même, ou si je pouvais débarrasser le château de cette foule frivole, égoïste, et sans cœur, quel bonheur pour moi ! Mais non ! je ne puis faire ni l'un ni l'autre. J'ai invité ces gens, et il me faut jouer jusqu'au bout mon rôle. Ce Carrington lui-même, je n'ose le chasser de chez moi ; ce serait confirmer les soupçons de Lydia et de ceux qui pensent comme elle. »

Ainsi réfléchissait Sir Oswald, en se promenant seul sur la terrasse du château, pendant que ses hôtes se divertissaient dans d'autres parties des jardins ou du parc, et pendant que Lady Eversleigh passait l'après-midi dans son appartement à songer sur la cruelle conduite de son mari envers elle.

Dans toute autre circonstance, Sir Oswald serait allé

chercher des consolations auprès du brave capitaine
Copplestone. Mais les doutes jaloux qui le torturaient
ne devaient pas même être révélés à ce vieux et fidèle
compagnon ; il éprouvait une poignante humiliation à
la seule pensée de découvrir à qui que ce soit les plaies
saignantes de son cœur.

Si pourtant le capitaine eût été près de son ami, peut-
être, dans un moment d'abandon, lui aurait-il arraché
le secret de sa peine ; mais depuis huit jours il était
confiné dans sa chambre par un violent accès de goutte.
Sir Oswald ne le voyait que dans les courtes visites
qu'il lui faisait chaque jour pour s'informer de son état.

Le capitaine était toutefois entouré des soins les plus
attentifs. Les soucis qui assiégeaient l'esprit de Lady
Eversleigh ne lui faisaient pas oublier le bon camarade
de Sir Oswald. Chaque jour, et à plusieurs reprises, le
vétéran recevait quelque nouvelle preuve de sa tou-
chante sollicitude. Honoria n'obéissait pas seulement en
cela à son bon cœur qui la portait vers tous les souffrants ; par ce soin constant qu'elle avait de l'ami de
son mari, il lui semblait témoigner encore indirectement
son dévouement à celui auquel elle était devenue si
douloureusement étrangère.

Pour tous les autres invités du château, la série des
divertissements et des fêtes n'avaient pas été interrom-
pue. Parmi les divers projets arrangés pour l'amuse-
ment des hôtes de Raynham, il en était un auquel tout
le monde tenait particulièrement et dont on attendait
la réalisation avec impatience. Il s'agissait d'une excursion en voiture et d'un dîner champêtre dans un
endroit célèbre, considéré pour sa beauté comme sans
rival dans le pays et dans presque toute l'Angleterre.

Cet admirable lieu avait nom la Grotte du Sorcier.

VIII

APRÈS LA FÊTE

La Grotte du Sorcier était une énorme cavité souterraine, située près d'une chute d'eau, dans un lieu merveilleusement pittoresque. D'un côté s'étendait une immense forêt ; de l'autre, un grand lac dominé par les cimes de hautes montagnes, dont l'une était couronnée par les ruines d'un château normand qui avait soutenu plus d'un siége dans les siècles passés.

Il aurait été difficile de rêver un cadre plus beau pour une partie de campagne, et ceux des hôtes de Sir Oswald qui s'y étaient rendus à cheval pour reconnaître les lieux en étaient revenus enthousiasmés. La grotte était à dix milles de Raynham ; juste ce qu'il fallait pour une charmante promenade en voiture, et depuis le moment où Sir Oswald avait parlé de cette excursion, toutes les causeries avaient roulé sur les dispositions à prendre, sur les probabilités du temps, et sur le jour à arrêter définitivement.

Le baronnet avait proposé cette fête alors qu'il avait le cœur léger et heureux. Maintenant, il ne voyait arriver ce jour qu'avec appréhension de l'ennui qu'il devait lui causer. D'autres seraient joyeux ; mais les cris d'allégresse et les éclats de rire ne pouvaient être que discordants aux oreilles d'un homme tourmenté par des doutes affreux. Sir Oswald était néanmoins trop cour-

tois pour priver ses hôtes d'un plaisir promis. Tous les
préparatifs furent donc poursuivis comme il était convenu, et, au jour dit, les chevaux de selle et les équipages
étaient rangés dans la grande cour du château.

On eût difficilement imaginé un plus brillant tableau
de la vie anglaise ; la vue des invités qui sortaient
par groupes de la porte cintrée, pour aller prendre
place dans les voitures, ou sauter légèrement en selle,
était déjà un curieux et vivant tableau.

Lydia avait fait tous ses efforts pour surpasser ses
rivales dans cette importante journée. De riches sei-
gneurs du comté devaient prendre part à la fête, et ne
pouvait-elle pas avoir la chance de trouver un mari
parmi tous ces jeunes héritiers ? Quelque profond que
fût déjà le gouffre de ses dettes, elle avait écrit à sa
marchande de modes pour la supplier de lui envoyer
une toilette nouvelle, à n'importe quel prix, lui pro-
mettant un prompt paiement de sa note, ou tout au
moins un fort à-compte. La belle Lydia, pour amadouer
sa marchande de modes et l'engager plus avant dans la
voie du crédit, ne s'était pas fait scrupule de donner à
entendre qu'elle pourrait bien faire un brillant mariage
d'ici à quelques mois.

Elle ne fut pas trompée dans son attente. La marchande de modes envoya la toilette demandée, mais en
écrivant, sans circonlocution, que si l'à-compte n'arrivait pas très-vite, elle se verrait dans la nécessité de
recourir aux voies légales. Lydia jeta la lettre de côté
avec humeur, et se mit en devoir d'inspecter la toilette, qui était une merveille en son genre.

Mais la coquette fille dut réprimer un soupir d'envie,
lorsqu'en regardant la toilette beaucoup plus simple de
Lady Eversleigh, elle reconnut que, sous cette simpli-

cité apparente, cette toilette était d'un plus grand effet et d'un plus grand prix que son costume à grand étalage. Les bijoux que portait ce jour-là Honoria valaient plus que tous ceux ensemble que possédait Lydia ; la jalouse n'ignorait pas d'ailleurs que les écrins de Lady Eversleigh étaient presque inépuisables, tant son mari s'était plu à la combler de présents magnifiques.

« Oui, mais, se disait Lydia, il est à présumer qu'il pourra bien être désormais moins prodigue ! »

La répartition des invités dans les différentes voitures donna lieu à de longues discussions ; mais tout finit par s'arranger en apparence à la satisfaction générale. Plusieurs avaient préféré monter à cheval ; Sir Oswald était de ce nombre.

Pour la première fois, le baronnet désertait sa place accoutumée auprès de sa femme. Honoria ressentit profondément le dédain que témoignait cet abandon ; mais elle se défendit de lui adresser un mot de remontrance ou même un regard de reproche. Elle vit son mari se mettre en selle, sans qu'elle lui adressât un mot de remontrance, un regard de reproche, malgré l'indignation qui gonflait son cœur. Puis elle prit place dans la calèche, laissant les gentlemen qui étaient auprès d'elle disposer les châles et les couvertures qui avaient été pris par précaution, en cas de changement de temps.

Quand une brouille s'élève entre deux personnes qui s'aiment sincèrement, tout contribue à la faire de plus en plus grave et irréparable. Le mari jaloux s'était volontairement écarté de sa femme ; il se sentit plus défiant encore quand il la vit en apparence indifférente à son injure.

« Elle est plus à l'aise loin de moi ! se dit-il avec amertume, en se dressant sur ses étriers pour épier ce qui se passait autour de la calèche. Débarrassée de ma présence, elle goûtera plus librement les flatteries de son jeune adorateur. Elle sera parfaitement heureuse, car elle pourra oublier les liens qui l'enchaînent à un mari qu'elle n'aime plus, si elle l'a jamais aimé. »

Un éclat de rire argentin d'Honoria sembla répondre à sa pensée et confirmer ses soupçons. Il ne se doutait guère que ce rire ne voulait que déjouer une méchanceté polie de cette excellente Lydia.

Le baronnet maintint son cheval un peu en arrière des voitures et observa sa femme d'un œil irrité.

Mlle Graham avait pris place dans la calèche, en face d'un jeune fat, héritier présomptif d'une pairie. La seconde place restait inoccupée. Le baronnet attendit avec une pénible anxiété pour voir qui prendrait cette place ; car, parmi les jeunes gens groupés autour de la portière de la voiture, se trouvait Carrington.

« Venez avec nous, monsieur Carrington, dit Lydia ; vous êtes au fait de l'histoire et de l'archéologie de ce pays, et vous pourrez nous apprendre bon nombre de choses intéressantes sur les villages, les églises, et les ruines que nous rencontrerons sur notre route. »

Lydia haïssait Honoria parce que celle-ci avait obtenu la haute position qu'elle avait tant fait pour conquérir ; elle haïssait Sir Oswald parce qu'il lui en avait préféré une autre, et elle était déterminée à se venger de l'une et de l'autre. Elle savait que ses insinuations avaient déjà produit leur effet sur le baronnet et elle s'efforçait de mettre en œuvre tous les moyens bas et perfides pour rendre Honoria un objet de suspicion aux yeux de son mari.

Lydia avait un double jeu à jouer : elle cherchait à satisfaire à la fois son ambition et sa vengeance. D'un côté, elle désirait captiver Lord Summer Howden, et,

I. — 10

de l'autre, élargir l'abîme creusé entre Sir Oswald et sa femme.

Elle était loin de se douter qu'elle n'était qu'un instrument entre les mains d'un plus habile et plus profond calculateur, que le regard investigateur de Carrington avait pénétré les secrets de son cœur et qu'il suivait ses manœuvres avec un froid et méchant plaisir.

Quoique le mois d'août eût fait place au mois de septembre, l'atmosphère était chaude et douce comme au plus beau temps de l'été.

Sir Oswald avait son cheval à une distance trop grande de la calèche pour entendre ce qui s'y disait, mais assez près pour ne perdre ni un éclat de rire, ni un mouvement de ceux qui l'occupaient. Il vit Carrington se pencher pour adresser la parole à Honoria, avec ces attentions respectueusement compromettantes qui l'avaient déjà si fort blessé. Et Lady Eversleigh ne faisait rien pour décourager son admirateur! et elle semblait prendre un vif intérêt à sa conversation! et, comme Lydia et Lord Howden étaient tout entiers l'un à l'autre, l'entretien entre Honoria et Victor était un véritable tête-à-tête. Carrington se courbait de plus en plus sur le chapeau garni de plumes de Lady Eversleigh. A chaque mille parcouru, le nuage qui obscurcissait le front de Sir Oswald devenait plus sombre. Il n'essayait plus de combattre ses doutes, il s'abandonnait tout entier à la passion jalouse qui s'était emparée de son âme.

Mais le monde avait les yeux sur lui, et il était obligé d'accueillir par des sourires ces regards impitoyables. La longue file d'équipages arriva enfin à la lisière du bois ; les voyageurs descendirent de voiture et se répandirent par groupes de deux ou trois dans le sentier ombreux qui conduisait à la Grotte du Sorcier.

Après être descendue de calèche, Lady Eversleigh attendit pour voir si son mari reviendrait la prendre. Mais son espérance fut cruellement trompée. Sir Oswald alla droit à une imposante douairière, à laquelle il offrit son bras.

« Vous souvenez-vous, dit-il, d'une partie de campagne d'il y a vingt ans, dans laquelle nous avons dansé au clair de lune, Lady Hetherington ? Nous autres, vieilles gens, nous avons les souvenirs du passé et nous nous plaisons ensemble : les jeunes gens s'amusent bien mieux entre eux, sans la contrainte que leur impose notre compagnie. »

Il avait parlé assez haut pour être entendu de sa femme. Elle eut un moment l'idée de rompre à tout prix la barrière glaciale de sa réserve. Les paroles qu'elle prononçait dans son cœur vinrent presque sur ses lèvres : « Laissez-moi rester avec vous, Sir Oswald! » Mais ses yeux rencontrèrent ceux de son mari, dont le regard froid lui glaça le cœur.

Au même instant, Carrington, avec sa déférence habituelle, lui offrit son bras, qu'elle accepta machinalement.

« Qu'ai-je fait pour l'offenser? pensait-elle; quel est ce cruel mystère qui nous sépare et qui me tue ?

— Venez, Lady Eversleigh! s'écrièrent plusieurs voix, nous n'attendons que vous pour nous rendre à la grotte. »

Rien ne fut plus réussi que cette joyeuse partie. Des femmes charmantes, d'élégants cavaliers erraient çà et là dans la forêt, près de la cascade. Plus loin, c'étaient des groupes, d'où partaient de gais propos et de francs éclats de rire. Des couples moins bruyants marchaient à pas lents, engagés dans des entretiens plus intimes et plus tendres. Caché derrière un bouquet d'arbres, un

orchestre d'excellents musiciens militaires répandait
dans cet air embaumé la mélodie et la rêverie.

Lydia elle-même était heureuse; ses sentiments jaloux
s'étaient pour le moment endormis dans la joie du succès; car le jeune lord paraissait décidément subjugué
par ses charmes et la comblait de soins.

Le cœur de l'intrigante beauté frémit d'orgueil, en
pensant que la conquête de ce jeune homme au cerveau
vide pouvait lui procurer une plus belle position, une
fortune plus haute que celles mêmes de la femme de
Sir Oswald.

« Devenue Lady Summer Howden, je dominerai la
châtelaine de Raynham! et, comtesse de Vandeluce,
j'aurai le pas sur des femmes plus nobles que vous,
Lady Eversleigh! »

La journée s'avançait. La compagnie s'était attardée
devant une splendide collation servie sous une tente
envoyée tout exprès d'York. Le repas avait été tout
animé de mots spirituels et de vives saillies. Le soleil
se couchait à l'horizon, lorsque Lady Eversleigh se leva
pour donner aux dames le signal de la retraite.

En ce moment, elle regarda, à l'autre bout de la
tente, la place qui avait été occupée à table par son
mari. Cette place était vide.

Durant toute la journée, elle avait été en proie à de
tristes pressentiments. Cet éloignement dans lequel se
tenait son mari, était si inattendu, si inexplicable, qu'elle
se sentait impuissante à lutter contre le sentiment de
chagrin et de stupeur qu'il avait fait naître chez elle.

De nouveau elle se demanda ce qu'elle avait fait pour
l'offenser; elle avait beau se rappeler et peser ses moin-
dres actions, pendant les dernières semaines, cherchant
à découvrir quelque chose qui pût lui expliquer le

changement mystérieux de la conduite de Sir Oswald.

Mais le passé ne lui fournissait aucun indice. Elle n'avait rien dit, rien fait, de nature à offenser l'homme le plus susceptible.

Une vive et terrible lueur s'était faite dans son esprit : elle s'était rappelé sa misérable extraction, la dégradation dans laquelle l'avait trouvée le baronnet, et elle s'était dit qu'assurément il se repentait de son mariage:

« Il regrette sa folie! je lui suis devenue odieuse ! pensait-elle. Il se souvient du mystère de ma vie passée. Il aura peut-être entendu quelques propos railleurs, quelques malignes insinuations tomber des lèvres de ses nobles amis, et il a honte de sa femme. Il ne sait guère avec quel bonheur je l'affranchirai des liens qui nous unissent, si en effet je lui suis devenue à charge. »

Elle agitait ces douloureuses pensées mêlées à son inquiétude présente, en marchant seule à pas pressés vers les tentes disposées pour les chevaux.

« Le cheval de Sir Oswald est-il là, Plummer? demanda-t-elle au vieux groom qui accompagnait habituellement son mari dans ses promenades à cheval ou en voiture.

— Non, milady ; Sir Oswald l'a fait seller quand il est parti, il y a un quart d'heure.

— Sir Oswald est parti?

— Oui, milady. Il a, je crois, reçu une lettre pendant qu'il était à table.

— Une lettre?... Et il est parti après avoir reçu cette lettre ?

— Tout de suite et en grande hâte, milady. Et il a pris par les marécages, le chemin le plus court, mais non pas, certes, le plus commode pour se rendre au château.

— Savez-vous qui a apporté cette lettre de Raynham?

— Non, milady; je ne suis même pas sûr que la lettre vînt de Raynham.

— Pourquoi Sir Oswald ne vous a-t-il pas emmené avec lui?

— Je ne saurais le dire, milady. J'ai demandé à mon maître si je devais l'accompagner, il m'a répondu qu'il préférait être seul. »

C'est tout ce qu'Honoria put tirer du groom. Elle se dirigea vers la tente, d'où partaient des bruits de voix et des rires retentissants.

Les dames étaient rassemblées sur une large étendue de gazon, près du bouquet d'arbres derrière lequel étaient installés les musiciens. Les plus jeunes valsaient entre elles aux sons de la plus entraînante valse de Strauss, pendant que les personnes d'un âge plus mûr, assises sur des troncs d'arbre, regardaient les ébats de cette jeunesse.

Honoria arriva, sans avoir été remarquée, à l'une des entrées de la tente, et envoya un domestique s'informer auprès de Reginald s'il savait la raison du départ de Sir Oswald. Elle s'assit sur un tabouret à une petite distance, pour attendre son retour.

Elle était là depuis quelques instants, quand elle vit accourir Carrington. Il semblait ému et agité.

Elle se leva et marcha à sa rencontre:

« Ah! je vous ai cherchée partout, Lady Eversleigh, fit-il vivement.

— Vous m'avez cherchée! Qu'y a-t-il donc? Que se passe-t-il?... Sir Oswald?...

— Oui, c'est de Sir Oswald qu'il s'agit.

— Parlez vite!... Qu'est-ce qui arrive?.... Vous me faites mourir, monsieur Carrington. Par pitié, parlez!...

— Vos craintes, dit-il, milady, ne sont malheureu-

sement que trop fondées. Sir Oswald a été jeté à bas de
son cheval, en traversant le marécage. Il gît, dangereusement blessé, près des ruines de la tour de Yarborough, qu'on aperçoit d'ici, tenez, à l'extrémité de la
plaine. Un jeune garçon vient d'en apporter la nouvelle.

— Oh! s'écria Honoria, je veux aller près de lui, monsieur. Pour l'amour du ciel! que je parte à l'instant!
Dangereusement blessé!... il est, dites-vous, dangereusement blessé?

— Je le crains, d'après le rapport de l'enfant.

— Et nous n'avons pas de médecin parmi nos invités! Eh! mais, si! vous-même, vous êtes médecin. Votre
assistance peut nous être utile.

— Je le crois, milady. Je vais me rendre en toute
hâte à la tour. Pendant ce temps, on enverra chercher
quelqu'autre médecin.

— Je dois, je veux courir auprès de lui! dit Honoria
d'un air égaré. Appelez les domestiques, monsieur Carrington. Ma voiture, à l'instant! »

Elle avait de la difficulté à trouver ses mots, sa voix
était étranglée, elle se soutenait à peine, et elle serait
tombée, si le médecin ne lui eût offert son bras.

Comme elle marchait ainsi, chancelante, appuyée sur
lui, un léger frôlement se fit entendre dans le bois de
sycomores, à une petite distance, et des yeux avides
brillèrent à travers le feuillage.

Lydia avait par hasard suivi ce chemin. Sa curiosité
avait été éveillée par l'absence de Lady Eversleigh, et,
faisant trève à son manége de coquetterie avec le jeune
vicomte, elle s'était mise à la recherche d'Honoria.

Elle fut amplement récompensée de sa peine par la
scène que ses regards surprirent de sa cachette au milieu des sycomores.

Elle vit Carrington et Lady Eversleigh parler ensemble avec une agitation manifeste. Elle vit la femme du baronnet s'attacher, tremblante et comme éperdue, au bras du médecin. Elle commença à penser que ses calomnies pourraient bien n'être que de la médisance et qu'Honoria était décidément une coupable créature. Elle était trop loin pour entendre leurs paroles, elle ne put suivre que leurs gestes.

« Ma voiture! répéta Honoria. Pourquoi n'appelez-vous pas les domestiques?

— Lady Eversleigh, reprit le médecin avec sang-froid, veuillez vous rappeler que, dans une occasion comme celle-ci, il n'y a rien de plus précieux que le calme. Si je préviens vos gens, tous vos hôtes qui sont ici prendront l'alarme et se précipiteront comme une bande d'insensés vers la tour de Yarborough pour témoigner de leur dévouement à Sir Oswald, et, en réalité, pour lui faire tout le mal possible. Quel secours attendre d'une foule d'hommes animés par un bon repas, formant un cercle autour d'un blessé pour lui exprimer leur bruyante sympathie? Voici ce que je vous propose. En ma qualité de chirurgien, je vais me rendre sur-le-champ auprès de Sir Oswald. J'ai un cabriolet tout attelé, là, derrière ces pins. Montez-y avec moi. Dans une demi-heure, nous aurons atteint les ruines. Que voulez-vous, madame? venir ainsi avec moi tranquillement, sans déranger personne, ou bien attendre que votre calèche soit prête, et que ceux qui se divertissent sous cette tente se mettent en devoir de vous accompagner? »

Les éclats de voix partant de la tente devinrent plus tumultueux en ce moment; l'avis de Carrington était assurément le plus sage.

« Vous avez raison! répondit-elle, ces gens ne doivent

rien savoir de l'accident avant que mon mari soit ramené au château. Mais vous ferez bien d'aller dire au groom Ponsin de nous suivre avec la calèche : une voiture peut être nécessaire pour Sir Oswald, s'il est en état d'être transporté.

— C'est juste, reprit Victor, je vais donner des ordres en conséquence.

— Hâtez-vous ! s'écria Lady Eversleigh, vous me retrouverez au bois de sapins, toute prête à partir. Ne perdez pas une minute, monsieur Carrington, c'est une question de vie ou de mort ! »

Victor la quitta, et elle se dirigea vers le bois de sapins, où elle trouva en effet un cabriolet avec un cheval tout attelé, dont la bride était attachée à une branche d'arbre.

Deux chemins conduisaient vers les sapins ; l'un dans le bas, et l'autre longeant la crête d'un petit talus bordé de broussailles ; c'est ce dernier que prit Lydia, au risque d'endommager sa coquette toilette, tant elle était anxieuse d'observer Lady Eversleigh, qui suivit le chemin d'en bas. Elle pouvait ainsi épier tous ses mouvements, complétement cachée à sa vue, bien que seulement à quelques pas d'elle.

Elle fut grandement surprise en apercevant ce cabriolet et ce cheval dans ce lieu écarté. Elle le fut bien plus encore quand elle vit Lady Eversleigh cacher son visage dans ses mains, dans l'attitude du plus profond désespoir.

« Qu'est-ce que cela signifie ? se demanda-t-elle. Assurément elle ne peut avoir l'intention de fuir avec ce Carrington ! Elle peut être perverse, mais non assez insensée pour sacrifier fortune et rang, par amour pour cet aventurier. »

Elle attendit, accroupie derrière la haie sur la crête

du talus, retenant son souffle, et regardant avidement dans la direction des sapins. Au bout de quelques minutes, Victor revint, hors d'haleine.

« Avez-vous donné les ordres pour la voiture ?

— Oui, oui ; venez, madame, venez ! »

Sans dire un mot de plus, Victor aida Lady Eversleigh à monter dans le cabriolet. La voiture roula d'abord lentement, tant qu'elle longea la lisière du bois, mais sa marche s'accéléra lorsqu'elle eut atteint la plaine marécageuse.

« Allons ! c'est un enlèvement ! s'écria Mlle Graham. La misérable s'enfuit avec ce jeune médecin sans le sou ! Sir Oswald aura maintenant, je pense, de bonnes raisons pour se repentir de sa romanesque union avec cette aventurière ! »

Tout enivrée de sa méchanceté satisfaite, Lydia retourna à la pelouse devant la Grotte du Sorcier. Les hommes avaient quitté la tente. La lune s'était levée, et son large disque se montrait à l'horizon. Les préparatifs du départ avaient déjà commencé.

Ce retour en voiture au clair de lune avait toujours été considéré comme un des plus grands attraits de l'excursion. C'était une si belle occasion pour les doux manéges d'amour et de coquetterie, les compliments ou les déclarations à voix basse, les tendres pressions imprimées à de petites mains finement gantées !

Lydia espérait pouvoir reprendre sa scène de séduction avec Lord Howden, à l'endroit où elle l'avait laissée, lorsqu'elle avait quitté la table. Elle comptait même s'arranger de façon à se trouver seule avec lui et à exploiter la faiblesse du jeune lord jusqu'à l'amener à une proposition formelle et décisive. Le capitaine Graham, toujours prêt à répondre à l'appel de sa sœur, était d'un

caractère peu endurant, quand son intérêt était en jeu.
Il lui tardait que Lydia fît un brillant mariage ; car ses
dettes et ses embarras continuels l'importunaient, et, une
fois qu'elle serait mariée, il pourrait lui emprunter de l'argent au lieu d'être sans cesse ennuyé par ses demandes.

Mais Mlle Graham était condamnée à une nouvelle
déception. Lord Howden était de ceux sur lesquels les
vins de Champagne et du Rhin avaient produit un effet
aussi peu poétique que possible. Il était lourd, pâle,
défait, assoupi, abruti. La belle Lydia eut la mortification de l'entendre donner ordre à l'un des grooms de
le mettre dans une voiture fermée, où il pût faire un
somme jusqu'au château.

Reginald prit la place du jeune lord dans la calèche,
qui était en tête des équipages destinés au retour. Reginald était silencieux et en apparence aussi alourdi que
Lord Howden ; mais bien qu'il eût bu copieusement,
l'ivresse n'était pour rien dans son air anxieux et morose.

Il savait que le plan conçu par Victor s'exécutait en
ce moment, et que dans quelques heures le dernier
coup allait être porté. Quelle allait être cette catastrophe
suprême ? Il l'ignorait. Mais ce qu'il n'ignorait pas, c'est
qu'elle devait amener pour Sir Oswald le malheur et
l'humiliation, et pour Honoria la ruine et la honte.

Lorsqu'on fut prêt à partir, on s'aperçut de l'absence
de Lady Eversleigh. Les domestiques furent envoyés à
sa recherche dans toutes les directions, mais en vain.

Sir Oswald était absent aussi ; mais le vieux groom,
informa Reginald que son oncle était parti depuis quelques heures ; et, comme plusieurs personnes l'avaient
vu quitter la table après avoir reçu une lettre, son départ causa peu de surprise.

La dernière personne dont on signala l'absence, ce

fut Carrington. Lydia appela, comme par hasard, l'attention sur la coïncidence singulière de ces brusques disparitions.

La compagnie attendit pendant près d'une heure. Quelque accident était arrivé peut-être à Lady Eversleigh ; peut-être avait-elle poussé sa promenade trop loin, et s'était-elle égarée dans le bois ; peut-être le pied lui avait-il manqué sur le bord des étangs qui avoisinent la grotte.

Enfin on découvrit que Carrington avait fait atteler un cabriolet, le groom qui en avait été chargé l'apprit au domestique de Reginald : et c'était, disait-il, pour ramener au château Lady Eversleigh, qui, se sentant fatiguée, désirait rentrer tranquillement chez elle. L'absence de Lady Eversleigh se trouvant ainsi expliquée, les équipages se mirent enfin en mouvement à la lueur de la lune.

« C'est mal à cette chère Lady Eversleigh de nous avoir causé sans nécessité tant d'inquiétudes ! » dit Lydia.

La dame qui avait pris la seconde place dans la calèche fût du même avis.

« Jamais je n'ai été alarmée de ma vie, — dit-elle. — Je redoutais la conviction qu'un effroyable accident ne fût arrivée.

— Et penser que Lady Eversleigh préfère rentrer chez elle en cabriolet, — reprit malicieusement Lydia — pour ma part je ne connais pas de véhicule plus désagréable. »

L'autre dame marmotte quelques mots sur la basse extraction de Lady Eversleigh et son ignorance des usages de la société.

« Pourquoi vous étonner, ma chère, pour ma part, si j'ai été surprise d'une chose, c'est qu'elle parût si à l'aise dans sa nouvelle position. Mais, vous le voyez, son manque d'éducation s'est trahi par un oubli grossier de toutes les convenances. Sa conduite est pour le moins excentrique, et vous pouvez être sûre qu'on n'oubliera pas son retour dans un cabriolet avec ce jeune médecin. Je ne pense pas que cette équipée soit fort du goût de Sir Oswald.

« Je ne le pense pas non plus, dit Lydia également à demi-voix. Pauvre Sir Oswald ! Que pouvait-il espérer en concluant un tel mariage ? »

Reginald, le dos appuyé au fond de la voiture et les bras croisés sur la poitrine, regardait dans le vide pendant que les dames se livraient à ces propos malveillants.

IX

SUR LA TOUR DE YARBOROUGH

Carrington n'avait pas eu plus tôt quitté le bois, qu'il avait mis le cheval au galop.

« Vous n'avez pas peur ? demanda-t-il à Lady Eversleigh.

— Je n'ai peur que du retard, répondit Honoria avec calme, car elle avait maintenant recouvré en grande partie sa fermeté habituelle. Dites-moi, monsieur Carrington, croyez-vous que mon mari soit en grand danger ?

— Je ne puis rien vous dire de certain. Vous savez combien sont stupides les petits paysans de ce pays. L'enfant qui m'a apporté la nouvelle, m'a dit que le monsieur avait été jeté à bas de son cheval, qu'il était sans connaissance et blessé à la tête. J'ai compris plus à l'air effrayé de l'enfant qu'à ses paroles que les blessures étaient graves.

— Comment a-t-on transporté Sir Oswald dans un lieu aussi abandonné et aussi dénué que cette vieille tour en ruines?

— L'accident a eu lieu près de là ; votre mari a été trouvé par le gardien de la tour, et il n'y a pas une seule habitation à trois milles à la ronde. »

Ces quelques mots échangés, Honoria et Victor se turent : il n'était pas, d'ailleurs, facile de parler en fendant l'air de toute la vitesse d'un cheval lancé au triple galop. La lune répandait sa pâle lumière sur le marécage. L'immense étendue de terrain ressemblait à une mer sombre, immobilisée par la glace. Pas un arbre, pas une broussaille n'interrompait la monotonie de cette lugubre plaine. Sur l'horizon éclairé par la lune se détachait un rocher escarpé, portant à son sommet une haute tour, encore altière et formidable sous ses ruines.

C'était la tour de Yarborough. Du train dont ils allaient, les voyageurs s'en approchaient rapidement. Mais quand on fut au chemin étroit et raboteux, qui contournait le flanc de la montagne pour arriver graduellement au sommet, Carrington fut obligé de ralentir beaucoup l'allure de son cheval. Lady Eversleigh eut le loisir de contempler ces murailles à demi écroulées, plus sinistres à mesure qu'on les voyait de plus près.

« Quel horrible lieu! murmura-t-elle, et mon mari est étendu là, n'ayant pour abri que ces décombres! »

Honoria ne put s'empêcher de frissonner quand le cabriolet traversa un méchant pont de bois, jeté sur un abîme creusé au flanc de la montagne et dont on ne distinguait pas le fond.

Du côté de la tour tout était sombre; le sifflement du vent et le croassement des corbeaux troublaient seuls un silence qu'ils rendaient plus effrayant encore.

« Pourquoi n'y a-t-il pas de lumière dans la tour? demanda-t-elle; Sir Oswald est-il donc là, dans cette affreuse obscurité?

— Je ne sais, répondit Victor. Mais maintenant, Lady Eversleigh, il vous faut descendre, nous ne pouvons, sans danger, nous risquer plus loin avec la voiture. »

Quelques pas les séparaient de l'entrée de la tour, d'où tombait comme un épais rideau de lierre.

Honoria descendit et s'engagea sous la noire arcade.

« Je vais voir... m'informer, dit Victor. Veuillez m'attendre là une minute, milady, le temps de demander ou de reconnaître le chemin. »

Il s'était à peine éloigné que le bruit du mouvement d'un corps pesant, accompagné d'un cliquetis de chaînes, se fit entendre; mais Lady Eversleigh était trop absorbée par son angoisse intime pour prêter quelque attention aux choses extérieures.

Victor reparut presque aussitôt.

« Venez, dit-il, donnez-moi la main, Lady Eversleigh, et laissez-moi vous conduire. »

Elle plaça sa main dans celle du médecin. Il lui fit monter des marches de pierre couvertes de mousse glissante. C'était un escalier tournant, bâti dans une tourelle qui formait un des angles de la tour. En levant la tête, Honoria distingua dans le toit une ouverture à travers laquelle elle vit briller la lune; mais il n'y avait trace d'aucune autre lumière.

« Où est mon mari? demanda-t-elle, je ne vois toujours pas de lumière; je n'entends aucune voix. Ce lieu est morne comme une tombe.

— Venez! venez! reprit Carrington d'un ton impérieux, suivez-moi, Lady Eversleigh. »

Incapable de résistance, elle obéit et acheva de gravir, non sans difficulté, les degrés de l'escalier tournant.

Une étroite porte s'ouvrit devant elle ; quand elle l'eut franchie, à la suite de son compagnon, elle se trouva au sommet de la tour.

Autour d'elle, les créneaux en ruines ; au-dessous, la montagne à pic surplombant la plaine marécageuse ; au-dessus, le ciel bleu éclairé par la lune, et partout la solitude complète. Pas un accent humain, pas un signe de vie.

« Monsieur Carrington ! s'écria-t-elle avec épouvante, où est mon mari? Cette ruine est inhabitée. Vous ne me ferez pas croire que nous allons trouver Sir Oswald dans ces décombres. Où est-il donc? où est-il?

— Eh! mais, au château de Raynham, je suppose, » répondit tranquillement le médecin.

Il s'était assis sur le bord d'une pierre branlante, et, le bras appuyé sur une saillie de la ruine, il regardait avec une curiosité calme l'immense étendue qui s'ouvrait au-dessous d'eux, à la pâle clarté de la lune.

Lady Eversleigh tourna sur lui des yeux pleins d'effroi.

« Mon mari à Raynham!... à Raynham!... répéta-t-elle, comme si elle ne pouvait en croire ses oreilles. Suis-je folle, ou est-ce vous qui êtes fou, monsieur Carrington?

— On ne peut répondre d'une manière absolue des allées et venues de personne, mais il y a lieu de conjecturer qu'en ce moment Sir Oswald est au château, car il est parti depuis plusieurs heures pour s'y rendre.

— Mais alors, pourquoi suis-je ici, moi?

— Ah! pourquoi? pourquoi? L'histoire serait longue à raconter, milady. Sachez seulement que vous êtes dans cette tour de Yarborough pour servir l'intérêt de deux individus, qui sont Reginald Eversleigh et votre humble serviteur.

— Mais l'accident... le danger de Sir Oswald?...

— Chassez à ce sujet toute inquiétude, je vous prie. Je suis aux regrets d'avoir pu vous causer le moindre chagrin ; mais l'histoire de l'accident est une pure fantaisie. Sir Oswald est sain et sauf.

— Ah ! Dieu soit béni ! s'écria Honoria, du fond de mon cœur, Dieu soit béni ! »

Elle jeta ce cri, elle leva son regard vers le ciel avec un élan dont la sincérité ne pouvait être mise en doute. Son beau visage rayonnait ; Carrington la considérait avec étonnement.

« Aimerait-elle cet homme ? pensa-t-il, serait-il possible qu'elle n'eût pas joué la comédie ? »

Après son premier mouvement de joie sans mélange en apprenant que le danger de son mari n'existait pas, Honoria tressaillit en se souvenant de son danger à elle, et, regardant fixement Carrington :

« Que signifie donc ce qui se passe, monsieur ? dit-elle avec un accent irrité.

— Je vous le répète, madame, c'est une longue, bien longue histoire, et il faut que vous vous calmiez si vous désirez l'entendre tout entière.

— Il ne me plaît pas d'entendre de longues histoires, monsieur ; je ne vous dirai, moi, qu'un mot. Votre conduite est honteuse et indigne d'un homme de cœur. Je vous ordonne de me ramener à Raynham à l'instant même, si vous ne voulez pas attirer la vengeance de Sir Oswald. Oui, je serais la dernière à engager mon mari dans une querelle, mais si vous ne vous décidez pas à me ramener sur-le-champ dans ma

demeure, je lui ferai certainement connaître la grave
et profonde insulte dont vous vous êtes rendu coupable
envers moi.

— Votre mari ne m'effraye point, ma chère Lady
Eversleigh, répondit le médecin avec une froide insolence, car je ne pense pas que Sir Oswald soit disposé
à risquer sa vie pour votre défense, après les événements de cette nuit.

— Oh!... » fit-elle avec un inexprimable accent de
mépris.

Et tournant le dos à Carrington, elle marcha droit à
la porte qui donnait accès sur l'escalier.

« Arrêtez! » s'écria Carrington.

Mais elle marchait toujours. Il s'élança au-devant
d'elle.

« Oh! arrêtez, milady! répéta-t-il, n'essayez pas de
descendre cet escalier. D'abord, les marches en sont
glissantes, et dans la nuit la descente est très-dange-
reuse; ensuite, vous vous trouveriez, une fois en bas,
dans l'impossibilité d'aller plus loin.

— Comment cela?

— Regardez ! » dit-il.

Il se penchait sur le parapet et montrait du doigt le
bas de la tour.

Le regard d'Honoria suivit la direction de sa main
et un cri d'épouvante s'échappa de ses lèvres. Il n'y
avait plus de pont! On voyait seulement au-dessus de
l'abîme pendre de lourdes et massives chaînes.

Mais le fossé n'existait peut-être que d'un seul côté
de la tour? Honoria courut à l'autre extrémité de la
plate-forme. Le fossé profond taillé dans la pierre
moussue entourait de toutes parts la citadelle. Honoria
jeta un cri de désespoir.

« Les gens de l'ancien temps savaient construire leurs forteresses et se défendre de leurs ennemis, reprit Carrington ; ceux qui ont bâti ce fort et creusé ce fossé ne se doutaient guère de l'usage qu'on en pouvait faire dans nos temps dégénérés. Ne marchez pas avec cette agitation, Lady Eversleigh. Croyez-moi, vous ferez mieux de conserver votre sang-froid. Vous êtes condamnée à rester ici jusqu'à la pointe du jour. Cette ruine est confiée à la garde d'un homme qui la quitte le soir à une certaine heure. Quand il s'en va, il lève le pont-levis. Vous l'auriez entendu, il n'y a qu'un instant, si vous aviez été moins distraite. Personne que lui ne peut faire jouer les chaînes du tablier. Il demeure à plus de trois milles d'ici, à ce petit village que vous apercevez là-bas comme un point noir dans l'espace. Il ne viendra qu'avec l'aube.

— Et vous comptez me garder prisonnière, ici, pendant que mon mari m'attend à Raynham, inquiet et étonné de ma mystérieuse absence !...

— Oui, Lady Eversleigh, oui, l'on sera étonné et inquiet à votre sujet, cette nuit, au château de Raynham. »

Honoria se laissa tomber sur un bloc de pierre, accablée, anéantie, cherchant à se rendre compte de cette situation terrible et inexplicable.

« Suis-je au pouvoir d'un fou ? murmura-t-elle ; oui, nul autre qu'un fou ne serait capable d'une action aussi sauvage ! »

Elle joignit les mains sous son front courbé, demandant au ciel la force, dans une prière fervente. Et la force, en effet, remplit son âme. Les battements déréglés de son cœur se ralentirent ; elle écarta les bandeaux de son épaisse chevelure et les noua derrière sa tête ;

elle fit cela avec un geste noble, comme si elle eût été dans son cabinet de toilette, au château de Raynham. Carrington suivit des yeux ses mouvements, avec surprise d'abord, puis avec admiration.

« C'est une femme étonnante ! se dit-il à lui-même, une rare et généreuse créature ! Son esprit est aussi ferme que sa beauté est resplendissante. Quelle honte de m'être fait l'ennemi d'une femme pareille, au profit d'un homme tel que cet imbécile et odieux Reginald ! Ah ! avec l'aide de cette femme, quelles grandes choses n'aurais-je pas faites ! Et je suis condamné à me mépriser moi-même ! »

Il réfléchissait ainsi, pendant qu'Honoria, assise sur le bord du rempart, à quelques pas de lui, contemplait avec calme le ciel pur qui s'étendait au-dessus de sa tête. Elle continuait de penser :

« Il est fou ! il faut qu'il soit fou !... » Et, sans y prendre garde, elle dit à demi-voix : « Car enfin, je ne lui ai jamais fait de mal, à cet homme ! »

Carrington l'entendit, et reprit, avec plus de déférence et de douceur :

« Non, vous ne m'avez jamais fait de mal, Lady Eversleigh, mais vous en avez fait à un autre dont les intérêts sont étroitement liés aux miens.

— Qui donc est cet autre ?

— Reginald.

— Reginald ! répliqua Honoria avec étonnement, et en quoi, grand Dieu, ai-je nui à Reginald ? N'est-il pas le neveu de mon mari ? Comment aurais-je pu lui en vouloir ou lui faire du mal ?

— Vous lui avez fait le plus grand mal qui se puisse faire : vous vous êtes placée entre lui et la fortune. Ne savez-vous pas qu'il y a un peu moins d'un an, Reginald était l'héritier reconnu de Raynham et de toutes ses dépendances ?

— Je le sais ; mais il avait été déshérité avant que j'eusse franchi le seuil de la maison de son oncle.

— C'est vrai ; mais, si vous ne l'aviez pas franchi, ce seuil, Reginald serait rentré en faveur. Votre beauté a séduit et dominé son oncle, et sa seule chance est votre disgrâce.

— Ma disgrâce ?

— Oui, Lady Eversleigh, la vie est un combat où les plus faibles sont foulés aux pieds. Vous avez jusqu'ici triomphé, mais l'heure de votre triomphe est passée. Hier vous étiez reine au château de Raynham, demain la dernière des chambrières n'y sera pas aussi bas placée que vous-même.

— Que voulez-vous dire ? demanda Honoria, de plus en plus effrayée, et commençant à deviner dans quel abominable piége elle était tombée.

— Je veux dire ceci, madame : le monde juge plutôt les actions d'après l'apparence que d'après la vérité. Or, les apparences se réunissent toutes pour vous condamner. Avant demain, il n'y aura pas une âme au château de Raynham, qui n'affirme que vous vous êtes enfuie de chez vous, et avec moi !...

— Je me suis enfuie ?...

— Comment expliquerez-vous autrement votre absence pendant cette nuit, votre brusque disparition ?...

— Si je vis, à la pointe du jour je retournerai au château de Raynham ; j'y rentrerai pour dénoncer tout haut votre infamie et pour en demander vengeance à mon mari.

— Trop tard, Lady Eversleigh ! trop tard ! Personne ne vous croira, et votre mari vous croira moins que personne. Tout mon art a consisté à rendre d'avance la vérité complétement et absolument invraisemblable.

— Lâche! lâche! s'écria Honoria avec un mélange d'horreur et de désespoir.

— Vous avez, madame, reprit Carrington, engagé une partie formidable, et il ne faut pas vous étonner si vous avez trouvé des adversaires déterminés à se défendre en poussant le jeu à outrance. Quand une femme pauvre et sans nom passe de l'indigence et de l'obscurité à la considération et à la richesse, elle doit s'attendre à rencontrer des gens qui lui disputeront cette proie démesurée.

— Et il peut exister un misérable se disant un homme, qui soit capable d'un acte pareil à celui-là! s'écria Honoria, en levant son regard vers le ciel comme si elle le prenait à témoin de l'infamie de son adversaire. Ne m'adressez plus la parole, monsieur, ajouta-t-elle en se détournant de lui avec dégoût. Je croyais, il y a quelques minutes, que vous étiez un fou, et j'avais peur d'être la victime des aberrations d'un esprit malade. Vous avez ourdi ce noble complot dans l'intérêt de votre ami, et sans doute il vous récompensera généreusement après le succès. Mais vous n'avez pas triomphé encore. La Providence semble parfois favoriser les méchants. Elle vous a aidé jusqu'à présent, mais la fin est encore à venir. »

Elle s'écarta de lui, et, se dirigeant vers l'autre extrémité de la plate-forme, elle s'assit sur l'un des créneaux, aussi tranquille en apparence que si elle eût été dans le salon du château. Elle tira de sa ceinture une petite montre et l'approcha de ses yeux.

Il était une heure et quelques minutes. Selon toute probabilité l'homme chargé de garder la tour ne viendrait pas avant sept ou huit heures du matin. Honoria avait donc six ou sept heures à rester prisonnière et à supporter l'odieuse présence de son ennemi.

Et après?... Quand elle serait rendue à la liberté, quand elle raconterait cette lamentable et improbable aventure, qui ajouterait foi à sa parole?

Son mari, qui, selon toutes les apparences, lui avait retiré son amour, croirait-il à son innocence et à sa sincérité, quand toutes les circonstances conspiraient pour la faire paraître coupable? Le sentiment d'un malheur sans espoir accablait son cœur. Mais, pas un mot ne sortit de ses lèvres pâlies, pas un soupir n'échappa de sa poitrine oppressée. Elle resta assise, immobile comme une statue, les yeux fixés dans la direction du levant, comptant les minutes qui s'écoulaient avec une mortelle lenteur, et attendant avec des yeux impatients les premières lueurs de l'aube.

Carrington contemplait cette immobilité de marbre et ce pâle et tranquille visage avec une sorte de vénération. Il avait jusque-là méprisé les femmes, comme des créatures faibles et sans défense, faites pour se laisser flatter par de fausses paroles et pour subir la tyrannie des natures plus fortes. Parmi toutes ces fragiles créatures, sa mère était la seule en qui il eût eu jamais foi. Mais il se voyait en face d'une femme supérieurement douée, d'une femme dont la fierté et la fermeté touchaient à l'héroïsme. Il ne put s'empêcher de lui dire quelque chose de ce qu'il ressentait.

« Vous supportez noblement une position affreuse, madame, lui dit-il. Et je ne trouve pas de mots pour vous en exprimer mon admiration. Il est dur de se trouver l'ennemi d'une femme, et surtout d'une femme dont la beauté et l'intelligence ne devraient inspirer que le plus profond respect. Mais, dans ce monde, hélas ! il n'y a qu'une loi, qu'un principe sur lequel les hommes règlent leur vie, quoi qu'ils fassent pour déguiser la vérité sous des paroles menteuses, auxquelles les autres hommes font semblant de croire. Cette unique loi, ce principe suprême, c'est l'*intérêt personnel*. Pour acquérir ou pour accroître sa fortune ou sa renommée, l'homme qui se dit honnête brise les liens les plus chers, sacrifie les plus solides amitiés. Le jeu que Reginald et moi nous avons joué contre vous est un jeu atroce, je l'avoue. Mais Sir Oswald y a poussé son neveu en le réduisant tout à coup à la misère. Un homme désespéré ne peut agir qu'en désespéré, et votre malheureuse destinée, Lady Eversleigh, a été de vous trouver en travers du chemin de cet homme. »

Il parlait les yeux fixés sur le visage de la femme de Sir Oswald, épiant ses impressions, attendant une parole, fût-ce une parole de colère. Mais elle ne leva pas un instant son regard sur lui, ses yeux ne se détachèrent pas de l'orient, son froid mépris s'exprimait par le pli dédaigneux de sa lèvre, par le calme de son regard et de son front. Il semblait que le dédain écrasant de cette femme pour le vil intrigant au pouvoir duquel elle était tombée absorbât en elle tout autre sentiment.

Carrington prit son cigare, l'alluma, et s'assit dans une attitude pensive, fumant et regardant au loin le sombre marécage. Pour la première fois de sa vie, cet homme sans honneur, cet homme qui n'avait d'autre loi que l'égoïsme, cet ambitieux sans vergogne, souffrait dans son cœur de la blessure du mépris. Il aurait été insensible aux plus violentes injures, mais ce silence glacé de sa victime le pénétrait de rage et de douleur. Enfin s'acheva cette longue, cette éternelle nuit, et

l'horizon lointain commença à s'éclairer. Ce n'était pas
la première fois que la femme de Sir Oswald attendait
avec angoisse la venue du jour. Dans cette tour solitaire, le cœur torturé par une inexprimable angoisse,
sa mémoire lui rappela une autre nuit de veille qui remontait à près de deux années.

Elle entendit de nouveau le bruit monotone d'une
rivière qui coule, le vent sifflant à travers les roseaux,
l'écho sinistre d'une lutte, des injures, des blasphèmes,
la chute d'un corps pesant, puis, plus rien.

Heureuse de l'amour de son mari, elle avait pendant
quelque temps fermé les yeux sur cet horrible tableau
du passé; mais maintenant, à l'heure du désespoir, il
lui revenait, hideusement distinct.

« Comment pouvais-je espérer le bonheur? pensa-t-
elle, moi, la fille d'un assassin! Les crimes d'une géné-
ration retombent sur l'autre. La malédiction est sur
moi, le bonheur ne me visitera jamais!... »

Le soleil se leva, et sa lumière se répandit sur l'immense marécage. Mais plusieurs heures se passèrent
avant que l'homme préposé à la garde de la tour en
ruines vînt délivrer la prisonnière.

Il gagnait pauvrement sa vie à montrer la tour aux
visiteurs qui se présentaient, et il savait qu'il n'était
pas probable qu'il arrivât quelqu'un avant neuf heures
du matin.

Il était près de neuf heures lorsqu'il abaissa le pont-
levis et pénétra dans la forteresse.

« Vous êtes libre, madame, » dit le médecin, dont le
visage paraissait horriblement pâle et défait à la vive
clarté du soleil.

Honoria ne daigna pas paraître accorder la moindre
attention à ses paroles. Elle ramassa son chapeau à

plumes tombé à ses pieds au milieu des hautes herbes.
Ces plumes fragiles avaient été endommagées par la
rosée de la nuit; elle les arracha et les jeta au loin.
Sa légère robe blanche était toute trempée par l'humidité et se plaquait autour d'elle comme un suaire; mais
elle n'avait même pas senti le froid de la nuit.

Lady Eversleigh descendit l'escalier tournant, obscur
même en plein jour, excepté quand une partie du mur
écroulée laissait pénétrer un rayon de lumière.

Sous l'arcade, elle rencontra le paysan, qui poussa
un cri en apercevant le blanc fantôme qui s'offrait à
ses regards.

« Oh! mon Dieu! s'écria-t-il quand il fut revenu de
sa terreur, je vous demande pardon, milady, mais que
je sois pendu si je n'ai pas cru voir un revenant!

— Dites-moi le chemin à suivre pour se rendre au
village le plus proche, dit Honoria, j'ai besoin d'y trouver un moyen de transport pour Raynham.

— Alors, ce que vous avez de mieux à faire, c'est
d'aller à Edgington, madame; ce village est à quatre
milles d'ici sur la route de Raynham. »

L'homme montra de la main le village dont il parlait, et Lady Eversleigh se mit en route, seule, et à travers la plaine marécageuse. Elle eut beaucoup de peine
à trouver son chemin, car il n'y avait pas de poteaux
indicateurs dans cette grande plaine inculte. Elle se
trompa plus d'une fois de sentier, et il était plus d'une
heure lorsqu'elle arriva au village d'Edgington.

Là, elle se procura, non sans peine, une voiture pour
revenir à Raynham; mais elle avait peu de chances de
rentrer au château avant trois ou quatre heures de
l'après-midi.

X

PERDUE ! IRRÉVOCABLEMENT PERDUE !

Si Honoria avait passé une nuit d'angoisse dans l'horrible solitude de la tour de Yarborough, Sir Oswald n'avait pas moins souffert à Raynham. Pendant le repas sous la tente, à la Grotte du Sorcier, un de ses domestiques était venu lui dire qu'un jeune garçon était là avec une lettre qu'il ne voulait remettre qu'à Sir Oswald Eversleigh en personne.

Intrigué par ce mystère, le baronnet avait quitté la salle et s'était rendu près de l'enfant. Il l'avait trouvé sous les arbres, avait pris de ses mains la lettre, et voici ce qu'il avait lu :

« Sir Oswald veut-il se convaincre de la fidélité ou
« de la perfidie de sa femme ? qu'il retourne à Raynham
« sans un moment de retard. Là, il aura une preuve
« certaine de sa conduite actuelle. Il attendra peut-être ;
« mais l'ami qui lui communique cet avis, l'engage à
« ne point perdre patience ; il n'attendra pas en vain.
          « *Un conseiller anonyme.* »

Quinze jours auparavant, Sir Oswald aurait aussitôt déchiré cette lettre avec l'indignation du mépris ; mais le soupçon l'avait mordu au cœur : il hésita, il réfléchit. Son intime instinct le poussait à n'avoir que du dédain pour ce correspondant anonyme, et à garder sa con-

fiance dans la loyauté de celle qu'il aimait ; mais la jalousie, l'impérieuse jalousie, eut vite raison de ce premier mouvement.

« Aucun inconvénient ne peut résulter de mon retour
à Raynham, pensa-t-il ; mes hôtes sont tout entiers à
la joie et ne s'inquiéteront pas de mon absence. Si
l'auteur de la lettre se moque de moi, j'aurai bientôt
reconnu mon erreur. »

Une fois cette résolution prise, Sir Oswald ne perdit
pas de temps à la mettre à exécution. Il fit seller un
cheval, piqua des deux, et partit.

Arrivé à Raynham, il s'informa s'il était venu quelqu'un le demander ; mais il lui fut répondu qu'aucun
visiteur ne s'était présenté au château de toute la journée.

Sir Oswald lut et relut la lettre anonyme. Elle lui
disait d'attendre ; mais que devait-il attendre ? Regret-
tant déjà d'avoir cédé à la tentation, l'esprit inquiet et
troublé, il errait de pièce en pièce dans l'obscurité, en
proie aux plus douloureuses pensées.

Les domestiques allumèrent les lampes dans différentes pièces du château, pendant que Sir Oswald se
promenait avec agitation, tantôt dans le salon, tantôt
dans la bibliothèque, tantôt sur la terrasse éclairée par
les rayons de la lune. Onze heures sonnaient quand un
bruit de voitures annonça le retour des invités du château. Rien ne s'était présenté de ce que le baronnet attendait. Honteux de lui-même, furieux d'avoir été dupe
d'une aussi lugubre mystification, il fit un geste de
colère, et arpentant la terrasse à grands pas :

— Allons ! c'est décidément une mauvaise plaisanterie ! se dit-il ; une farce plus ou moins spirituelle d'un
drôle, qui aurait trouvé charmant de s'amuser aux

dépens d'un mari de cinquante ans. Ah ! si jamais je
découvrais l'auteur de cette belle épître !... Il pourrait
apprendre à ses dépens qu'il n'est pas sans danger de
jouer avec l'amour d'un homme. »

Sir Oswald alla en personne recevoir ses amis. Il s'attendait à voir sa femme parmi eux. En ce moment il
avait oublié tous ses soupçons. Il ne pensait qu'à la
lettre, à l'injure qu'il avait faite à Honoria en ajoutant
foi à l'avis anonyme.

Si elle se fût offerte à ses yeux dans cette minute
où son cœur bondissait vers elle tous ses doutes se
seraient dissipés devant un de ses sourires.

Mais, quoique la voiture de Lady Eversleigh fût
en tête des équipages, sa femme n'était pas dans la
voiture.

« Quelle terrible inquiétude cette chère Lady Eversleigh nous a causée à tous! se hâta de dire Lydia. Elle
est ici depuis plus de deux heures sans doute, car
elle avait une grande avance sur nous, et M. Carrington
n'est pas homme à s'attarder en chemin ?

— Ma femme ?.... M. Carrington ?.... que voulez-vous
dire, mademoiselle Graham ? »

Lydia s'expliqua, et Reginald confirma son dire. Lady
Eversleigh avait quitté la Grotte du Sorcier, plus d'une
heure avant le reste de la compagnie, avec Carrington.

Les mots seraient impuissants à décrire la consternation de Sir Oswald. Il fit tous ses efforts pour conserver
son empire sur lui-même ; mais les teintes livides de
son visage, la pâleur de ses lèvres, trahissaient l'in-
tensité de son émotion. Il envoya des grooms à cheval
sur toutes les routes entre le château et le théâtre de la
fête champêtre, et, sans dire un mot à ses hôtes, il s'en-
ferma dans son appartement.

Quelque accident était-il arrivé à Honoria et à son compagnon ou bien Honoria et Carrington étaient-ils deux coupables, et, dans l'ivresse de leur amour criminel, avaient-ils fui ensemble, oubliant tout, rang, fortune, honneur?

D'horribles soupçons torturaient le cœur du baronnet, tandis qu'il attendait le résultat des recherches qu'il avait ordonnées.

Il aurait mieux aimé apprendre qu'Honoria avait été trouvée morte sur la route, plutôt que d'entendre dire qu'elle l'avait quitté pour un autre, comme une perfide et infâme créature.

« Comment, se disait-il, s'est-elle ainsi confiée à cet homme ? Pourquoi se compromettre en compagnie de cet étranger? car c'est presque un étranger pour elle ! Elle n'est ni ignorante, ni déraisonnable. Dans de plus difficiles épreuves, elle a su garder sa dignité et mon honneur. Quelle démence peut s'être emparée d'elle pour attirer la honte sur elle et sur moi? »

Les grooms revinrent les uns après les autres ; nulle part ils n'avaient trouvé trace de l'absente, aucun cabriolet n'avait été aperçu sur les différentes routes qui menaient de la Grotte du Sorcier au château de Raynham.

Sir Oswald s'abîma dans son désespoir.

Il n'avait plus d'illusion à se faire, sa femme l'avait abandonné. Il payait cruellement la folie de son mariage romanesque, son aveugle confiance dans la malheureuse qui l'avait séduit et ensorcelé. Il courba la tête sous le coup qui le frappait, et seul, caché à tous les yeux, il passa toute cette nuit de douleur, assis dans un fauteuil, la tête entre ses mains.

Au matin, son valet de chambre, Millard, frappa à sa

porte à l'heure accoutumée ; mais le verrou était poussé à l'intérieur, et Sir Oswald refusa ses services. Il avait parlé d'une voix ferme ; car il savait que l'oreille de son valet saurait y distinguer le moindre signe d'émotion et de faiblesse. Quand Millard fut parti, Sir Oswald se leva pour la première fois et regarda les bois éclairés par la lumière naissante du soleil.

Un gémissement s'échappa de ses lèvres à la vue de ce beau paysage.

Il avait amené sa jeune femme dans ce magnifique domaine pour y être dame et maîtresse. Il lui avait montré le vaste et superbe horizon et lui avait dit que tout cela était à elle, qu'elle était la propriétaire et la souveraine de cet apanage digne d'un prince, qu'elle ne le partagerait jamais qu'avec ses enfants, si le ciel leur faisait la grâce de leur donner une famille. Il ne s'était jamais lassé de lui donner ainsi des preuves de son dévouement, de sa passion, de son amour... Et pourtant, il y avait à peine trois mois qu'elle était sa femme, et elle s'était enfuie avec un autre !

Pendant qu'il était debout devant la fenêtre ouverte, l'esprit absorbé par ces tristes idées, il entendit un bruit dans le corridor. C'était le fauteuil de malade dont se servait, dans son accès de goutte, le capitaine Copplestone, et qu'il dirigeait lui-même à l'aide d'un ingénieux mécanisme.

Le capitaine frappa à la porte de son vieux camarade.

« Ouvrez-moi, Oswald, dit-il, j'ai besoin de vous voir à l'instant même.

— Pas ce matin, mon cher Copplestone, je ne puis voir personne ce matin, répondit le baronnet.

— Vous pouvez me voir, moi, Oswald. Je dois et je veux vous voir et je ne bougerai pas d'ici que vous ne m'ayez fait entrer. »

Un coup violemment frappé contre la porte avec la tête d'une canne accompagna ces paroles.

Sir Oswald ouvrit la porte. Le capitaine fit adroitement passer son fauteuil à travers l'entre-bâillement et pénétra dans la chambre.

« Eh bien ! qu'est-ce ? dit l'excentrique visiteur, quand Sir Oswald eut refermé la porte sur lui. Vous ne vous êtes donc pas mis au lit de toute la nuit ?

— Comment le savez-vous ?

— Je le vois à votre visage d'abord, et à votre lit que j'aperçois par la porte, dans l'autre pièce, et qui n'a pas été défait. Ah ! ce sont de belles choses qui se passent ici !

— Un lourd chagrin est tombé sur moi, Copplestone.

— Votre femme s'est enfuie ?.... c'est là ce que vous voulez dire, je suppose ?

— Quoi ! s'écria Sir Oswald, tout est-il donc connu ?

— Qu'est-ce qui est connu, Oswald ?

— La fuite de celle qui porte mon nom !

— Oui, parbleu ! le bruit s'en est répandu, et il n'y a pas à dire non ; et c'est ce bruit qui m'amène chez vous. Mais je ne crois pas, mille tonnerres ! qu'il contienne un mot de vérité. »

Le baronnet s'éloigna de son ami avec un amer sourire.

« Je m'efforcerai de mettre un bandeau sur les yeux du monde, Copplestone, dit-il, mais je n'ai pas envie de vous tromper, vous : ma femme m'a quitté ! le doute n'est plus permis.

— Je n'en crois pas un mot, vous dis-je, s'écria le capitaine ; non, Oswald, je n'en crois pas un mot. S'il est quelqu'un au monde que je ne voudrais pas abuser, ni voir abuser, ce quelqu'un c'est mon plus ancien ami. Quand j'ai appris votre mariage, j'ai dit que vous étiez un fou, je me suis exprimé assez clairement, je pense. Quand j'ai vu votre femme, je vous ai dit que j'avais changé d'opinion et que votre folie était pleinement justifiée. Si j'ai jamais vu visage de femme respirer l'honnêteté et la simplicité, c'est bien le visage de Lady Eversleigh, et j'engagerais sur son honneur ce qui me reste de vie. »

Sir Oswald saisit la main du capitaine et la pressa vivement dans la sienne. L'émotion l'empêchait de parler ; pour la première fois depuis quelques heures, il entrevoyait un rayon d'espérance. Sa confiance dans son ancien camarade ne l'avait jamais trompé. Mais devait-il, pouvait-il croire encore cette fois en lui ?

Quand le capitaine le quitta, Sir Oswald, un peu remis, passa dans son cabinet de toilette et s'habilla avec plus de soin que de coutume. Puis il sortit de sa chambre et se présenta devant ses hôtes.

Dans la vaste salle à manger, les convives étaient tous accablés. Sir Oswald s'assit au milieu d'eux avec calme, sans vouloir regarder en face de lui la place vide d'Honoria.

Jamais peut-être repas ne fut plus triste. Après de longs intervalles de silence, quand la conversation parvenait à renaître, elle n'avait rien de naturel et la contrainte était générale.

Mais de tous, celui qui se possédait le mieux était Sir Oswald. Il faisait sur lui-même cet héroïque effort de garder une contenance digne. Il trouva un mot à dire à chacun, et se montra tout particulièrement aimable pour ceux de ses hôtes qui étaient près de lui à table. Pas une allusion ne fut faite à sa femme ou aux événements de la soirée précédente.

Le repas était terminé et l'on se préparait à quitter la

salle à manger, quand le neveu de Sir Oswald s'approcha de lui.

« Puis-je vous parler seul quelques moments? lui demanda-t-il.

— Certainement, répondit Sir Oswald, et si vous voulez me suivre à la bibliothèque... »

Lorsque Sir Oswald eut fermé la porte et se retourna du côté de son neveu, il vit sur le visage de Reginald une pâleur mortelle.

« Qu'avez-vous donc? lui demanda-t-il, surpris.

— Vous me le demandez, mon cher oncle, dans un moment où votre douleur m'accable!

— Réservez votre sympathie jusqu'à ce que je vous la demande, répondit le baronnet en fronçant le sourcil. Votre intention est bonne, sans doute, Reginald, mais il y a des sujets auxquels un homme ne permet pas qu'on touche.

— Je vous demande pardon, monsieur, mais alors je n'ai plus rien à vous dire. Je m'étais imaginé qu'il pouvait y avoir utilité à vous renseigner de mon mieux. Mais c'est un devoir pénible, dont je vous suis reconnaissant de vouloir bien m'exempter.

— Que voulez-vous dire? reprit le baronnet; si vous avez à m'apprendre quelque chose qui puisse jeter quelque lumière sur... sur l'absence de Lady Eversleigh, parlez, et parlez vite. Je suis à moitié fou, Reginald! Excusez-moi si je vous ai un peu brusqué tout à l'heure. Vous êtes mon neveu, et je peux laisser tomber en votre présence le masque que je porte devant le monde.

— Je ne sais rien personnellement sur la disparition de Lady Eversleigh, dit Reginald; mais j'ai lieu de croire que Mlle Graham pourrait dire beaucoup de choses, s'il lui plaisait de parler. Questionnez-la, monsieur, ce ne sera pas peine perdue.

— Je l'interrogerai, répondit Sir Oswald. Envoyez-la-moi, Reginald. »

Eversleigh quitta son oncle, et, peu de temps après, Mlle Graham apparut, insouciante en apparence, et comme n'ayant rien à redouter en présence de Sir Oswald.

Le baronnet alla au fait sans réticence, et, avant que Lydia eût pris le temps de réfléchir, elle fut contrainte de raconter, dans tous ses détails, la scène dont elle avait été témoin, la veille au soir, entre Carrington et Honoria.

Comme de raison, elle dit à Sir Oswald qu'elle avait assisté à cette scène étrange par le fait d'un pur hasard, sa promenade l'ayant fortuitement amenée dans un sentier d'où l'on dominait le bouquet de pins.

« Et vous avez vu ma femme agitée et troublée, et s'appuyant sur le bras de cet homme?

— Lady Eversleigh était, en effet, dans une agitation extrême.

— Et vous l'avez vue prendre place dans le cabriolet..., dites, vous l'avez vue?

— Oui, Sir Oswald, comme je vous vois, de mes propres yeux.

— Infamie! murmura le baronnet, opprobre et infamie! »

C'était à lui-même qu'il parlait plutôt qu'à Mlle Graham; ses yeux regardaient dans le vide, et c'est à peine s'il semblait avoir conscience de la présence de la jeune femme.

Lydia fut presque terrifiée par l'égarement qui se lisait dans ses regards. Elle attendit quelques instants, et, voyant qu'il ne poussait pas plus loin ses questions, sortit de la bibliothèque, heureuse d'échapper à cet interrogatoire et au spectacle de ce malheureux homme, bouleversé par la douleur.

« C'est égal! murmura-t-elle, peut-être comprendra-t-il maintenant qu'il aurait mieux fait de limiter son choix aux femmes de son rang. »

La journée s'avançait. Sir Oswald était resté seul dans la bibliothèque, assis devant la table, les bras croisés, les yeux fixés dans l'espace, immobile et muet comme la statue du Désespoir.

La pendule avait sonné plusieurs heures, le soleil commençait à baisser à l'horizon et sa lumière rougeâtre frappait en plein les larges fenêtres à la Tudor, quand la porte s'ouvrit doucement. Quelqu'un entra. Sir Oswald tourna la tête avec un mouvement de colère, irrité contre l'importun qui venait l'arracher à ses méditations pourtant bien douloureuses.

Sa femme était debout devant lui, vêtue de la robe blanche qu'elle portait la veille, mais défaite, l'air hagard, et le visage aussi blanc que sa robe.

« Oswald! s'écria-t-elle, en tendant vers lui les bras, mon cher Oswald!... »

Le baronnet se dressa sur ses pieds, et regarda ce pâle visage avec une expression d'indignation qu'on ne saurait peindre.

« Et vous osez revenir! s'écria-t-il. Hypocrite créature, vous osez reparaître devant moi avec ce sourire sur les lèvres. Vous osez prononcer mon nom, après cette honteuse nuit!

— L'hypocrisie n'a rien de commun avec moi, Oswald, dit-elle, votre amour et votre confiance sont-ils à ce point évanouis, que vous me condamniez sans m'entendre? Je n'ai à me reprocher aucune faute envers vous. Je n'ai pas une seule pensée qui ne soit pleine d'amour pour vous. Je suis victime d'un complot, Oswald, d'un lâche complot dirigé contre mon bonheur et mon honneur. »

Un rire moqueur s'échappa des lèvres de Sir Oswald.

« Ah! ah! s'écria-t-il, c'est là votre histoire! Vous êtes la victime d'un complot, n'est-ce pas? Vous avez été enlevée par des bandits, je suppose? Vous n'êtes pas partie de votre plein gré avec votre amant? Fi donc! Il y a des témoignages et des preuves irrécusables : qu'importe! Vous n'avez pas été vue quittant la Grotte du Sorcier? Vous ne vous cramponniez pas, éperdue, au bras de Carrington? Non! non! tout cela n'est pas! Vous êtes la victime d'un affreux complot! »

Il reprit avec une ironie amère :

« En vérité! Lady Eversleigh, votre imagination n'est pas bien riche! je l'aurais crue plus ingénieuse, je vous assure.

— Si je suis coupable, demanda-t-elle avec calme, pourquoi suis-je devant vous?

— Faut-il que je vous le dise? s'écria Sir Oswald avec emportement. Regardez là-bas, madame! regardez ces grands bois, ce parc, ces pièces d'eau, ces jardins; ce n'est là qu'un morceau du domaine de Raynham. Et c'est pour ce riche domaine que vous êtes revenue, Lady Eversleigh! c'est par amour pour toutes ces richesses, et uniquement pour elles, que vous êtes revenue! Hier, dans le délire d'une folle et coupable passion, vous avez fui avec votre amant. Mais vous ne vous êtes pas plus tôt rappelé la fortune que vous alliez perdre, la position que vous alliez sacrifier, que le repentir, ou plutôt le regret, vous a saisie. Vous vous êtes dit que votre lâche époux serait encore trop heureux d'ouvrir les bras pour vous recevoir. Quelques mots, quelques supplications, quelques larmes versées à propos, et cette pauvre dupe oublierait sa colère! Voilà comme vous avez raisonné, madame! mais vous vous êtes trompée. J'ai été insensé, je me suis abandonné au rêve d'un homme en démence, mais le rêve est passé. Le réveil a été rude, mais je ne recommencerai pas ce songe.

— Oswald, reprit-elle doucement, voulez-vous écouter ce que j'ai à vous dire?

— Non, madame, je ne vous permettrai pas de me mentir une seconde fois. Partez, retournez près de votre amant! Votre repentir vient trop tard. L'héritage de Raynham ne sera jamais à vous. Retournez à votre amant, vous dis-je! ou, s'il ne veut pas vous recevoir, s'il a honte de sa maîtresse, retournez au ruisseau où je vous ai ramassée!

— Oswald! »

Ce cri de reproche alla comme une flèche s'enfoncer dans le cœur du baronnet. Mais il se roidit contre son émotion. Il se croyait trompé, il croyait cette femme aussi fausse qu'elle était belle.

« Oswald! s'écria Honoria, vous devez m'entendre, et vous m'entendrez! Je demande à être entendue, je l'exige. C'est mon droit, c'est le droit du plus vil criminel. Vous ne me le refuserez pas, à moi, à votre légitime et fidèle épouse. Ne me croyez pas, si cela vous plaît; mais vous m'entendrez, Sir Oswald, il faut que vous m'entendiez! »

Elle était debout devant lui, debout de toute sa hauteur, et le regardant fièrement en face. Si c'était là une coupable, c'était véritablement une coupable bien forte

contre toute honte. Malheureusement, le baronnet croyait
au témoignage de Lydia plus qu'à la sincérité de sa
femme. Pourquoi Lydia l'aurait-elle trompé? Quelle
raison pouvait-elle avoir de chercher à ternir la réputation de sa femme?

Honoria raconta toute sa terrible aventure; elle raconta sa nuit d'angoisse. Elle parla, les yeux avidement
fixés sur le visage de son mari, pour y suivre la moindre
de ses impressions. A mesure qu'elle approcha de la fin
de son récit, ses traits prirent une expression de désespoir. Elle se vit perdue. Le masque impassible de son
mari n'avait pas laissé surprendre le moindre signe de
pitié!

« Je ne vous demande plus de me croire, dit-elle en
terminant, au milieu de sanglots entrecoupés. Je vois
que vous ne me croyez pas. Tout est fini entre nous,
Sir Oswald, tout est fini! Vous disiez vrai tout-à-
l'heure; quelque cruelle que fût votre parole, vous
disiez vrai : vous m'avez prise dans le ruisseau; vous
avez fait de moi votre compagne dans l'ignorance de
ma vie passée, vous avez donné votre amour et votre
nom à une créature sans famille et sans nom; et maintenant que les circonstances conspirent pour me condamner, dois-je m'étonner de votre dureté à mon égard
et du doute cruel qu'exprime votre visage? Ce sera là,
Sir Oswald, le tourment de toute ma vie. Si votre
amour avait résisté à cette rude épreuve, ah! ma joie et
ma fierté eussent été sans bornes!... Mais laissons cela;
je ne resterai pas sous ce toit par tolérance ou par pitié.
Je suis prête à le quitter au premier mot, et pour n'y
rentrer jamais. Le château de Raynham n'est pas moins
désolé pour moi que la tour maudite, dans laquelle j'ai
passé la dernière nuit. C'est une demeure vide pour

moi, sans votre amour. Je m'éloignerai de vous sans
une parole de reproche, Sir Oswald, et jamais vous
n'entendrez prononcer mon nom, jamais vous ne re-
verrez mon visage, je vous le promets. »

Tout en parlant, elle s'était dirigée vers la porte. Il y
avait, dans sa douceur et dans sa résignation, quelque
chose d'irrésistiblement convaincant qui aurait dû toucher l'esprit et le cœur de son mari; mais Sir Oswald
était trop sûr de sa trahison. Ce calme triste et digne
lui paraissait l'art consommé d'une parfaite comé-
dienne.

« Elle est enfoncée dans le mensonge jusqu'aux lèvres,
se dit-il. Sans doute le peu qu'elle m'a dit de l'histoire
de son enfance était aussi faux que tout le reste. Dieu
sait quels honteux secrets se cachent dans sa vie
passée. »

Cependant comme Honoria avait déjà franchi le seuil
de la porte, il se précipita sur ses pas.

« Ne quittez pas Raynham avant d'avoir eu de mes
nouvelles, Lady Eversleigh, dit-il; c'est à moi de
prendre les arrangements qui concernent votre existence future. »

Elle ne lui répondit pas, et continua de s'avancer
dans la grande salle, la tête baissée et les yeux fixés
vers le sol.

Sir Oswald rentra dans la bibliothèque, sonna, et fit
demander Reginald. Son neveu parut quelques minutes
après, toujours très-pâle et l'inquiétude peinte sur le
visage.

« Je vous ai fait demander, Reginald, dit le baronnet,
parce que j'ai un devoir à remplir, un devoir pénible,
mais qui ne comporte pas de délai. Il s'est passé près
d'un an et demi depuis que j'ai fait un testament qui

vous déshéritait. J'avais de justes raisons pour prendre
ce parti, vous le savez ; mais je n'ai plus entendu parler
de vos folies, et, autant que j'en puis juger, vous avez
essayé de vous corriger. Il n'est, par conséquent, pas
juste à moi de maintenir rigoureusement une détermination prise dans un moment de colère, et je vous
aurais peut-être rendu déjà votre ancienne position si
un nouvel intérêt n'eût absorbé mon esprit et dominé
mon cœur. Mais j'ai aujourd'hui de cruelles raisons
pour me repentir d'avoir mis cet intérêt dans ma vie.
Je pourrais concevoir du ressentiment contre vous, à
cause de l'infamie de votre ami ; mais je ne pousse pas
la faiblesse jusque-là. Carrington et moi avons un
compte terrible à régler ensemble, et ce compte, je le
ferai payer dans toute sa rigueur. Je n'ai pas besoin de
vous engager à rompre avec lui, si vous ne voulez pas
perdre mon affection, et cette fois pour jamais.

— Mon cher oncle, vous ne pouvez certainement
supposer...

— Ne m'interrompez pas. Je désire achever ce que
j'ai à dire, et n'avoir plus jamais à revenir sur ce sujet.
Je vous ai fait connaître les dispositions du testament
que j'ai fait après mon mariage. Ce testament laisse la
plus forte part de ma fortune à ma femme. Il doit être
anéanti et, dans l'acte qui le remplacera, vous repren-
drez votre ancienne place. Dieu veuille que j'agisse sa-
gement, Reginald, et que vous vous montriez digne de
ma confiance.

— Mon cher oncle, votre bonté me confond ; je ne
puis trouver d'expression pour vous exprimer toute ma
gratitude.

— Pas de remercîment, Reginald ! Rappelez-vous que
ce changement a pour cause mon malheur. N'ajoutez

plus un mot. Il vaut mieux qu'un Eversleigh soit le
maître à Raynham quand je ne serai plus. Et maintenant, laissez-moi, je vous prie. »

Le jeune homme se retira. Son visage trahissait les
émotions qui l'agitaient. Quoique étranger à tout sentiment d'honneur, l'iniquité du complot qui lui rendait
sa fortune pesait lourdement sur sa conscience et en
même temps il se prenait à craindre follement l'homme
qui s'était fait son complice.

XI

LE TESTAMENT

La crainte et le remords durèrent peu chez Reginald,
et il descendit sur la terrasse pour contempler ces biens
qui avaient été autrefois son héritage futur, et qu'il
pouvait de nouveau regarder avec le fier sentiment de
la possession. Pendant qu'il regardait ce beau domaine,
il oubliait les moyens odieux qu'il avait employés pour
rentrer en possession de Raynham. Il oubliait Carrington, il oubliait tout, tout hormis sa bonne fortune, et
son cœur battait de la joie du triomphe.

Il quitta la terrasse, traversa le jardin, et se dirigea
vers la grille de fer qui donnait accès dans le parc.
Contre cette grille s'appuyait un vieillard vêtu comme
un colporteur et qui paraissait accablé de fatigue. Un
chapeau à larges bords, rabattu sur ses yeux, cachait
presque entièrement son visage; une longue barbe grise

retombait sur sa poitrine. Ses vêtements étaient couverts de poussière comme s'il avait fait une longue
route, par les chemins desséchés, et il portait sur son
dos une lourde balle de marchandises.

Le parc était ouvert au public, et cet homme était
sans doute venu jusqu'à la grille, dans l'espérance de
trouver un domestique qui lui permît l'accès du château
où il montrerait ses marchandises aux nombreux visiteurs de Sir Oswald.

« Rangez-vous un peu, et laissez-moi passer, mon
brave homme, » dit Reginald, en s'approchant de la
grille.

L'homme ne bougea pas. Il resta comme il était, les
deux bras posés sur la barre supérieure de la grille.

« Que je sois le premier à féliciter l'héritier de
Raynham! dit-il tranquillement.

— Carrington! s'écria Reginald. Puis, après un moment de silence : Quel est, au nom du ciel, le motif de
cette mascarade ? »

Le médecin retira son chapeau à larges bords et
essuya son front avec une main ridée et jaune comme
celle d'un vieillard. Rien de plus parfait que son déguisement. La pâleur habituelle de son visage avait fait
place à ces tons bruns produits par le grand soleil et la
vie en plein air par tous les temps. Un réseau de rides
entourait ses yeux noirs qui brillaient sous d'épais
sourcils gris.

« Je ne vous aurais jamais reconnu, dit Reginald,
qui regardait avec une indicible surprise le visage de
son ami.

— Je l'espère bien! répondit le médecin; ce n'est pas
pour être reconnu que je me suis déguisé. Et il ajouta :
Je puis déguiser ma voix aussi bien que mon visage ;

peut-être aurez-vous l'occasion de vous en apercevoir.
Mais, avec un ami, il est inutile d'avoir recours à ces
subterfuges.

— Et pourquoi ce déguisement ?

— Parce que j'ai besoin d'être ici. Vous pouvez
comprendre que, m'étant enfui avec la maîtresse de la
maison, il ne serait pas sain pour moi de m'y représenter en personne naturelle.

— Quel besoin avez-vous d'y revenir ? Votre dessein
n'est-il pas accompli ?

— Pas complétement.

— Reste-t-il quelque chose à faire ?

— Oui, il reste encore quelque chose à faire.

— Quoi et comment ?

— Rapportez-vous-en à moi. Et maintenant, passez,
jeune héritier de Raynham, et laissez le pauvre colporteur fumer sa pipe en attendant qu'il trouve quelque
servante qui veuille bien l'introduire au château. »

Mais Reginald resta immobile ; il voulait pénétrer le
mystère qui se cachait dans la pensée de son allié.

« Comment avez-vous su que vos plans avaient réussi ?
lui demanda-t-il.

— J'ai lu mon succès sur votre visage, quand je vous
ai vu vous approcher de cette grille. C'était le visage
d'un héritier reconnu. Mais racontez-moi ce qui est
arrivé. »

Reginald raconta tout, l'usage qu'il avait fait des
mauvais instincts de Lydia, et son entrevue avec son
oncle après le retour de Lady Eversleigh.

« Bien ! s'écria Victor, parfait de tout point ! Jamais
affaire n'a marché plus à souhait. Ainsi, Reginald, c'est
à vous ceci ? »

Il désigna du regard les grands jardins, le château,

la longue rangée de fenêtres, la terrasse, les grosses tours, la vieille porte cintrée. Puis ses yeux, brillants d'un éclat sinistre, se reportèrent sur son ami.

« Il n'y a qu'un revers à la médaille, dit-il.

— Et c'est ?...

— C'est que vous pouvez attendre longtemps votre héritage. Voyons, votre oncle a cinquante ans, je crois?

— Oui, environ cinquante ans.

— Et il jouit d'une constitution de fer. Il a mené une vie tempérée et active. Un pareil homme a autant de chances de vivre jusqu'à quatre-vingts ans que j'en ai d'arriver à quarante. Cela nous ferait trente ans à attendre. Nous aurions une belle occasion d'exercer notre patience !

— Pourquoi dites-vous cela ? s'écria Reginald. Ce ne peut pas être uniquement pour attrister ma joie.

— Trente ans !... trente ans !..., c'est bien long quand on attend.

— Qui dit que nous aurons trente ans à attendre ? Mon oncle peut mourir bien avant ce temps.

— Oh ! c'est certain ! votre oncle peut mourir subitement, peut-être très-prochainement, c'est possible. Le coup que lui a porté la trahison de sa femme peut le tuer... après qu'il aura fait un nouveau testament en votre faveur. »

Les deux hommes étaient debout en face l'un de l'autre. Ils se regardèrent.

« Que voulez-vous dire ? demanda Reginald, et pourquoi me regardez-vous ainsi ?

— Je pense seulement quel heureux garçon vous seriez, si le chagrin qui est venu fondre sur votre oncle était fatal à sa vie.

— Ne parlez pas ainsi, Carrington. Je ne veux pas

admettre une telle pensée. Je ne vaux pas grand'chose, je le sais, mais je n'en suis pas au point de désirer la mort de mon oncle.

— Quel chagrin pour vous, en effet, s'il venait à mourir! si ce domaine vous appartenait! si vous aviez toute la puissance et tous les plaisirs que la fortune peut procurer à un homme! Comme vous seriez affligé! Et comme vous souhaitez tout le bien possible à ce bon parent, pour lequel vous avez été un neveu si dévoué! Priez Dieu que votre cher oncle vous fasse attendre votre héritage trente ans, et que vous viviez jusque-là!

— Victor! s'écria Reginald avec emportement, vous êtes le démon en personne ; laissez-moi passer, je ne veux pas entendre plus longtemps vos odieuses paroles.

— Permettez-moi au moins de vous adresser une question. Pour quelle raison supposez-vous que je vous ai fait signer cette reconnaissance à une année d'é- chéance?

— Je ne sais ; mais ce que vous devez savoir aussi bien que moi, c'est qu'elle est sans valeur tant que mon oncle existe.

— Je le sais, mon cher Reginald ; mais si je vous ai fait souscrire cet engagement à cette échéance, c'est que j'ai comme un pressentiment qu'avant cette date vous serez en possession du domaine de Raynham.

— Voulez-vous dire que mon oncle mourra dans l'année?

— J'en ai le pressentiment, vous dis-je.

— Carrington! vos desseins sont abominables, et je ne veux plus avoir rien de commun avec vous.

— En vérité! Alors dois-je aller trouver Sir Oswald et lui raconter toutes les aventures de la nuit dernière? Dois-je lui dire que sa femme est innocente?

— Laissez les choses comme elles sont. J'ai la promesse d'hériter de ce domaine. J'ai trop souffert de la
perte de ma position, et je ne puis renoncer une seconde fois à mes espérances ; mais nous en avons fait
assez. Attendons le résultat.

— Je l'attends, Reginald. Et, s'il arrive plus tôt que
nous ne pouvions craindre, ce n'est pas moi ni vous
qui lui ferons mauvais visage. Maintenant, quittez-moi.
J'aperçois un jupon là-bas, sous les arbres. C'est quelque femme de chambre du château, et il faut que je
voie si mon éloquence sera assez puissante pour m'obtenir, comme marchand ambulant, l'entrée de cette
maison, dont je ne puis plus approcher comme médecin. »

Reginald ouvrit la grille avec un petit passe-partout
et laissa le médecin pénétrer dans le jardin.

* * * * *

La nuit commençait à tomber quand Sir Oswald
sortit de la bibliothèque. Il avait envoyé un mot à l'un
de ses hôtes intimes, le priant de l'excuser près des
autres convives s'il n'assistait pas au dîner ; l'état de sa
santé était son excuse.

Il avait médité longtemps et tristement sur son
malheur et il avait pris sa détermination quant à sa
conduite envers sa femme. Il se rendit à l'appartement
de Lady Eversleigh pour lui faire connaître sa décision.
L'appartement était vide. La femme de chambre était
occupée à un travail d'aiguille devant une des fenêtres
du cabinet de toilette.

« Où est votre maîtresse ? demanda Sir Oswald.

— Elle est sortie, monsieur. Elle doit avoir quitté le
château pour peu de temps, je pense, car elle a mis la
plus simple de ses toilettes de voyage, et elle n'a em-

porté avec elle qu'un sac de nuit. Elle a laissé, du reste, un billet sur la tablette de la cheminée dans la pièce voisine. Désirez-vous que j'aille le chercher?

— Non, je le prendrai moi-même. Depuis combien de temps Lady Eversleigh a-t-elle quitté le château?

— Depuis environ deux heures.

— Deux heures.... à temps pour prendre la diligence d'York, pensa Sir Oswald. Allez vous informer si votre maîtresse a réellement quitté le château à cette heure, » dit-il à la femme de chambre.

Il entra dans le boudoir, prit la lettre sur la cheminée, et la mit dans sa poche sans la lire.

Le boudoir avait sa physionomie habituelle. Les livres et la musique étaient à leur place accoutumée. Il semblait qu'il y eût encore là un écho de la voix d'Honoria. Elle seule manquait. Tant mieux! N'était-ce pas une vile et coupable créature et n'était-il pas heureux qu'elle ne souillât plus de sa présence ces antiques pièces où plusieurs générations de pures, nobles et saintes femmes avaient vécu, étaient mortes?

Sir Oswald se disait cela, et il sentait son cœur aussi vide que ces appartements qu'avait remplis une chère présence.

« Que va-t-elle devenir? pensait-il. Elle va retrouver son amant sans doute, et elle se consolera avec lui de tout ce que sa folie lui fait perdre. Qu'elle devienne ce qu'elle pourra! Il ne me reste qu'une chose à faire: c'est de l'oublier. »

Il regagna la bibliothèque, une lampe brûlait sur la table où Sir Oswald avait coutume d'écrire. C'était une lampe couverte d'un grand abat-jour, et qui répandait une vive lumière à la place où elle était posée, laissant tout le reste de la pièce dans une obscurité profonde.

La nuit était chaude et accablante comme une nuit d'août, quoiqu'on fût en septembre. Sir Oswald alla ouvrir toute grande une large fenêtre qui donnait sur la terrasse. Puis il prit dans le tiroir d'un bureau de chêne sculpté une liasse de papiers, les porta sur sa table, et, s'asseyant, en commença l'examen.

Dans le nombre se trouvait le testament qu'il avait fait depuis son mariage. Il le lut, puis le jeta de côté. En ce moment, une figure s'approcha de la fenêtre ouverte et des yeux curieux plongèrent dans la chambre.

Sir Oswald se mit à écrire. Il écrivait lentement, pesant chaque mot. Cela dura une demi-heure environ. Après quoi, il se leva et sortit. L'homme qui s'était approché de la fenêtre n'avait pas quitté son poste d'observation. Lorsque Sir Oswald eut fermé la porte derrière lui, cet homme sauta lestement dans l'appartement et se dirigea vers la table où se trouvaient les papiers. L'épaisseur du tapis amortissait le bruit de ses pas. Il lut ce que Sir Oswald venait d'écrire. C'était un testament qui léguait sa fortune entière à son neveu Reginald, sans conditions, ni réserves. Carrington n'avait pas besoin de savoir autre chose. Il se hâta d'aller reprendre son poste près de la fenêtre, et bien lui en prit, car la porte se rouvrit presque aussitôt.

Sir Oswald rentra, suivi de deux hommes. L'un était le sommelier, et l'autre le valet de chambre Millard. Le testament fut recopié en présence de ces deux hommes, qui y apposèrent leur signature en qualité de témoins.

« A partir d'aujourd'hui, leur dit Sir Oswald, mon neveu Reginald Eversleigh est l'héritier de ce domaine. Vous le respecterez donc désormais comme mon successeur et votre maître. »

Les deux hommes saluèrent et se retirèrent. Sir

Oswald se dirigea vers la fenêtre et Victor se dissimula dans l'ombre.

A ce moment, des voix se firent entendre, et un groupe d'hommes et de dames sortit du salon.

« C'est la nuit la plus chaude que nous ayons eue de tout l'été, dit l'un des visiteurs, et il fait bon prendre l'air à cette heure. »

Mlle Graham avait de nouveau reconquis son empire sur son vicomte et se promenait avec lui sur la terrasse.

« Ils vont m'apercevoir, s'ils viennent de ce côté ! murmura Victor ; pour le moment, ce que j'ai de mieux à faire, c'est, je crois, de battre en retraite. »

Il se glissa doucement le long de la façade du château, en se cachant dans l'ombre, et descendit en rampant les marches de la terrasse. De là, il se dirigea vers la cour, dans laquelle s'ouvrait la salle des domestiques, et, quelques minutes après, il était confortablement assis dans cette pièce, écoutant les commérages des servantes dont la fuite de Lady-Eversleigh faisait nécessairement tous les frais.

* * * * *

Le baronnet était resté à sa table, le testament ouvert devant lui. Il le regardait d'un œil fixe et comme perdu dans un rêve.

Sir Oswald était un esprit droit et juste, mais une âme faible et passionnée. Il avait obéi au premier mouvement de sa colère ; il n'avait eu d'abord qu'une idée : punir sa femme. Mais depuis qu'il s'était vengé, il éprouvait un sentiment d'hésitation et de doute. Il se rappelait les graves motifs qu'il avait eus de déshériter son neveu.

« Ai-je bien fait ? » se demandait-il.

Les papiers qui étaient joints à la liasse contenant le testament primitif s'étaient répandus sur la table quand il avait brisé la bande qui les maintenait. Il prit machinalement un de ces papiers.

C'était la lettre de la malheureuse fille qui s'était noyée. Il la relut, et toute l'indignation qui avait soulevé son honnête et généreuse conscience, se remit à bouillonner en lui.

« Et c'est au misérable qui a pu ainsi abandonner une pauvre femme au désespoir et à la mort, que je vais laisser fortune et puissance! s'écria-t-il. Non! l'arrêt que j'avais porté était juste et sage. J'étais fou tout à l'heure. Le meurtrier de Marie Godwin ne sera jamais le maître de Raynham. »

Il prit le testament que les deux domestiques avaient signé, l'approcha de la flamme de la lampe, avança vers la cheminée et laissa tomber la feuille enflammée dans l'âtre vide. Il suivit des yeux les progrès de la flamme puis regagna son fauteuil la tête penchée sur la poitrine.

« Ma fortune, se dit-il, doit aller en de plus pures mains; mes neveux Lionel et Douglas Dale se la partageront. J'enverrai demain chercher mon notaire et je ferai un autre testament régulier et définitif, sur lequel rien ne me fera revenir. »

* * * * *

Carrington resta dans la salle des domestiques jusqu'à onze heures passées. Il s'était mis tout à fait à l'aise avec eux, grâce à son déguisement. Les femmes étaient ravies de son empressement à leur montrer les marchandises que renfermait sa malle et qu'il leur vendait bien au-dessous des meilleurs marchés qu'elles eussent jamais fait de leur vie.

Quelques minutes après onze heures, il se leva et leur souhaita une bonne nuit.

« Je suppose que je trouverai la porte ouverte ? dit-il.

— Oui, la porte de la cour ne ferme jamais avant onze heures et demie, » répondit un gros cocher.

Le colporteur partit, mais il ne prit pas par la cour. Il marcha de nouveau droit à la terrasse, le long de laquelle il se glissa d'un pas furtif. Plusieurs lumières brillaient aux fenêtres des étages supérieurs, car à cette heure le plus grand nombre des hôtes de Sir Oswald s'étaient retirés dans leurs chambres.

La large fenêtre de la bibliothèque était toujours ouverte. Les rideaux avaient été tirés, mais laissaient une ouverture par laquelle Carrington put voir le baronnet encore assis devant sa table, pleinement éclairé par la lumière de sa lampe.

Il tenait alors une lettre ouverte, la lettre que sa femme avait laissée.

« Je sais que je n'aurais jamais dû vous épouser,
« Oswald, » écrivait Lady Eversleigh. « Le sacrifice que
« vous avez fait par amour pour moi était trop grand,
« aucun bonheur ne pouvait résulter de ce marché iné-
« gal. Vous me donniez tout, et je pouvais vous donner
« si peu ! Le nuage qui couvrait ma vie passée était
« sombre et impénétrable. Vous m'avez prise sans nom,
« sans amis, inconnue, et je n'ai guère à m'étonner, si,
« au premier souffle de soupçon, votre confiance a été
« ébranlée, et si votre amour a failli. Adieu, vous le
« plus cher et le meilleur des hommes ! Jamais vous ne
« saurez combien je vous aimais et je vous révérais.
« Dans tout ce qui s'est passé entre nous, rien ne m'a
« plus profondément affligée que de voir votre âme si

« noble en proie à des soupçons et à des doutes si indi-
« gnes. Adieu ! Je rentre dans l'obscurité d'où vous
« m'avez tirée. Vous n'avez pas à vous inquiéter de
« mon avenir. L'éducation musicale que je dois à votre
« générosité me fournira des moyens d'existence, et je
« n'ai d'autre désir que de vivre modestement. Que le
« ciel vous protége !

« HONORIA. »

C'était tout. Ni plainte, ni prière. En relisant cette
lettre simple et digne, Sir Oswald se demandait s'il
n'avait pas pu se tromper. Mais il se rappela le témoignage de Lydia et l'invraisemblance de l'histoire par
laquelle Honoria avait essayé d'expliquer son absence.

« Non, non ! s'écria-t-il, ceci n'est que mensonge du
commencement jusqu'à la fin. Elle se cache quelque
part, tout près d'ici, attendant avec anxiété sans doute le
résultat qu'elle espère de son hypocrisie. Mais quand elle
sera convaincue que ses artifices sont dévoilés, quand
elle saura que mon cœur est devenu sec et dur comme la
pierre, grâce à son infamie, elle retournera à son amant ! »

Les idées se contredisaient dans l'esprit troublé de Sir
Oswald. Une pensée les dominait pourtant, une pensée
de vengeance. Son nouveau testament fait en faveur des
fils de sa sœur, il se mettrait à la recherche de l'homme
qui lui avait volé l'amour d'Honoria, et il avait le cœur
et la main encore assez fermes pour châtier ce larron
d'honneur.

Pendant que Sir Oswald songeait ainsi, l'homme auquel il songeait le surveillait par l'étroit espace resté
ouvert entre les rideaux.

« Point d'hésitation ! se disait Carrington. Il n'aurait
qu'à changer encore une fois d'idée... et d'héritier !

D'ailleurs, si l'événement a lieu cette nuit même, on l'attribuera plus aisément à la fuite de sa femme. »

Sir Oswald avait les bras appuyés sur la table. Il laissa tomber sa tête dans ses mains. Les émotions de la journée, les horribles tourments qu'il avait endurés la nuit précédente, l'avaient épuisé. Il s'endormit d'un sommeil inquiet. De l'extérieur, Carrington le regarda dormir ainsi pendant plus d'un quart d'heure.

« Son sommeil doit être assez profond maintenant, » murmura-t-il.

Il se glissa doucement dans la chambre, et, faisant un grand circuit pour se maintenir dans l'ombre, il arriva derrière le fauteuil du baronnet endormi et s'approcha de la table. Au milieu des lettres et des papiers épars, il y avait un flacon de vin de Bordeaux, une carafe d'eau, et un verre vide. Victor écouta quelques instants la respiration du dormeur. Puis, tirant une petite fiole de sa poche, il laissa tomber quelques globules d'un liquide incolore dans le verre vide. Ceci fait, il sortit de l'appartement aussi silencieusement qu'il y était entré. Minuit sonnait au moment où Carrington descendait les degrés de la terrasse.

« Il n'y a guère plus de trois quarts d'heure, murmura-t-il, que j'ai quitté la salle des domestiques ; il me sera facile d'invoquer un alibi. »

Il n'essaya pas de sortir du château par la grande cour dont il savait la porte fermée à cette heure. Il avait eu le temps de faire connaissance avec les localités, et il possédait une clé ouvrant l'une des grilles des jardins. Par cette grille il passa dans le parc. Il franchit une haie et arriva au village de Raynham comme l'aubergiste de la *Poule et ses Poussins* fermait les portes de son établissement.

« Les domestiques du château m'ont assuré, dit-il, que vous pourriez me donner un lit. »

L'aubergiste, qui avait à cœur d'obliger ses meilleures pratiques, les gens et les grooms de Sir Oswald, se déclara prêt à faire de son mieux pour bien traiter le voyageur.

« Il est tard, monsieur, mais je m'arrangerai de façon à ce que vous ne manquiez de rien. »

Le chirurgien passa donc la nuit dans le village de Raynham. Lui aussi, épuisé par les fatigues de la nuit et de la journée, il s'endormit profondément, et son sommeil fut aussi calme que celui d'un enfant.

Il était huit heures quand il descendit le vieil escalier de l'auberge. En bas, tout était confusion. Une effrayante nouvelle venait d'arriver du château. Sir Oswald avait été trouvé mort dans la bibliothèque, assis à sa table, et sa lampe brûlant encore auprès de lui, bien qu'il fût jour depuis longtemps. Un des grooms, accouru du château, racontait l'histoire aux habitués de l'auberge, quand le colporteur arriva dans l'espace libre devant le comptoir.

« C'est Millard qui l'a trouvé. Il était tout à fait calme, la tête appuyée contre le dossier de son fauteuil. Il y avait des lettres et des papiers tout ouverts auprès de lui. On a envoyé immédiatement chercher M. Dalton, le notaire, pour faire l'inventaire des papiers et apposer les scellés sur les meubles et les tiroirs. En ce moment, il s'acquitte de cette besogne, M. Eversleigh est effroyablement bouleversé. De ma vie, je n'ai vu un visage aussi pâle que le sien, quand il est entré dans la grande salle après avoir appris la nouvelle. C'est une fortune pour lui, vous pouvez bien le dire, car on prétend que Sir Oswald a fait cette nuit même un nouveau

testament, par lequel il l'institue son légataire univer-
sel. M. Eversleigh, on le sait, a mené une vie un peu
folle ; il a des dettes par-dessus la tête. C'est égal ! je
n'ai jamais vu un homme aussi bouleversé qu'il l'était
tout à l'heure.

— Pauvre Sir Oswald, s'écrièrent les assistants ; un
si noble gentilhomme ! Et de quoi est-il mort, monsieur
Kinber, le savez-vous ?

— Le médecin dit qu'il doit avoir succombé à une
maladie du cœur.

— Et moi je soutiens que le chagrin a été sa maladie
mortelle. C'est la conduite de milady qui l'a tué, et rien
autre chose. On peut le dire, n'est-ce pas ? que c'est
une mauvaise créature ! »

La fuite de Lady Eversleigh avait fait le sujet de tous
les entretiens de la veille à l'auberge de *La Poule et
ses Poussins* comme dans tout le village de Raynham.
Les gens du pays secouèrent la tête en apprenant l'infamie de Lady Eversleigh, mais ils ne firent aucun com-
mentaire. Ce nouvel événement était d'une nature si
affreuse qu'il glaçait même les langues les mieux disposées au bavardage.

Le colporteur prenait son repas du matin dans la petite salle, derrière le comptoir, et écoutait tranquillement les propos du groom et des paysans.

« Et où est milady ? demanda l'aubergiste ; n'est-elle
pas revenue hier au château ?

— Oui, et elle est repartie presque aussitôt, répondit
le groom : son passage aura été court, mais elle en ré-
pondra. »

* * * * *

Elle était terrible, en effet, la consternation qui régnait ce jour-là au château de Raynham. Déjà les hôtes

de Sir Oswald avaient fait à la hâte leurs préparatifs de départ ; plusieurs invités l'avaient même quitté avant la découverte du fatal événement dont la nouvelle éclata comme la foudre.

Peu d'hommes avaient réuni autant de sympathies que Sir Oswald. L'élévation de son esprit et la générosité de son caractère avaient conquis presque forcément les respects de tous. Sa grande fortune avait toujours été employée par lui avec une libérale intelligence. Sa main n'était jamais fermée pour les souffrants. La nouvelle de sa mort tomba comme un coup de foudre sur toutes les personnes réunies au château et dans un large rayon alentour.

Le sentiment soulevé contre Honoria était un sentiment d'unanime exécration. Il n'était pas de mot qui parût assez dur pour qualifier la femme de Sir Oswald.

On croyait que, chassée par son mari, elle avait quitté, la veille, le château pour toujours. Rien n'égala donc la surprise générale, quand, soudain, dans la grande salle envahie par une foule nombreuse, Honoria apparut.

Son visage était plus blanc que le marbre, et cette effrayante pâleur contrastait avec les vêtements noirs qu'elle portait.

« Est-ce vrai ? s'écria-t-elle avec désespoir, est-il véritablement mort ?

— Oui, Lady Eversleigh, répondit le général Desmond, officier de l'armée des Indes et l'un des vieux amis du défunt, oui, Sir Oswald est mort, bien mort.

— Laissez-moi aller près de lui ! Je ne puis le croire, non, je ne le puis ! s'écria-t-elle avec égarement. Laissez-moi ! il faut que je le voie ! »

Ceux qui étaient assemblés autour de la porte de la bibliothèque la regardèrent avec indignation. Pour eux,

ce désespoir n'était que le comble de l'art ; la veuve de
Sir Oswald jouait une comédie infâme.

« Laissez-moi aller auprès de lui, par pitié ! Laissez-
moi le voir ! répéta-t-elle, avec l'accent de la prière et
joignant les mains, je ne peux croire qu'il soit mort !... »

Reginald était debout près de la porte de la bibliothèque, plus pâle que la mort. Il s'était appuyé contre
un des battants, comme s'il n'avait pas la force de se
soutenir. Mais, à l'approche d'Honoria, il se réveilla de
sa stupeur et étendit le bras pour lui défendre l'entrée de
la chambre mortuaire.

« Ce n'est pas un spectacle pour vous, Lady Eversleigh, dit-il sévèrement. Vous n'avez pas le droit d'entrer
dans cette chambre, vous n'avez pas le droit de rester
sous ce toit.

— Qui oserait m'en chasser, demanda-t-elle fièrement, et qui ose me dénier un droit que je prétends
défendre !

— Moi, répliqua Reginald, moi, comme le plus proche
parent de votre mari défunt.

— Et comme l'ami de Victor Carrington ? répondit
Honoria en regardant fixement son accusateur. Oh !
c'est un merveilleux complot, Reginald ! et il n'y
manquait plus que ceci pour le rendre complet ! Ma
disgrâce a été le premier acte du drame, la mort de
mon mari est le second. La trahison de votre ami s'est
chargée de l'un, vous de l'autre... Sir Oswald a été
assassiné ! »

Un cri s'échappa de toutes les poitrines. Au moment
où ce terrible mot « assassiné » venait d'être prononcé,
le docteur qui, depuis quelques minutes, était auprès
du mort, ouvrit la porte et parut sur le seuil.

« Qui a parlé d'assassinat ? demanda-t-il.

— C'est moi, répondit Honoria ; je dis que la mort de
Sir Oswald n'est pas un coup frappé par la main du
Seigneur. Il y a quelqu'un ici qui refuse de me laisser
voir mon mari, de peur qu'en mettant la main sur son
cœur je n'appelle sur son assassin la vengeance céleste !

— Cette femme est folle ! balbutia Reginald.

— Regardez celui qui vient de parler, s'écria Honoria.
Je ne suis pas folle, monsieur Eversleigh, quoique, par
vous et par votre complice, j'aie souffert des tortures
capables de troubler un cerveau plus fort que le mien.
Je ne suis pas folle. Je dis que mon mari a été assassiné, et je demande à toutes les personnes présentes de
tenir compte de mes paroles. Je n'ai de preuve à donner
que mon instinct ; mais cet instinct ne me trompe pas.
Quant à vous, monsieur Eversleigh, je refuse de vous
reconnaître le droit de parler ici en maître. Comme
veuve de Sir Oswald, je réclame ma place de maîtresse
dans cette maison, jusqu'à ce que l'événement ait démontré si j'ai toujours ou si je n'ai plus ce titre. »

Ce langage était bien hardi dans la bouche de celle
qui, aux yeux de tous, était déshonorée et avait été
chassée par son mari.

Le général Desmond prit sur lui de répondre ; il était
le plus âgé et le plus important des hôtes encore présents au château.

« Je ne pense pas, dit-il, que personne ici puisse con-
tester les droits de Lady Eversleigh, jusqu'à ce que le
testament de Sir Oswald ait été lu, et que ses dernières
volontés soient connues. Ce qui s'est passé entre mon
pauvre ami et sa femme, dans la journée d'hier, Lady
Eversleigh seule le sait. C'est une affaire entre elle et
sa conscience. Et, s'il lui convient de rester sous ce toit,
nul ne peut prendre sur lui de le lui interdire, si ce n'est

en vertu des volontés suprêmes de celui qui n'est plus.

— Ses intentions seront bientôt connues, dit Reginald, et alors la femme coupable ne souillera pas plus
longtemps cette maison de sa présence.

— Je ne crains rien, monsieur Eversleigh, répondit
Honoria avec calme. Quoi qu'il arrive, j'attends les événements. J'attends de voir si l'iniquité triomphera, ou
si, au dernier moment, la main de Dieu ne s'étendra pas
pour confondre le crime. Ma foi en la Providence est
grande, monsieur Eversleigh. Et maintenant, faites-moi
place, je vous prie, et laissez-moi contempler le visage
de mon mari. »

Cette fois, Reginald ne s'aventura pas à disputer à la
veuve le droit d'entrer dans la chambre mortuaire. Il
s'écarta pour la laisser passer. Elle alla s'agenouiller à
côté du mort. M. Dalton le notaire marchait doucement
dans la chambre, mettant les scellés sur toutes les ser-
rures et réunissant tous les papiers épars sur la table.
Le médecin de la paroisse qui avait été appelé à la hâte
se tenait près du corps. Un groom avait été dépêché à
une ville voisine importante, pour en ramener quelque
docteur plus autorisé. Il n'y avait pas de chemins de
fer ni de télégraphes à cette époque. Mais les plus grands
praticiens des siècles passés et futurs n'auraient pu, fût-
ce pour une minute, rendre la vie à Sir Oswald. Tout ce
que leur science pourrait faire, ce serait de découvrir la
cause de la mort.

La foule quitta peu à peu la grande salle et l'intérieur
du château devint plus calme. Tous les hôtes qui s'y trouvaient encore, à l'exception du général Desmond, firent
immédiatement leurs préparatifs de départ.

Le général avait déclaré son intention de rester, jusqu'après les funérailles.

« Je puis être de quelque utilité en veillant sur les intérêts de mon vieil ami, dit-il à Reginald. Une seule personne sera affectée plus profondément que moi de la mort de votre oncle : c'est ce pauvre vieux Copplestone. Il est encore au château, je suppose ?

— Oui, mais un accès de goutte le retient dans sa chambre. »

La détermination du général ne satisfaisait en aucune façon Reginald. Il eût de beaucoup préféré rester seul au château. Le vieil ami de son oncle semblait disposé à prendre le rôle de maître dans la maison. L'orgueil du jeune homme se révoltait contre cette autorité intempestive, et ses frayeurs, ses cruelles frayeurs, lui rendaient insupportable la présence de ce témoin.

Millard s'était rendu auprès de Reginald, peu de temps après la découverte de la mort du baronnet, et il lui avait fait connaître le contenu du nouveau testament.

« Notre maître, monsieur, lui dit-il, nous a déclaré de sa bouche qu'il vous instituait son héritier. « Il n'est pas nécessaire, » a-t-il ajouté, « de tenir la chose secrète. » Et nous avons signé l'acte testamentaire comme témoins, Peterson le sommelier, et moi.

— Ah !... fit tout haletant Reginald. Et vous êtes sûr que vous ne vous trompez pas, Millard ? Sir Oswald, mon pauvre bon oncle, a bien dit cela ?

— Ce sont ses paroles textuelles, monsieur Eversleigh ! Et maintenant que vous voilà maître de Raynham, vous n'oublierez pas, j'espère, que j'ai toujours songé à vos intérêts, et que je vous ai donné des renseignements précieux, à une époque où je ne pensais guère que vous m'en pourriez témoigner de la reconnaissance.

— Allez, Millard, allez, et, soyez tranquille, vous

n'aurez point affaire à un ingrat, répondit Reginald, non sans quelque impatience.

— Je vous remercie infiniment, dit le valet en se disposant à se retirer.

— Demeurez, Millard, dit le jeune homme. Vous êtes auprès de mon oncle depuis vingt ans. Avez-vous jamais entendu dire qu'il souffrît d'une maladie du cœur ?

— Non, monsieur, jamais il n'a rien éprouvé de ce genre. Jamais je n'ai vu un homme plus fortement constitué que Sir Oswald. Pendant tout le cours des nombreuses années qui se sont passées depuis que je le connais, je ne me rappelle pas l'avoir vu un seul jour sérieusement malade. Aussi, pour ma part, je ne puis croire qu'il ait succombé à une maladie du cœur.

— Mais dans les affections du cœur la mort est toujours subite, et généralement la maladie n'est soupçonnée que lorsque l'événement fatal la révèle.

— Dame ! je ne sais pas, monsieur. Comme de raison c'est au médecin à se rendre compte de ces choses. Mais ce que je dois dire, c'est que je ne comprends pas que Sir Oswald ait pu mourir ainsi.

— Vous ferez bien de garder votre opinion pour vous, Millard, si une idée pareille se répandait parmi les gens de la maison, il n'en pourrait résulter que du mal.

— J'aurais été le dernier à en parler, monsieur. Vous m'avez demandé mon opinion, et je vous l'ai donnée avec franchise. Mais plutôt que d'exprimer mes sentiments dans la salle des domestiques, l'idée me viendrait de marcher sur la tête. En premier lieu, je ne prends pas mes repas à l'office, mais dans la chambre de l'intendant, et je n'ai que de très-rares relations avec les domestiques inférieurs. Je n'aime pas cela, monsieur Eversleigh, vous pouvez me trouver fier, mais cela ne me convient pas. Pour que les chefs de service soient respectés par les gens, ils doivent commencer par se respecter eux-mêmes.

— Bien, bien, Millard, je sais que je puis compter sur votre discrétion. Vous pouvez me laisser maintenant, j'ai l'esprit tout troublé par cet effroyable événement. »

Le domestique parti, Reginald sortit en hâte du château. Il traversa les jardins jusqu'à la grille du parc, où la veille il avait rencontré Carrington. Il n'avait pas de rendez-vous pris avec lui, il ne savait même pas s'il était encore dans le voisinage; mais le médecin devait l'attendre quelque part en dehors de l'enceinte du jardin.

Il ne s'était pas trompé : il avait fait à peine cinquante pas, que le colporteur s'approcha de lui, à l'ombre d'une allée de hêtres.

« Je suis content de vous voir ici, dit Reginald, j'espérais bien que vous viendriez rôder par ici.

— Sans doute. Je n'osais vous envoyer un message, et je voulais vous voir.

— Je voulais vous demander... Vous avez entendu parler de... de?...

— Je suis au courant de tout, Reginald.

— Qu'est-ce que cela signifie, Victor.... qu'est-ce que tout cela signifie?...

— Cela signifie que vous êtes étrangement heureux, mon camarade! Au lieu d'attendre trente ans pour voir votre oncle mourir de vieillesse, vous héritez tout de suite d'une des plus belles fortunes de l'Angleterre.

— Vous savez donc que le testament a été fait la nuit dernière?

— J'en avais l'idée.

— Vous avez vu Millard? ...

— Non, je n'ai pas vu Millard.

— Comment pouvez-vous alors connaître le testament de mon oncle, qui n'a été fait que cette nuit?

— Ne vous inquiétez jamais de la façon dont je sais les choses, mon cher Reginald; je les sais, que cela vous suffise.

— C'est trop horrible! murmura le jeune homme, après un court moment de silence; c'est trop horrible!

— Qu'est-ce qui est trop horrible?

— Mais... cette mort subite.

— Est-ce sérieux?.... s'écria Carrington en regardant son ami en face avec une expression de suprême mépris. Auriez-vous mieux aimé attendre cette fortune trente ans.... vingt ans.... dix ans même? Non, Reginald, vous ne l'auriez pas voulu. Je vous connais mieux que vous ne vous connaissez vous-même. Si vous aviez tenu dans votre main la vie de votre oncle, et qu'il vous eût suffi de la fermer pour y mettre fin, votre main, Reginald, ne serait pas restée ouverte. Quelque bon neveu que vous soyez, vous êtes un hypocrite, cher ami. Vous biaisez avec votre conscience. Mieux vaut, comme moi, n'avoir pas de remords, que de jouer le bon parent, comme vous le faites. »

Reginald ne répondit rien à ces dédaigneuses paroles. La faiblesse de son caractère le livrait entièrement au pouvoir de son ami. Les deux hommes se mirent à marcher en silence.

« Savez-vous, reprit enfin Reginald, que Lady Eversleigh a reparu?

— Lady Eversleigh!.... Oh! je pensais qu'elle avait quitté Raynham hier dans l'après-midi.

— C'est ce que tout le monde supposait. Mais, ce matin, elle est entrée dans la grande salle et a demandé à voir son mari mort. Ce n'est pas tout. Elle a publiquement déclaré qu'il avait été assassiné; et.... n'est-ce pas terrible?.... elle m'a accusé de ce crime.

— C'est terrible, en effet, et il faut mettre ordre à cela à l'instant.

— Y mettre ordre?.... Mais comment?.... Si cette femme répète ses accusations, qui lui fermera la bouche?

— Elle vous accuse? Eh bien! accusez-la. Si votre oncle a été réellement assassiné, par qui l'a-t-il été, selon toute apparence, si ce n'est par cette femme? Est-ce que sa haine et son orgueil n'étaient pas excités par le refus de son mari de la recevoir, après le scandale de sa fuite? Voilà ce que vous aurez à dire. Et, comme l'opinion ne lui est pas favorable, elle sera trop heureuse à l'avenir de se taire sur les circonstances de la mort de son mari.

— Vous ne doutez pas que la mort de mon oncle ait été naturelle, n'est-ce pas, Victor? demanda sérieusement Reginald; vous ne pensez pas qu'il ait été assassiné?

— Non, en vérité! pourquoi le penserais-je? répliqua le médecin avec un calme parfait. Mais si c'est un crime qui a mis fin à la vie de Sir Oswald, c'est cette femme qui doit être la coupable, c'est sur cette femme, vous m'entendez, que doivent se porter les soupçons. Il faut vous en tenir là, Reginald, ne l'oubliez pas. »

Les deux hommes se séparèrent, mais non pas avant d'avoir pris un nouveau rendez-vous pour le lendemain, à la même heure et au même lieu. Reginald retourna au château, triste et inquiet. Il y apprit que le docteur de Plimborough était arrivé pendant son

absence, et devait rester jusqu'au lendemain pour l'enquête, dans laquelle son témoignage était nécessaire.

C'était Millard qui lui donnait ces nouvelles.

« L'enquête !.... Quelle enquête ? demanda Reginald.

— L'enquête du coroner, monsieur. Elle doit avoir lieu
demain dans la grande salle à manger. Sir Oswald est
mort si subitement, voyez-vous, monsieur, qu'une enquête était évidemment nécessaire. J'ai le regret de le dire
mais le bruit court que mon pauvre maître s'est suicidé.

— Un suicide ! Oui, oui, c'est possible ! il peut y
avoir eu suicide, murmura Reginald.

— C'est effrayant, n'est-ce pas, monsieur ? Les deux
docteurs et M. Dalton sont ensemble dans la bibliothèque, le corps a été transporté dans la chambre à coucher d'apparat. »

Le notaire, qui sortait en ce moment de la bibliothèque, s'approcha de Reginald.

« Puis-je vous entretenir pendant quelques minutes,
monsieur Eversleigh ? demanda-t-il.

— Certainement. »

Ils entrèrent ensemble dans la bibliothèque, où Reginald trouva les deux docteurs et une autre personne
qu'il ne s'attendait pas à voir.

C'était un riche propriétaire, magistrat de la province, nommé Gilbert Ashburne.

Le magistrat était debout, le dos appuyé contre la
cheminée et engagé dans une conversation avec les
médecins, quand Reginald entra. Il s'avança de quelques pas pour presser la main du jeune homme ; puis,
les deux mains dans ses poches, il alla reprendre sa
pose magistrale contre la cheminée.

« Mon cher Eversleigh, dit-il, c'est une affaire terrible, véritablement terrible !

— Oui, monsieur Ashburne, la mort de mon oncle est un événement terrible, en effet.

— Mais la nature de sa mort! Ce n'est pas seulement sa soudaineté, mais sa nature....

— Vous oubliez, monsieur Ashburne, interrompit un des médecins, que M. Eversleigh ne sait rien des faits que je viens de vous exposer.

— Ah! il ne sait pas?... Vous ne soupçonnez aucune immixtion criminelle dans ce funeste événement, monsieur Eversleigh? demanda le magistrat.

— Non, répondit Reginald. Il est une seule personne que je pourrais suspecter... Mais cette personne elle-même a exprimé des soupçons... oh! qui m'ont paru n'être que les divagations d'un cerveau malade.

— Vous voulez parler de Lady Eversleigh? dit le docteur de Raynham.

— Pardonnez-moi, reprit M. Ashburne, mais cette pénible affaire m'oblige à aborder des sujets doulou-reux. Y a-t-il quelque vérité dans ce que l'on rapporte de la fuite de Lady Eversleigh?

— Hélas! oui, ce n'est que trop vrai; la femme de mon oncle s'est enfuie avec son amant dans l'avant-dernière nuit. Mais elle était revenue hier et elle avait eu un entretien avec son mari. Que s'est-il passé dans cette entrevue? je ne saurais le dire. J'imagine que mon oncle lui a défendu de rester plus longtemps dans sa maison. C'est alors qu'il m'a fait appeler et m'a annoncé son intention de me rendre mes anciens droits, comme héritier. Il n'aurait assurément pas fait cela, s'il eût jugé sa femme innocente.

— Et elle a quitté le château conformément à ses ordres?

— Tout le monde le supposait; mais ce matin elle a

tout à coup reparu, et elle a hautement réclamé le droit
de rester ici.

— Mais où donc a-t-elle passé la nuit où Sir Oswald
est mort?

— Pas dans son appartement, d'après ce qui m'a été
déclaré par sa femme de chambre, qui la croyait réellement partie.

— C'est étrange! dit le magistrat. Si elle est coupable, pourquoi persiste-t-elle à rester dans ce château,
où sa faute est connue, où elle peut être soupçonnée
d'un crime, et du plus terrible des crimes?

— De quel crime?

— Du crime d'homicide, monsieur Eversleigh. J'ai le
regret de vous annoncer que les deux médecins sont
d'accord pour déclarer que la mort de votre oncle a été
causée par le poison. L'autopsie du corps sera faite ce
soir même.

— Oh! mon Dieu! Et sur quelle preuve?

— Sur la preuve fournie par un verre vide qui est
sous les scellés dans cette armoire, répondit le docteur
de Plimborough. Au fond de ce verre, nous avons trouvé
les traces du plus violent poison que connaisse la toxi-
cologie. D'autres diagnostics non moins certains nous
ont été révélés par l'apparence du corps. Monsieur
Eversleigh, que votre oncle soit mort par le poison,
cela ne fait pas pour nous le plus léger doute. La seule
question à examiner est de savoir si le poison a été
versé par sa propre main ou par celle d'un meurtrier.

— Il peut bien y avoir eu suicide, balbutia Reginald.

— C'est strictement possible, répondit Ashburne, bien
qu'avec la connaissance que j'avais du caractère de votre
oncle, j'aie peine à considérer la chose comme probable.
Dans tous les cas, l'inspection de ses papiers révélera

l'état de son esprit immédiatement avant sa mort. C'est pourquoi mon avis est que ces papiers soient à l'instant examinés par vous, comme son plus proche parent et son héritier reconnu, par moi comme magistrat, et en présence de M. Dalton, qui était le notaire en possession de sa confiance. Avez-vous quelques objections à faire à ce mode d'opérer, monsieur Eversleigh, ou Sir Reginald... car je pense que c'est ainsi qu'il faut maintenant vous appeler? »

C'était la première fois que Reginald s'entendait donner le titre qui lui appartenait désormais, ce titre qui représentait une haute dignité dans une haute fortune, mais qui, possédé par un homme pauvre, n'était qu'une appellation creuse et dérisoire. En dépit de ses craintes, en dépit de ses remords, ce titre sonna délicieusement à ses oreilles, et il resta un moment comme suffoqué par l'égoïste ravissement de l'orgueil satisfait.

Le magistrat répéta sa question :

« Avez-vous quelques objections à faire, Sir Reginald?

— Aucune, monsieur Ashburne! »

Reginald était trop heureux d'accéder à la proposition du magistrat. Il était impatient de voir le testament qui le rendait maître de Raynham. Il savait que ce testament existait, qu'il était là, qu'il avait été fait dans toutes les règles. Mais il voulait le voir, le toucher, le tenir dans ses mains, le lire de ses yeux.

L'examen des papiers était un travail sérieux. Le notaire émit l'avis que les premiers à examiner étaient ceux qui se trouvaient sur le bureau où Sir Oswald avait écrit.

Le premier de ces papiers qui tomba sous la main du magistrat fut la lettre de Marie Godwin. Reginald reconnut à l'instant l'écriture, l'encre décolorée, et le papier froissé de cette lettre. Il étendit la main au moment où le magistrat allait en examiner le contenu.

« Ceci est une lettre d'une nature toute privée, dit-il, une lettre que je connais, qui est à moi. Elle m'est adressée, voyez. Regardez le timbre de l'enveloppe : elle a été mise à la poste à Paris, il y a deux ans environ. Je vous prie de ne pas la lire. »

Le magistrat, après un coup d'œil jeté, rendit sans difficulté la lettre. Il ne se doutait guère de l'influence que cette feuille de papier toute froissée avait eue sur les événements de la nuit précédente.

Ahsburne et le notaire examinèrent le reste du paquet. Il ne contenait de papiers importants que la lettre de Lady Eversleigh et l'ancien testament fait par le baronnet immédiatement après son mariage.

« Il y a un autre testament, de date plus récente ! dit vivement Reginald, un testament écrit la nuit dernière et signé par Millard et Peterson comme témoins ; le précédent testament aurait dû être détruit.

— C'est sans la moindre conséquence, Sir Reginald, répliqua le notaire. Le testament de la date la plus récente est le seul bon, en existât-il une douzaine, de dates antérieures.

— Il faut chercher le testament fait cette nuit, dit Reginald avec anxiété.

— Cherchons ! » dit le magistrat, auquel n'échappait pas l'inquiétude de l'héritier.

La recherche fut longue et minutieuse. Mais aucun autre testament ne fut trouvé.

« Le testament fait cette nuit, en présence de témoins, doit pourtant se trouver dans cette chambre ! s'écria Reginald. Je vais envoyer chercher Millard, et vous entendrez de sa bouche le récit exact de ce qui s'est passé. »

Le jeune homme essayait en vain de dissimuler l'angoisse dont il était possédé. Si pourtant le testament allait ne pas se retrouver ? il ne serait plus, lui, qu'un mendiant souillé d'un crime.

Il sonna et fit appeler le valet de chambre. Millard vint et répéta son récit. Il était évident que le testament avait été fait. Il était certain que, s'il existait encore, il devait se trouver dans cette pièce : le valet déclara que son maître n'avait pas quitté la bibliothèque.

« Je suis demeuré aux écoutes pendant toute la nuit, voyez-vous, messieurs, dit Millard. J'étais très-inquiet de mon maître. Je savais le chagrin qui l'accablait. Je savais aussi qu'il avait passé toute la nuit précédente sans se mettre au lit. Je pensais qu'il pouvait m'appeler à chaque minute. Aussi me suis-je tenu prêt à répondre au premier appel. Il y a une petite chambre contiguë à celle-ci ; je m'y étais assis, la porte ouverte, et, quoique j'aie fait un petit somme de temps en temps, mon sommeil n'a jamais été assez profond pour que je n'eusse pas entendu ouvrir la porte. Je jurerais sur la Bible que Sir Oswald n'a pas quitté la bibliothèque, après que le testament a été signé par Peterson et par moi.

— Alors, le testament doit être quelque part dans cette chambre, et nous le trouverons, répondit Ashburne. Cela suffit, Millard, vous pouvez vous retirer. »

Le domestique sortit.

Reginald recommença la recherche, assisté du magistrat et du notaire, pendant que les deux docteurs se tenaient près de la cheminée, causant ensemble à voix basse.

Cette fois, pas un coin ne fut laissé sans être inspecté, mais toutes les recherches furent vaines.

Reginald était revenu, pour la troisième ou quatrième fois, examiner, palper, secouer d'une main qui tremblait les papiers du bureau, quand il fut arrêté tout à coup par une exclamation de M. Missenden, le médecin de Plimborough.

« Je ne pense pas qu'il soit nécessaire de chercher plus longtemps, Sir Reginald, dit le docteur.

— Que voulez-vous dire? s'écria vivement Eversleigh.

— Je crois que le testament est retrouvé.

— Ah! Dieu soit loué! s'écria le jeune homme.

— Vous vous méprenez, Sir Reginald, dit M. Missenden, qui était à genoux devant l'âtre, regardant attentivement quelque chose devant le garde-feu d'acier poli. Si je suis dans le vrai, et si c'est en effet le document en question, je crains bien qu'il ne soit d'aucune utilité pour vous.

— Il a été détruit? s'écria Reginald d'une voix altérée.

— Je le crains; ceci me fait l'effet de fragments d'un testament. »

Il remit à Reginald un reste de papier qu'il avait retiré du milieu d'un monceau de cendres grises. C'était un petit morceau de papier jauni par la fumée et brûlé sur les bords, mais les quelques mots qu'il contenait étaient néanmoins parfaitement lisibles.

Ces mots étaient :

« *Neveu..... Reginald..... Château de Raynham.....*
« *Toutes dépendances..... Seul usage et bénéfices.* »

C'était tout. Reginald regarda ce fragment de papier brûlé avec des yeux dilatés. Tout espoir était perdu. Il n'y avait plus à douter que ce débris informe fût tout ce qui restait du dernier testament de Sir Oswald.

Et le testament fait précédemment léguait Raynham à la veuve du testateur, une belle fortune à chacun des deux frères Dale, et une misérable pension de cinq cents livres à Reginald.

Le jeune homme tomba sur un siége, pâle, écrasé par ce coup.

« Mon oncle n'a pas détruit ce testament! s'écria-t-il, je ne le croirai jamais. Quelque main criminelle est dans tout ceci. Comment Sir Oswald aurait-il fait un testament pour l'anéantir un instant après? Qu'est-ce qui aurait pu survenir pour le faire changer d'avis? »

Comme il prononçait ces paroles, la fatale lettre de Marie Godwin, qui était la première sur la liasse des papiers trouvés, lui revint à la mémoire. De pâle, il devint livide.

Mais le malheureux ne s'appesantit pas longtemps sur ce sujet, il pensa à la veuve de son oncle, au triomphe qu'elle remportait sur ceux qui avaient si lâchement comploté sa perte. Une fureur sauvage lui remplissait l'âme à la seule pensée d'Honoria.

« Ce testament a été anéanti par la personne qui avait le plus d'intérêt à sa destruction! Il n'y a plus à en douter, maintenant, mon oncle a été empoisonné! Oui! et le testament a été détruit par la même personne qui a commis le crime.

— Mon cher monsieur, s'écria Ashburne, je ne puis véritablement laisser dire de pareilles choses; je ne puis écouter des accusations dénuées de preuves.

— Quelle évidence vous faut-il, après celle de la vérité? Cette perfide et criminelle créature a été chassée de cette maison; elle a fait croire qu'elle quittait le château; mais, au lieu de partir, elle est restée cachée, guettant une occasion. Si un crime a été commis, elle est l'auteur de ce crime.

— Vous vous laissez trop emporter, Sir Reginald, répliqua le magistrat. Néanmoins, la mort de votre oncle par le poison, immédiatement après le bannissement de sa femme, et la destruction du testament sont des circonstances si mystérieuses, pour ne pas dire si suspectes, que je puis me considérer comme autorisé à faire une enquête ici, demain, immédiatement après celle du coroner, et à tenir Lady Eversleigh dans son appartement en état d'arrestation temporaire. Je pense que je pourrai la garder moi-même et lui expliquer la douloureuse nécessité qui me fait agir.

— Oui, et vous laisser tromper par ses habiles discours ! s'écria Réginald amèrement.

— Je n'ai pas peur de ses sortilèges. Je ferai mon devoir, Sir Reginald, vous pouvez en avoir la certitude. »

Reginald n'ajouta pas un mot. Il sortit de la bibliothèque sans adresser une seule parole d'adieu aux autres personnes présentes. Son désespoir était trop furieux pour qu'il restât maître de lui. Il alla s'enfermer dans sa chambre, et là, les dents serrées, marchant d'un pas agité, il criait dans le paroxysme de sa rage :

« Fous, imbéciles, idiots, que nous avons été, avec tous nos beaux plans si profondément conçus ! Elle triomphe en dépit de nous, elle peut rire de nous et nous écraser de ses mépris ! Et Victor, l'homme dont l'intelligence devait accomplir l'impossible, à quoi a-t-il abouti ? Je pensais qu'il y avait quelque chose de surhumain dans son succès, tant le hasard semblait avoir favorisé ses desseins. Et maintenant, au dernier moment, quand déjà je portais la coupe à mes lèvres, voilà qu'elle est violemment et stupidement arrachée de mes mains ! »

XII

UN AMI DANS LA PEINE

Pendant que le nouveau baronnet était livré aux angoisses de l'ambition et de la cupidité déçues, Honoria, assise dans son appartement, méditait avec un profond désespoir sur la mort de son mari.

Elle l'avait aimé d'un amour honnête et sincère, son cœur n'avait jamais appartenu à un autre. Sa vie, avant la rencontre de Sir Oswald, avait été trop misérable pour que son âme pût s'ouvrir aux rêves romanesques et aux fantaisies poétiques de la jeunesse. Les sentiments de cette femme, qui s'était donné le nom d'Honoria, s'étaient flétris sous l'influence délétère du crime. Sa reconnaissance seule pour la bonté de Sir Oswald avait fait fondre la glace de cette nature fière et indomptable ; c'est alors seulement que la tendresse de la femme s'était éveillée en elle, alors seulement qu'une affection pure et vraie avait pour la première fois touché son cœur.

Et l'homme qu'elle aimait était perdu pour elle.... et il était mort avec la conviction de sa perfidie !

« J'aurais pu tout supporter, excepté cela ! » pensait-elle.

Le magistrat se rendit auprès de Lady Eversleigh et lui expliqua la pénible nécessité qui dictait sa démarche. Mais il ne lui parla ni du testament détruit, ni de l'arrêt prononcé par les médecins sur les causes de la mort de

Sir Oswald. Il se contenta de dire que des circonstances suspectes se liaient à cette mort et qu'il avait jugé nécessaire de se livrer à de sérieuses investigations sur ces circonstances.

« Les investigations ne sauraient être trop complètes! répliqua vivement Honoria. Je sais, monsieur, qu'il y a eu crime ; je sais que le plus noble et le meilleur des hommes est mort victime d'un assassin. Oh ! si vous êtes capable de discerner la vérité du mensonge, je vous supplie d'écouter l'hstoire que mon pauvre mari s'est refusé à entendre, l'histoire du plus vil complot qui ait jamais été tramé contre une femme sans défense. »

Ashburne se déclara prêt à entendre tout ce que Lady Eversleigh croirait devoir dire ; mais, il ne le lui cachait pas, il serait possible qu'on retournât ses révélations contre elle.

Honoria lui exposa les faits qu'elle avait racontés à son mari : la fausse alarme au sujet de Sir Oswald, la course en voiture à la tour de Yarborough, la nuit passée dans les ruines. Mais, cette fois encore, son récit parut inadmissible.

Ashburne ne dit pas à Lady Eversleigh qu'il mettait en doute sa véracité; mais, quelque poli que fût son langage, elle put lire sur sa physionomie qu'il ne la croyait pas : l'opinion qu'il avait d'elle était évidemment moins favorable après qu'avant sa déclaration.

« Et où trouver M. Carrington maintenant? demanda le magistrat.

— Je l'ignore répondit-elle; une fois son lâche complot accompli et la fortune des Eversleigh rendue par lui à son complice, je suppose qu'il aura pris soin de se tenir éloigné du théâtre de ses crimes. »

Ashburne fixa sur Honoria son regard investigateur. Jouait-elle une comédie ? Ignorait-elle réellement la destruction du testament, et croyait-elle, en effet, l'héritage perdu pour elle ?

⋆ ⋆ ⋆ ⋆ ⋆

Avant l'heure fixée pour l'enquête du coroner dans la grande salle à manger, Reginald et Victor se rencontrèrent au rendez-vous convenu dans l'avenue des hêtres.

Un coup d'œil de Victor sur le visage de son ami lui apprit que quelque événement fatal était survenu depuis la veille. Reginald le mit au fait en quelques mots brefs.

« Vous êtes certainement un habile homme, Carrington, lui dit-il avec amertume ; mais, quelque fin que vous soyez, vous avez été joué aussi complétement que le plus grand imbécile qui ait jamais couru à sa perte. Me comprenez-vous bien, Carrington, comprenez-vous qu'après vos savantes combinaisons, nous sommes juste, comme fortune, un peu au-dessous de ce que nous étions auparavant ? »

Carrington garda pendant quelques instants le silence ; mais, lorsqu'il se décida à parler, sa voix trahissait un accablement aussi profond dans son expression froide que le désespoir plus passionné et plus bruyant de son ami.

« Je n'y puis croire encore, murmura-t-il ; vous devez avoir fait quelque maladroite erreur, Reginald ? Le testament ne peut être détruit.

— J'en ai tenu les fragments dans ma main, répondit Reginald ; j'ai lu mon nom écrit sur ce misérable morceau de papier brûlé. Tout ce qui restait, à l'exception de ce chiffon informe, était un petit amas de cendres dans l'âtre de la cheminée.

— J'ai vu, dit Carrington, le testament fait dans toutes les formes. Je l'ai vu quelques heures avant la mort de Sir Oswald.

— Vous l'avez vu ?

— Oui. J'étais sur la terrasse, contre la fenêtre de la bibliothèque...

— Vous !.... Oh ! c'est affreux ! s'écria Reginald.

— Qu'est-ce qui est affreux, Reginald ?

— Le forfait qui a été commis cette nuit.

— Ce forfait ne nous regarde pas, répondit tranquillement Victor. La personne qui a détruit le testament est celle qui a commis l'homicide, si votre oncle est mort par la main d'un assassin.

— Le croyez-vous réellement, Carrington ?

— Hé ! mon cher, quelle autre idée voulez-vous que j'aie ? »

Les deux hommes se séparèrent. Reginald savait que sa présence était nécessaire à l'enquête du coroner. Carrington n'essaya pas de le retenir.

Pour la première fois, l'habile scélérat se voyait acculé à une impasse.

L'enquête commença immédiatement après le retour de Reginald au château.

Le premier témoin interrogé fut le domestique qui avait découvert la mort ; ceux qui vinrent ensuite furent les deux médecins.

L'enquête avait lieu à huis clos ; nul n'était admis, à l'exception de ceux qui étaient appelés à témoigner. Lady Eversleigh était assise à l'extrémité de la table devant laquelle siégeait le coroner. Elle avait refusé de se faire assister par un avocat. Elle se fiait à sa seule innocence. Fière, calme, maîtresse d'elle-même, elle se présenta devant la solennelle assemblée, et elle supporta sans faiblir les regards scrutateurs, qui, de tous côtés, se dirigeaient sur elle.

Reginald la contempla avec une haine farouche, quand elle vint se placer à une petite distance du siége qu'il occupait.

Le témoignage de M. Missenden établit que, dans son opinion, Sir Oswald avait succombé aux effets d'un poison subtil et peu connu. Le médecin avait découvert les traces de ce poison dans le verre vide trouvé sur la table à côté du mort, et il avait constaté la présence même de ce poison dans l'estomac du défunt.

Après la déposition conforme de l'autre médecin, Peterson, le sommelier, fut appelé à prêter serment. Il raconta les faits relatifs à la confection du testament, et déclara que c'était lui qui avait apporté la carafe d'eau, le flacon de bordeaux, et le verre vide.

« Avez-vous été chercher l'eau vous-même ? demanda le coroner.

— Oui, monsieur, Sir Oswald tenait à ce que l'eau fût bien glacée, et je l'ai puisée dans une fontaine filtrée, à l'entretien de laquelle je veille moi-même.

— Et le verre ?

— Je l'ai pris dans mon office.

— Êtes-vous sûr qu'il n'y avait rien dans le verre, quand vous avez porté le plateau à votre maître ?

— Parfaitement sûr, monsieur. Je m'applique essentiellement à avoir toujours mes verres propres et brillants ; l'affaire du sommelier en second est de les laver et de les essuyer, et je dois veiller, moi, à ce qu'il s'acquitte de son devoir. J'aurais vu tout de suite si le verre était trouble ou humide à l'intérieur, cela rentre dans mes attributions. »

L'eau qui restait dans la carafe avait été examinée

par les médecins et déclarée par eux parfaitement pure. Le bordeaux n'avait pas été touché. Le poison ne pouvait donc avoir été versé que dans le verre, et le sommelier protesta que le verre avait été pris par lui dans une office où personne que lui n'avait accès.

Comment alors le baronnet pouvait-il avoir été empoisonné, sinon par sa propre main ?

Reginald fut un des derniers témoins entendus. Il raconta son entretien avec son oncle dans la journée qui avait précédé sa mort. Il relata les révélations faites par Mlle Graham, et dit tout ce qui pouvait appeler les soupçons sur la femme qui était assise près de lui, pâle, silencieuse, attendant son arrêt.

Elle semblait insensible à ces révélations.

Elle avait passé par de telles anxiétés depuis quelques jours, qu'il semblait que rien désormais ne pût l'émouvoir.

Elle avait enduré la honte qui lui avait été infligée quand son mari avait refusé de croire à ses paroles.

L'homme qu'elle aimait si tendrement l'avait bannie de sa présence avec dureté et mépris. Quelle nouvelle torture pouvait égaler celle-là !

La haine et la rage de Reginald se trahirent; il dépassa les bornes de la prudence, il accusa audacieusement Lady Eversleigh d'avoir brûlé le testament.

« Vous vous oubliez, Sir Reginald, dit le coroner. Vous êtes ici comme témoin et non comme accusateur.

— Mais puis-je garder le silence quand je sais cette femme coupable d'un crime qui me vole mon héritage ? s'écria le jeune homme avec violence. Qui donc, elle exceptée, était intéressé à la destruction de ce testament ? Pourquoi est-elle restée cachée dans le château, après son prétendu départ, si ce n'est dans un but

criminel ? Elle a quitté son appartement avant la nuit,
après avoir écrit une lettre d'adieu à son mari. Qu'a-
t-elle fait depuis ?... Où était-elle ?...

— Permettez-moi de répondre à ces questions, Sir
Reginald, » dit du seuil de la porte une voix nette et
ferme.

Le jeune homme se retourna et reconnut celui qui
venait de parler. C'était le vieil ami de son oncle, le
capitaine Copplestone. Il était entré sans avoir été entendu par Reginald, tout entier à sa déposition et à sa
haine. Il était encore dans sa chaise roulante, toujours
incapable de se mouvoir sans l'aide de quelqu'un.

« Permettez-moi de répondre à ces questions, répéta-
t-il. Je viens d'apprendre à la minute seulement dans
quelle passe cruelle se trouvait Lady Eversleigh. Je demande à prêter serment à l'instant, car mon témoignage
peut être de quelque importance dans cette affaire. »

Reginald s'assit, incapable de trouver une raison pour
s'opposer à ce que Copplestone fût entendu.

Lady Eversleigh, pour la première fois, laissa apparaître la trace d'une légère émotion. Elle leva ses yeux
remplis de larmes sur la face bronzée du capitaine, avec
une expression de confiante gratitude.

Le capitaine prêta serment et déposa en termes con-
cis, avec une sorte de brusquerie et sans attendre
qu'on l'interrogeât.

« Vous demandez où Lady Eversleigh a passé la nuit
et comment elle l'a passée ? dit-il. Je puis répondre à
ces deux questions. Elle a passé cette nuit dans ma
chambre, soignant un vieillard malade, et pleurant sur
le refus de Sir Oswald de croire à son innocence. Comment était-elle là ? Je vous le dirai en peu de mots.
Avant de quitter le château, elle vint à ma chambre et

demanda à mon vieux domestique de l'introduire auprès de moi. Elle avait été très-bonne et pleine d'attention pour moi pendant ma maladie. Mon domestique est un rude compagnon, brutal et assez maussade, mais il est reconnaissant de toutes les bontés qu'on a pour son maître. Il permit à Lady Eversleigh de me voir, tout souffrant que j'étais. Elle me répéta toute l'histoire qu'elle avait dite à son mari. « Il refuse de me croire, capitaine Copplestone! s'écria-t-elle; lui qui naguère m'aimait si tendrement, il refuse de me croire! Aussi je suis venue près de vous, son meilleur et son plus ancien ami, dans l'espérance que vous aurez meilleure opinion de moi, et qu'un jour, quand je serai loin, et que le temps aura adouci son cœur à mon égard, vous pourrez dire une bonne parole en ma faveur. » Et je la crus, moi! Oui, Sir Reginald, oui, monsieur Eversleigh, j'ai cru, et je crois encore, ce que m'a dit la veuve de mon ami.

— Capitaine Copplestone, dit le coroner, nous n'avons pas à rechercher ces particularités. La seule question est celle-ci : quand Lady Eversleigh est-elle entrée dans votre appartement, et quand l'a-t-elle quitté ?

— Elle est venue près de moi à l'approche de la nuit, et elle n'a pas quitté ma chambre avant le lendemain matin, après la découverte de la mort de mon pauvre ami. Quand elle m'a raconté son histoire et m'a fait part de son intention de sortir sur-le-champ du château, je l'ai priée de demeurer jusqu'au lendemain. « Vous êtes en sûreté dans mon appartement, lui ai-je dit, personne autre que moi et mon vieux domestique ne sait que vous êtes restée au château; et demain, quand la réflexion aura passé sur la colère de Sir Oswald, peut-être me sera-t-il possible d'intervenir avec succès pour dé-

montrer votre innocence à mon ami. » Lady Eversleigh
connaissait mon influence sur son mari, et, après quelques instances de ma part, elle consentit à suivre mon
conseil. Ma goutte endiablée m'a fait souffrir plus que
de coutume cette nuit, et la femme de mon ami a aidé
mon domestique à me soigner avec la patience d'un
ange ou d'une sœur de charité. Depuis le commencement jusqu'à la fin de cette nuit fatale, je le répète, elle
n'a pas quitté ma chambre : elle y est entrée avant la
rédaction de ce testament, et elle n'en est sortie qu'a-
près la découverte de la mort de son mari.

— Capitaine Copplestone, dit le coroner, votre témoignage est concluant et ne saurait laisser aucun doute.

— Et mon témoignage peut être confirmé par celui de
mon vieux serviteur, Salomon Grundy, si toutefois il
demande confirmation.

— En aucune façon, capitaine ! »

Reginald se rongeait la moustache avec fureur. Le
témoignage de cet homme prouvait que Lady Eversleigh n'avait pas détruit le testament. C'était donc, par
conséquent, Sir Oswald lui-même qui avait brûlé ce
précieux document, et pour quelle raison ?

Une horrible conviction s'empara alors de l'esprit du
jeune baronnet. Il crut que la lettre de Marie Goodwin
avait une seconde fois accompli la ruine de toutes ses
espérances. Un hasard fatal l'avait mise sous les yeux
de son oncle après la confection du testament, et la vue
de cette lettre avait rappelé à Sir Oswald la sévère
résolution à laquelle il était arrivé dans sa demeure
d'Arlington Street.

Reginald se voyait en face d'une ruine complète. Possesseur d'un vain titre et d'un revenu qui, pour un
homme ayant ses habitudes de dépense, n'était qu'une

misérable pitance, il voyait devant lui une existence de misère mais il ne haïssait pas les fautes et les vices qui avaient attiré sur lui tous ces malheurs, il maudissait l'insuccès des plans de Carrington et se considérait comme victime des faux calculs de son complice.

Le verdict du coroner fut que Sir Oswald était mort par le poison, mais qu'aucune preuve n'établissait la culpabilité de personne.

L'opinion générale, parmi ceux qui avaient assisté à l'enquête, était que le baronnet avait mis fin à ses jour. Le sentiment public, dans tout le voisinage de Raynham, s'était terriblement prononcé contre sa veuve. Sir Oswald était universellement estimé et respecté, et sa triste fin était considérée comme l'œuvre de sa femme. Elle avait été acquittée, comme matériellement étrangère à sa mort, mais elle n'avait pas été acquittée du crime moral de lui avoir brisé le cœur par sa trahison.

Son origine obscure, son complet isolement, prévenaient contre elle. Quelle était la vie passée de cette femme qui, à l'heure de son veuvage, n'avait pas un ami, un parent pour la défendre et la protéger ?

Le monde aime à regarder les choses par les plus mauvais côtés. La pensée ne vint un seul instant à personne que cette femme pouvait être la victime du crime des autres.

Les funérailles de Sir Oswald furent entourées de toute la pompe et de tout l'éclat qui convenaient au gentilhomme et à l'homme.

Le jour de la cérémonie fut sombre, triste et froid. Un vent de tempête soufflait à travers les chênes et les hêtres, qui semblaient faire entendre des gémissements. Les grands pins de l'avenue, violemment agités, se

balançaient au vent comme les panaches du char funèbre. Il était difficile de croire qu'une quinzaine seulement s'était écoulée depuis cette brillante partie de
plaisir à la Grotte du Sorcier.

Lady Eversleigh avait manifesté l'intention d'accompagner son mari à sa dernière demeure. On lui avait
fait observer qu'il était contraire aux usages que les
dames de haut rang fissent partie du cortége funèbre.
Mais elle était restée inébranlable dans sa résolution.

« Je n'ai pas, moi, à m'occuper de l'usage, dit-elle à
M. Ashburne en secouant tristement la tête; je veux
donner cette dernière marque de respect et d'affection
au mari qui a été mon plus cher et mon plus fidèle ami
sur cette terre. L'esprit libre de celui dont les yeux se
sont fermés sait maintenant que mon amour et ma fidélité n'ont jamais failli. Si j'étais coupable envers lui,
monsieur Ashburne, il faudrait que je fusse une criminelle bien endurcie pour insulter le mort par ma présence. Acceptez, si vous le voulez, ma détermination
comme une preuve de mon innocence.

— La question de votre innocence ou de votre culpabilité est un problème que je ne puis prendre sur moi
de résoudre, Lady Eversleigh, répondit gravement
M. Ashburne. Ce serait un grand soulagement pour
mon esprit, si je pouvais vous croire innocente. Malheureusement les circonstances se combinent de telle
façon pour vous condamner, qu'il serait difficile à la
charité chrétienne elle-même d'admettre la possibilité
de votre innocence.

— Oui, murmura tristement la veuve, je suis la
victime d'un complot si savamment combiné, dont la
trame est si habile, que c'est à peine si j'ai lieu de m'é-
tonner que le monde se refuse à me croire innocente.

Et pourtant, voyez cet honorable soldat, ce brave et loyal gentilhomme, le capitaine Copplestone, il ne peut se résoudre à me croire aussi misérable que me font les apparences.

— Le capitaine Copplestone est un homme qui se laisse guider par ses instincts et qui met son orgueil à se singulariser. Je suis de mon siècle et incapable de me former une opinion qui ne serait pas justifiée par les faits. Si les circonstances se coalisent pour vous condamner, Lady Eversleigh, vous ne devez pas me considérer comme dur ou cruel, parce que je ne puis prendre sur moi de vous croire innocente. »

Honoria lui avait d'abord parlé doucement et d'une voix persuasive et suppliante; mais l'expression de sa physionomie changea soudain, et son beau visage devint froid et sévère, sa lèvre frémit sous la blessure de son orgueil offensé.

« Il suffit, dit-elle; je ne chercherai plus, monsieur Ashburne, à vous ramener envers moi à une opinion moins cruelle et moins injuste. Conformez votre jugement à celui du monde. J'attendrai l'heure de ma justification. Je l'attendrai. Je me fie au temps, le réparateur de toutes les calomnies, le vengeur de toutes les iniquités. Jusque-là, c'est bien ! je resterai seule, sans un ami, pour me soutenir dans la lutte que je dois, que je veux accepter. »

Ashburne ne pouvait se défendre d'un sentiment de respect pour cette femme qui se redressait devant lui, dans sa dignité calme et fière.

« Il se peut qu'elle soit la plus vile des créatures, se dit-il en la quittant, mais c'est une femme qu'il est impossible de mépriser. »

Le cortége funèbre devait quitter Raynham à midi.

A onze heures, l'arrivée de MM. Lionel et Douglas Dale fut annoncée. L'aîné des deux frères fit demander à être reçu par la veuve de son oncle.

Honoria était assise dans une des pièces de l'appartement qui avait été affecté à son usage lorsque, fière et heureuse épouse, elle était arrivée au château. C'était un grand salon où se tenait habituellement la dernière Lady Eversleigh, mère de Sir Oswald.

Là s'était retirée la veuve dans sa désolation, seule, délaissée, sans un ami, sans un conseiller, si ce n'est le brave soldat qui l'avait défendue du soupçon d'un crime odieux, et qui consentait à lui conserver encore l'appui de son amitié. Elle était seule, incertaine, après avoir lu le testament de son mari, s'il y avait encore possibilité qu'elle fût chassée du château de Raynham, et avoir en ce cas à recommencer la vie misérable qu'elle menait, quand sans asile et sans pain elle était seule au monde.

Son cœur était si cruellement meurtri par le coup écrasant qui était venu la frapper, la douleur qu'elle éprouvait du trépas prématuré de son mari était si profonde et si sincère qu'elle songeait peu à son avenir. Elle avait cessé d'être accessible à la crainte ou à l'espérance. Laissant tout au hasard de sa destinée, les chagrins, les mépris et les humiliations que l'avenir pourvait lui réserver n'égaleraient jamais en amertume, la cruelle épreuve par laquelle elle avait passé depuis quelques jours.

Quand Lionel Dale fut introduit, elle se leva et le reçut avec une politesse pleine de dignité. Elle était préparée au mépris du jeune homme qui, selon toutes les probabilités, devait apprendre promptement, s'il ne la connaissait, l'histoire de sa dégradation.

Elle s'attendait à se voir mal jugée par lui ; mais il était le neveu du mari dont la mémoire était sacrée pour elle, et elle était déterminée à lui témoigner tous les égards possibles par considération pour celui qui n'était plus.

« Vous êtes peut-être surprise de me voir ici, madame ? dit Lionel d'un ton glacial, qui fit comprendre à Honoria qu'il était déjà prévenu contre elle. Je n'ai pas reçu d'invitation pour la triste cérémonie d'aujourd'hui, soit de vous, soit de Reginald. Mais j'aimais Sir Oswald avec une profonde tendresse et j'ai cru pouvoir venir spontanément remplir envers mon oncle vénéré ce dernier et pieux devoir.

— Permettez-moi de vous remercier et de m'excuser, répondit Lady Eversleigh. Si je ne vous ai pas invités, vous et votre frère, à vous rendre à ces funérailles, ce n'était pas par désir de vous en exclure. On ne m'a point consultée en cette triste circonstance. Un cruel malheur est venu fondre sur moi, Dieu sait à quel point il est immérité, et je ne puis dire que ce toit m'abritera demain. »

Elle regardait fixement Lionel, avec le faible espoir de découvrir, dans l'expression de son visage, un sentiment de compassion ou l'ombre d'une présomption favorable.

Hélas ! elle n'y découvrit rien de semblable. C'était un franc et beau visage, un visage qui n'était pas un masque sous lequel les sentiments réels de l'homme cherchaient à se cacher. C'était une loyale et noble physionomie où l'on pouvait lire comme dans un livre ouvert. Et Lady Eversleigh, le désespoir au cœur, ne s'aperçut que trop clairement qu'il la méprisait. Elle comprit à l'instant qu'on lui avait conté l'histoire de la mort de son oncle, et qu'il la regardait comme la cause de ce fatal événement.

Elle avait raison. Il était arrivé à la principale auberge de Raynham, deux heures auparavant, et là, il avait appris la fuite de Lady Eversleigh, la mort subite de Sir Oswald et quelques détails résultant de l'enquête du coroner. Lent à admettre le mal, il avait questionné Ashburne, avant d'ajouter foi à la terrible histoire qui lui avait été contée par le maître de l'auberge. Ashburne n'avait fait que confirmer ce qui lui avait été dit, en ajoutant que, dans son opinion, la fuite et le déshonneur de la femme avaient été les seules causes de la mort du mari.

Après avoir entendu ceci de la bouche même d'un homme qu'il considérait comme l'honneur même, Lionel n'avait plus qu'un sentiment pour la veuve de son oncle, et c'était un sentiment d'horreur.

Il la vit dans sa beauté et dans sa désolation ; mais il n'eut pour sa désolation aucune pitié, et sa beauté ne lui inspira que la répulsion : n'était-ce pas cette beauté fatale qui avait fait tout le mal ?

« Je n'ai désiré vous voir, madame, dit-il après un assez long silence, que pour expliquer une démarche qui pouvait sembler indiscrète. Ceci fait, je ne voudrais pas vous déranger plus longtemps. »

Il salua avec une politesse glaciale et se retira. Il n'avait pas dit un mot de consolation ou de sympathie à cette pâle veuve de huit jours. Rien de plus marqué que cette omission des phrases d'usage, Honoria la ressentit douloureusement.

Les feuilles mortes jonchaient l'avenue que le corps de Sir Oswald devait suivre pour se rendre au champ du repos. Les feuilles mortes tombaient lentement des

vieux hêtres et des chênes gigantesques. Pas un rayon
de soleil n'éclairait le paysage, pas une lueur n'animait
le ciel d'un gris de plomb. Il semblait que ce fussent
les funérailles de l'été qu'on célébrait dans ce triste jour
du commencement de l'automne.

Lady Eversleigh occupait la seconde voiture dans la
procession funèbre. Elle était seule. Une aggravation
de son accès de goutte tenait le capitaine Copplestone
prisonnier dans sa chambre. Elle était seule; ses yeux
ne versaient point de larmes, elle avait l'aspect calme
d'une statue, mais le visage du mort dans son cercueil
ne devait pas être plus pâle que le sien.

Lorsque le cortége franchit la grande porte de Raynham, un individu qui était au milieu de la foule réunie
sur ce point, tressaillit violemment à la vue de ce visage superbe dans sa blancheur marmoréenne.

« Quelle est la femme qui est assise dans cette voiture? » demanda-t-il.

C'était un vagabond marchant pieds nus, à la physionomie sombre et sinistre, et qui faisait tout son possible
pour dissimuler son visage à l'aide des larges bords de
son chapeau enfoncé sur ses yeux. Il ressemblait plus à
un contrebandier ou à un marin qu'à un campagnard,
et sa peau était bronzée par le soleil et par le hâle.

« C'est la veuve de Sir Oswald, répondit un des assistants, celle qui, par son inconduite, a causé la mort du
défunt. »

L'homme qui parlait était un marchand du village
de Raynham.

« Qu'a-t-elle fait? demanda vivement le vagabond.
Excusez ma demande, je suis étranger à cette localité
et je ne comprends rien à ce que l'on raconte ici.

— Et c'est ce qui ne doit pas être, reprit le marchand. Tout le monde doit savoir l'histoire de cette belle dame, qui vient de passer dans ce riche équipage. Elle peut servir de leçon aux honnêtes gens, et leur apprendre à ne pas se laisser duper par un joli visage. Cette femme à face blanche est Lady Eversleigh. Personne ne sait ce qu'elle était et d'où elle venait quand Sir Oswald l'a amenée ici. Elle habitait le château depuis un mois à peine quand elle a quitté son mari, pour s'enfuir avec un jeune étranger. Elle s'est repentie de sa folie, avant d'être allée bien loin et elle est revenue, jurant et protestant qu'elle avait été entraînée par les manœuvres coupables d'un scélérat et qu'elle était la victime d'une vengeance. C'est du moins ce que j'ai appris par les domestiques et par les uns et par les autres. Mais Sir Oswald n'a voulu rien entendre, et elle aurait été chassée du château sans l'intervention d'un des vieux amis du baronnet. En résumé la fin de tout cela, c'est que Sir Oswald est mort empoisonné. »

Il n'en fut pas dit davantage. Le vagabond suivit le cortége avec le reste de la foule, d'abord jusqu'à l'église du village où le service des morts fut célébré, puis au parc où la triste cérémonie se termina devant le monument funéraire des Eversleigh.

Lorsque la foule forma le cercle devant le caveau, l'étranger parvint à se frayer un chemin au premier rang parmi les spectateurs. Il était en avant d'un groupe de paysans quand Lady Eversleigh dirigea par hasard ses regards vers l'endroit où il se tenait.

Une rougeur de honte et d'indignation monta subitement à ses joues. Ce ne fut qu'un éclair, mais un nuage sombre resta sur le front contracté de Lady Eversleigh.

Personne, dans la solennité du lieu et de l'heure, ne remarqua ce bouleversement de sa physionomie.

Au dernier moment, quand les portes de fer du mausolée se refermèrent avec bruit, la fermeté d'Honoria
l'abandonna. Un long cri, qui semblait poussé par l'ange
du désespoir, s'échappa de sa poitrine, et elle tomba
inanimée devant ces portes inexorables.

Aucun regard sympathique ne s'était arrêté sur elle,
aucune main affectueuse ne s'avança pour la soutenir.
Mais quand elle tomba inanimée sur le gazon foulé par
les pieds des assistants, un sentiment de pitié toucha
les cœurs des deux frères Dale.

Lionel s'avança, releva la pauvre femme, la transporta
privée de connaissance et la déposa dans sa voiture.
Honoria, en rouvrant les yeux, le reconnut.

« Je suis mieux maintenant, dit-elle, ne prenez pas
d'inquiétude à mon sujet, je vous prie. Excusez-moi,
mais je n'ai pu résister à la souffrance de la séparation
dernière.

— Êtes-vous tout à fait revenue à vous ? Puis-je vous
laisser seule ? demanda Lionel d'un ton plus doux.

— Oui, en vérité, monsieur, je suis complétement
remise. Je vous remercie de votre bonté. »

Lionel salua et il se dirigeait vers sa voiture, quand
il rencontra Reginald.

« J'ai entendu dire que la femme de mon oncle avait
étudié pour être actrice, dit Reginald ; cette scène de
tout à l'heure est une suffisante confirmation du fait.

— Si vous entendez parler de cet évanouissement,
reprit Lionel, je suis convaincu qu'il n'était nullement
simulé.

— Je regrette de vous voir si facilement pris pour
dupe, mon cher Lionel, répliqua son cousin avec un
sourire ironique ; je ne pensais pas qu'un joli visage
pût avoir sur vous une pareille influence. »

Rien de plus ne fut ajouté. Les deux hommes montèrent dans leurs voitures, et le cortége retourna au château.

Le notaire de Sir Oswald devait ouvrir le testament dans la grande salle à manger du château. Parents, amis, serviteurs, tous étaient assemblés pour entendre la lecture solennelle.

La place d'honneur était occupée par Lady Eversleigh. Elle était à la droite de l'homme de loi, calme, digne, comme si jamais un soupçon n'avait terni sa bonne renommée.

Le notaire lut le testament. C'était celui que Sir Oswald avait fait immédiatement après son mariage, celui dont il avait parlé à Reginald, le seul qui eût été retrouvé.

Ce testament instituait Honoria légataire du domaine de Raynham avec toutes ses dépendances; il donnait à Lionel et à Douglas Dale des propriétés représentant un revenu de dix mille livres; Reginald avait un petit domaine qui rapportait au plus cinq cents livres. Au capitaine Copplestone, le baronnet laissait un legs de quatre mille livres, et une vieille bague, formant cachet, qu'il avait coutume de porter à son doigt.

Aucun des vieux serviteurs de Raynham n'était oublié. Quelques vieilles pièces d'argenterie fort curieuses, des objets d'art et des bijoux rares étaient laissés à M. Wargrave, le recteur, à Gilbert Ashburne, et à divers amis.

D'après les termes du testament de Sir Oswald, les propriétés léguées à Lionel et à Douglas ne devaient faire retour à Reginald que si tous deux décédaient sans postérité, le legs total devant rester attribué au survivant des deux frères.

C'était une simple éventualité, l'ombre d'une chance. Les deux frères étaient dans de meilleures conditions d'existence que Reginald ; car leur vie avait été aussi sage et aussi réglée que la sienne avait été dissipée et folle ; mais cette chétive espérance était encore quelque chose.

« Ils peuvent mourir ! pensait-il ; mourir tous deux ! la mort n'est-elle pas toujours en embuscade sur le grand chemin de la vie ?... L'un d'eux ou tous deux peuvent mourir et je rentrerai dans une partie de cette fortune qui devait m'appartenir. »

Il regarda les deux jeunes gens. Lionel, l'aîné, était le plus beau des deux. Il avait le teint clair, des cheveux châtains ondulés et de grands yeux bleus limpides. Le plus jeune, Douglas, brun, pâle, avait des traits irréguliers, mais illuminés d'une expression frappante d'intelligence et d'affabilité.

Lionel appartenait à l'Église, Douglas était avocat, ou plutôt étudiant en droit, car son premier plaidoyer était encore à venir.

Comme Reginald portait envie à ces fortunés parents ! Comme il les haïssait d'une haine farouche ! Son regard se détachait d'eux pour se reporter sur Honoria, la femme contre laquelle il avait conspiré et qui avait triomphé en dépit de lui ; car il ne pouvait s'imaginer que la douleur de la perte d'un mari pût trouver place dans le cœur de l'heureuse légataire, aujourd'hui maîtresse du domaine de Raynham et de ses dépendances.

Quant à Lady Eversleigh, son étonnement était sans bornes. Était-ce possible ? Ce testament lui assurait une position plus haute que lorsqu'elle était en possession de la confiance et de l'amour de son mari ! Cette pensée pouvait consoler sa fierté, mais elle n'apportait aucun

baume à la blessure de son cœur. Il n'était plus, celui
dont l'amour lui avait donné cette fortune et cette splendeur ! Il était parti pour toujours, et il était mort la
croyant parjure !

Ainsi songeait la douloureuse veuve, et, laissant tomber la tête dans ses mains, elle éclata en sanglots.

Reginald la regarda, le mépris et la haine dans la cœur.

« Qu'en dites-vous maintenant, Lionel ? dit-il à son
cousin quand ils eurent quitté la grande salle à manger
et se trouvèrent réunis pour le déjeûner. Vous ne pen-
siez pas que mon honorée tante fût une adroite comé-
dienne, quand elle s'est évanouie devant les portes du
mausolée. Votre jugement changera peut-être devant
ces larmes et vous voudrez bien reconnaître que le rôle
est magistralement rempli.

— Que voulez-vous dire, monsieur, demanda Lionel ?

— Cette explosion de douleur à laquelle Lady Eversleigh vient de se livrer en se trouvant la maîtresse de
Raynham, qu'en pensez-vous, je vous le demande ?

— Je crois que cette douleur était sincère, répondit
gravement Lionel.

— Ah ! vous pensez qu'un pareil héritage est un juste
sujet de lamentations ?

— Non, Reginald. Je pense qu'une femme qui a eu
des torts envers son mari et a été la cause indirecte de
sa mort, peut ressentir un vif chagrin quand elle découvre combien elle était profondément aimée et qu'elle
sait la confiance sans bornes qu'elle inspirait à son généreux mari.

— Bah ! s'écria Reginald dédaigneusement, je vous
dis, moi, que Lady Eversleigh est une actrice con-
sommée, bien qu'elle n'ait jamais eu d'auditoire plus
relevé que les rustres des foires de campagne. Savez-

vous ce qu'elle était avant que Sir Oswald ne la ramassât dans le ruisseau ? Si vous ne le savez pas, je puis vous éclairer. C'était une chanteuse des rues que le baronnet trouva un soir mourant de faim sur la place du marché d'une ville de province. Il la releva et comme cette créature se trouva avoir un joli visage, il fut assez faible pour l'épouser.

— Respectez les folies de celui qui est mort, répliqua Lionel. L'amour de mon oncle était généreux. Je ne regrette qu'une chose, c'est que l'objet en soit aussi indigne.

— Oh ! oh ! s'écria Reginald, vos sympathies pour elle ne m'étonnent point ; je les devinais.

— Ma sympathie est acquise à tout pécheur repentant, dit Lionel.

— Ah ! c'est comme cela ! s'écria Reginald incapable de cacher l'amertume de ses sentiments. Vous sympathisez avec Lady Eversleigh parce qu'elle est une riche pécheresse et maîtresse du château de Raynham. Peut-être voulez-vous rester ici, et essayer de *chausser les souliers du mort* ? Je ne sache pas qu'il existe de loi qui défende à un homme d'épouser la veuve de son oncle.

— Vous m'insultez et vous insultez le mort, Sir Reginald, par le ton que vous prenez en amenant la discussion sur de pareils sujets, répondit Lionel ; je quitte Raynham de ce soir et il est peu probable que je me retrouve jamais avec Lady Eversleigh. Ce n'est pas à moi à me faire le juge de ses fautes ou à pénétrer les secrets de son cœur. Je crois que sa douleur d'aujourd'hui est complétement sincère. Ce n'est pas parce qu'une femme a commis une faute qu'il faut la juger incapable d'un bon sentiment.

— Vous êtes en bien charitable humeur, Lionel, dit

Reginald, avec un sourire moqueur, mais vous avez sujet d'être charitable. »

Lionel ne répondit rien à ces insolentes paroles.

Reginald et ses deux cousins quittèrent le village de Raynham dans la même diligence. La soirée était plus belle encore que la journée, et la pleine lune éclairait le paysage de sa douce lumière, lorsque les voyageurs jetèrent un dernier regard sur le vieux château.

Le nouveau baronnet contemplait le pays avec un sentiment de fureur.

« Ce domaine est à elle ! murmura-t-il, à elle, pour en jouir tant qu'elle vivra. Une femme sans nom m'a volé l'héritage qui devait m'appartenir. Mais qu'elle prenne garde ! Le désespoir donne de l'audace, et je puis trouver les moyens de me venger. »

Pendant qu'il était en proie à ces réflexions, une femme pâle était debout à l'une des fenêtres du château de Raynham, contemplant les bois sur lesquels la lune répandait sa lumière argentée.

« Tout cela est à moi, disait-elle, ces terres et ces bois m'appartiennent ! à moi, qui regardais comme une faveur de coucher dans une grange vide. Toutes ces richesses m'appartiennent, mais leur possession ne me cause aucun plaisir. Ma vie a été flétrie par une injustice si cruelle que richesse et position sont sans valeur à mes yeux ! »

XIII

SOYEZ PATIENT, VOUS SEREZ FORT

Le lendemain des funérailles, à une heure matinale, un jeune garçon du village se présenta à la porte de l'office et demanda à voir la femme de chambre de Lady Eversleigh.

La jeune femme qui remplissait ces fonctions fut appelée et vint demander quelle affaire amenait le jeune commissionnaire.

Son nom était Jane Payland; bien qu'elle fût née à Londres, elle était cosmopolite par éducation.

Elle avait peu connu l'aisance ou la prospérité avant d'entrer au service de Lady Eversleigh. Elle était par conséquent, du moins dans une certaine mesure, dévouée aux intérêts de sa maîtresse, et disposée à croire à son innocence, quoique, même pour elle, l'histoire de la nuit passée dans la tour de Yarborough parût trop étrange et trop improbable pour qu'il fût possible d'y ajouter foi facilement.

Jane avait environ vingt-cinq ans, elle était grande, mince et active. Elle n'avait pas de prétentions à la beauté, mais elle était de ces personnes auxquelles on reconnaît une sorte de distinction.

Elle se rendit à la petite salle d'attente où l'on avait introduit le jeune garçon, indignée contre l'impertinent personnage qui se permettait de venir troubler sa maîtresse dans un pareil moment.

« Qui es-tu et que veux-tu ? demanda-t-elle sévèrement.

— Sauf votre bon plaisir, madame, je suis le fils de la veuve Beckett, répondit l'enfant, sans dissimuler la frayeur que lui causait le ton de la jeune femme en robe de soie et en petit bonnet qui lui adressait la parole. J'ai une lettre que je ne dois remettre qu'à la femme de chambre de Lady Eversleigh.

— C'est moi qui suis la femme de chambre de Milady, » répondit Jane.

L'enfant lui tendit une lettre assez sale, sur laquelle était hardiment tracée l'adresse de Lady Eversleigh.

« Qui t'a donné ça ? demanda Jane en jetant un regard de dégoût sur l'enveloppe malpropre de la lettre.

— C'est un homme que j'ai rencontré dans le village. Je dois attendre la réponse, pour la lui rapporter à l'auberge de *la Poule et ses poussins*.

— Comment te permets-tu d'apporter à Lady Eversleigh la lettre d'un vagabond ? Quelque demande d'aumône, sans doute. C'est en vérité d'une impudence rare.

— Je n'ai fait aucun mal, observa le jeune Beckett. Il m'a dit qu'en voyant cette lettre Lady Eversleigh s'empresserait d'y répondre. Il m'a dit : « Cours vite, c'est une question de vie ou de mort. »

Ces paroles frappèrent Jane. Que devait-elle faire ? La lettre, elle le croyait, était l'œuvre de quelque intrigant imposteur et il y avait folie à elle à la porter à sa maîtresse. Mais, si elle avait une importance réelle, s'il y avait quelque chose de sérieux dans les paroles de l'enfant, n'était-il pas de son devoir de faire tenir à Lady Eversleigh ce mystérieux message ?

« Reste ici jusqu'à mon retour, » dit-elle à l'enfant.

Le jeune paysan s'assit sur l'extrême bord de la banquette du vestibule, mit son chapeau sur ses genoux, et attendit.

Jane se rendit aussitôt à l'appartement de sa maîtresse.

Honoria ne leva pas les yeux lorsqu'elle entra dans la chambre ; elle était plongée dans un accablement profond et semblait absorbée par de sombres pensées.

« Je demande pardon à madame de la déranger, dit Jane, mais un jeune garçon du village apporte une lettre, qui lui a été remise par je ne sais quel personnage inconnu, avec des paroles si singulières, que j'ai cru devoir prévenir madame, et... »

A la grande surprise de Jane, Lady Eversleigh se leva vivement et s'avança vers elle, rappelée à la vie comme par un effet magique.

« Donnez-moi cette lettre ! » s'écria-t-elle.

Elle prit l'enveloppe souillée et chiffonnée des mains de la femme de chambre.

« Vous pouvez vous retirer, dit-elle, je vous sonnerai si j'ai besoin de vous. »

Jane aurait donné beaucoup pour assister à la lecture de la lettre ; mais elle n'avait aucune excuse pour demeurer plus longtemps ; elle fut donc forcée de se retirer dans le cabinet de toilette de sa maîtresse, qui, ainsi que les autres pièces, ouvrait sur le corridor.

Un quart d'heure après, Lady Eversleigh sonna, Jane se précipita dans la chambre.

Elle trouva sa maîtresse assise près de la cheminée ; son pupitre était sur la table, et, sur ce pupitre, une lettre dont la suscription était encore fraîche.

« Donnez cela au jeune garçon qui l'attend, dit Ho-

noria en montrant du doigt la lettre qu'elle venait
d'écrire.

— Oui, madame. »

Jane partit. Pendant le trajet de la chambre de Lady
Eversleigh à l'antichambre, elle eut amplement le loisir
d'examiner la lettre.

Elle était adressée :

A monsieur Brown.
A l'auberge de la Poule et ses poussins.

Elle était simplement cachetée, sans empreinte d'un
cachet quelconque.

Jane, qui connaissait bien la main de sa maîtresse,
s'aperçut tout de suite que l'écriture avait été déguisée ; il était évident que Lady Eversleigh n'était
pas disposée à reconnaître cet écrit comme émanant
d'elle.

A chaque minute, le mystère devenait plus intéres-
sant. Jane aimait sa maîtresse, mais il y avait deux
choses qu'elle aimait encore mieux : la domination et
l'argent. La connaissance des secrets de sa maîtresse
pouvait lui faire atteindre ce double but ; si bien qu'au
moment d'arriver au vestibule où le petit paysan l'attendait, un soudain changement de résolution la fit s'é-
lancer dans une autre direction.

Elle s'engagea vivement dans un étroit corridor qui
conduisait au bas de l'escalier de service, et monta pré-
cipitamment à sa chambre ; elle alluma une bougie et
passa plus de vingt minutes à un travail patient.

Le cachet de cire qui alors fermait l'enveloppe de la
lettre était toujours sans initiales, mais ce n'était plus
celui qui avait été apposé par Honoria une demi-heure
auparavant.

La femme de chambre remit la lettre au jeune com-

missionnaire, qui partit en toute hâte, trop heureux
d'échapper à de nouveaux reproches.

Il se rendit directement à l'auberge où il demanda
M. Brown.

L'homme sortit aussitôt de la cour, où il était resté
à se promener, écoutant tout ce qui se passait et causant avec l'aubergiste.

Il prit la lettre des mains du petit paysan, lui donna
le shilling qui lui avait été promis, puis, quittant l'auberge, il suivit un sentier qui descendait vers la rivière.

Dans ce chemin solitaire, il déchira l'enveloppe et lut
la lettre qu'elle contenait.

Elle était des plus brèves.

« Ma seule chance d'échapper aux persécutions est
« d'accéder à vos demandes dans une certaine mesure.
« Je consens à vous voir. Attendez-moi ce soir à neuf
« heures, sur la berge à gauche du pont. Je ferai en
« sorte de m'y trouver. Dieu veuille que cette entrevue
« soit la dernière ! »

L'horloge du village sonnait neuf heures, quand une
femme vêtue de noir traversa la prairie au bord de la
rivière et parut sur le chemin de hallage. Un homme se
promenait là, le visage caché sous les larges bords
d'un chapeau rabattu : il avait une courte pipe à la
bouche.

Il souleva son chapeau et découvrit sa tête à la froide
brise de la nuit. Ses cheveux étaient coupés comme
ceux d'un galérien. La lune éclairait son visage sombre
et hâlé. C'était le vagabond qui s'était arrêté devant
la grille du château pour assister aux funérailles de
Sir Oswald ; l'homme qui avait passé la journée dans la

cour de l'auberge; c'était ce mécréant bien connu sur la grande route de Ratcliff, c'était Tom Milsom.

C'était lui qui attendait Honoria au clair de lune sur le bord de la rivière.

Il s'avança à sa rencontre quand il la vit venir par la prairie et pénétrer sur le chemin de hâllage.

« Bonsoir, Milady, dit-il. Il est bien humiliant sans doute pour une grande dame comme vous de venir en ce lieu-ci pour y rencontrer un homme comme moi. Mais il est bien étrange aussi que vous ayez cru nécessaire d'aller si loin retrouver une ancienne connaissance, quand ce grand château qu'on aperçoit là-bas vous appartient. J'ose ajouter qu'il est bien dur pour un homme de ne pouvoir rendre visite à sa propre.....

— Silence! interrompit Lady Eversleigh, ne me donnez jamais ce nom, si vous ne voulez pas augmenter encore le dégoût que je ressens pour vous.

— Que la peste m'étouffe! fit Milsom, mais je trouve que voilà une façon singulièrement incivile pour une femme de s'adresser à....., »

Honoria l'arrêta d'un geste impérieux.

« Je suppose que votre intention est de tirer profit de cette entrevue? dit-elle.

— Positivement, répondit Milsom.

— En ce cas, évitez avec soin toute allusion au passé. Autrement, sachez que vous n'obtiendrez rien de moi. »

L'homme ne répondit d'abord que par un sourd grognement; puis, après un instant de silence, il murmura:

« Je ne me soucie pas plus que vous de parler du passé, ma belle et fière dame. Si c'est une époque de votre vie dont le souvenir vous est peu flatteur, il n'est pas plus plaisant pour moi. Il est bien facile à une jeune femme ayant son existence assurée, de trouver à redire à la manière dont les autres gagnent leur vie ! Cependant, si on ne la gagne pas agréablement, il faut bien qu'on la gagne de quelque façon que ce soit. »

Il y eut un silence de quelques minutes après ces paroles. Lady Eversleigh s'efforçait de maîtriser l'émotion qui oppressait sa poitrine, en dépit du calme apparent de ses manières. Milsom marchait à côté d'elle, attendant qu'elle prît la parole.

Le lieu était solitaire. Lady Eversleigh et son compagnon avaient tout sujet de penser qu'ils n'étaient pas observés.

Mais il n'en était pas ainsi : un tiers les avait suivis ; une femme, profitant de l'obscurité, s'était attachée aux pas de Lady Eversleigh depuis sa sortie du château, et se trouvait près d'elle pendant sa promenade avec Milsom.

L'observatrice s'était blottie derrière la haie qui bordait la prairie sur le bord de l'eau, et pouvait, ainsi protégée, entendre distinctement chaque mot prononcé, au milieu du tranquille silence de la nuit.

« Comment êtes-vous parvenu à me trouver ici ? demanda enfin Lady Eversleigh.

— Un simple hasard. Vous aviez si habilement ménagé votre fuite, quand il vous a passé par la tête de nous quitter, que toutes nos recherches n'avaient pu nous mettre sur votre trace. J'abandonnai la partie pour une affaire... une méchante affaire, Dieu me damne ! La chance tourna contre moi. Je fus envoyé au-delà des mers. Mais me voilà libre à présent, et j'entends faire un bon usage de ma liberté, je vous en avertis. Je n'avais pas idée du bon nid que vous vous étiez fait, pendant que je gémissais tout là-bas. Je ne songeais même plus à ce que vous aviez pu devenir. Mais, au moment où je m'y attendais le moins, le hasard m'a jeté sur votre route. Ah! j'étais si abasourdi qu'il vous eût suffi d'une plume pour me jeter à terre, quand ce beau char funèbre a franchi les grilles du château, et que j'ai aperçu votre visage à la portière de la première voiture. Il faut que vous soyez une femme bien habile et bien adroite, savez-vous, pour avoir ainsi conquis un baronnet pour mari, et pour avoir amené ce vieil imbécile à vous laisser toute sa fortune, après vous être si mal conduite envers lui!... Allons! vous ne me direz pas que votre mari savait qui vous étiez quand il vous a épousée?

— Il m'a trouvée mourant d'inanition dans une rue d'une ville de province. Il savait que j'étais sans amis, sans asile et sans pain. Cela ne l'a pas empêché de me donner son nom.

— Oh! mais il y avait au moins une chose qu'il ne devait pas savoir. Il ignorait que vous fussiez la fille de Tom Milsom. Vous ne le lui avez pas dit; je le parierais.

— Je ne lui ai pas dit ce que je savais être un mensonge, répliqua Honoria avec fermeté.

— Ah! c'est un mensonge! Vous n'êtes pas ma fille, à présent?

— Non, Tom Milsom, je ne suis pas votre fille.

— Vraiment! Et d'où le savez-vous?

— Je le sais, parce que je le sens.

— Allons donc! murmura Milsom, si vous n'étiez pas ma fille, pourquoi avez-vous été élevée à me traiter comme votre père?

— Parce que j'y étais contrainte. Je me souviens qu'on m'a ordonné de vous appeler mon père; je me

souviens d'avoir été battue parce que je m'y refusais,
et battue jusqu'au moment où je dus me soumettre ou
mourir sous les coups. Oh ! j'ai eu une belle et heureuse enfance, n'est-ce pas, Milsom, une enfance que
je dois me rappeler avec amour et regret ?... Et maintenant que vous me retrouvez tirée du ruisseau où vous
m'avez jetée, vous venez, je suppose, me demander
votre part de ma fortune?

— C'est à peu près cela, Milady, répondit Milsom
avec un calme parfait. Je ne m'inquiète guère du plus
ou moins de dureté de vos paroles, les mots ne rom-
pent pas les os, et, de plus, j'y suis habitué. Ce qu'il
me faut, c'est de l'argent, de l'argent comptant, beaucoup d'argent. Vous pourrez m'injurier autant que vous
voudrez, mais vous me payerez autant qu'il me plaira.
Il me faut de l'argent de gré ou de force. Et je ne partirai pas, je vous en réponds, sans emporter une grosse
somme.

— Vous voulez une grosse somme, dit Honoria tranquillement, combien demandez-vous ?

— Eh bien ! je n'abuserai pas de votre générosité, je
serai modéré, pour commencer : mettons cinq mille
livres.

— Et vous espérez obtenir cette somme de moi !

— Naturellement.

— Cinq mille livres?

— Cinq mille livres, argent comptant. »

Lady Eversleigh s'arrêta brusquement, et, regardant
Milsom en plein visage :

« Vous n'aurez pas cette somme, dit-elle. Pas même
cinq mille sous. Non ! l'argent de mon mari ne passera
pas dans vos mains pour servir vos vices et vos crimes.
Tout ce que je ferai, c'est de vous mettre à l'abri du

besoin, si vous pouvez vous résigner à vivre honnête-
ment. En ce cas, je vous allouerai une pension annuelle
de cent livres, qui vous sera servie chaque trimestre
par mon agent d'affaires à Londres. En dehors de cette
petite rente, rien ! vous ne recevrez rien ! pas une
obole !

— Ah bah ! s'écria Milsom avec fureur. Eh quoi !
Jenny Milsom, Honoria, Lady Eversleigh, ou de quelque nom qu'il vous plaise de vous faire appeler, pensez-
vous que je me contente de cette piètre aumône ? Pensez-vous que je garde le silence si vous ne me le payez
pas largement ? Vous ne savez donc pas à quel homme
vous avez affaire ? Demain matin, tout le village con-
naîtra la noble origine de la grande dame qui habite le
château. On saura quelle tendresse la châtelaine de
Raynham porte à sa famille, et particulièrement à
son père. On saura qu'elle le laisse aller pieds nus par
les chemins, quand elle se prélasse dans de magnifiques
équipages.

— Dites tout ce qu'il vous plaira.

— J'en dirai long alors, vous pouvez y compter ! »
Elle se redressa, et le regardant en face :

« Direz-vous de quelle façon Valentin Jernam est
mort ? » demanda-t-elle d'un ton étrange.

Milsom tressaillit. Pendant un instant, il resta muet
et comme interdit ; mais il se remit, et reprit d'un ton
farouche :

« Je ne perdrai pas mon temps à parler des fantaisies de votre imagination ; je dirai seulement qui vous
êtes. C'est tout ce que les gens du pays ont besoin de
savoir. Et je vous conseille, avant cet esclandre, de
changer d'avis et de vous comporter généreusement
envers moi.

— Ma résolution sur ce point est immuable, dit Honoria avec une surprenante fermeté. Vous accepterez ou vous refuserez la pension que je vous offre. A votre choix. Mais n'attendez de moi rien de plus. Quant à votre menace de raconter ma triste histoire aux gens de ce village, c'est un moyen d'intimidation nul pour moi. Dites à ces gens ce que vous voudrez ; l'opinion du monde est sans aucune valeur à mes yeux.

— Demain matin, vous penserez autrement, » s'écria Milsom.

Il était hors de lui... Il sentait qu'il aurait plaisir à mettre en lambeaux la fière et courageuse créature qui osait ainsi le braver.

« Je ne penserai autrement ni demain ni plus tard, répondit Honoria. Vous ne triompherez pas plus aujourd'hui de ma volonté que lorsque j'étais une enfant faible et sans défense ; vous devez vous souvenir de cela, Milsom ?

— Le fait est que vous aviez, dès ce temps-là, un drôle de caractère. Vous étiez une étrange enfant, avec votre face pâle et vos grands yeux noirs.

— Oui, et, même à cette époque, ma volonté luttait contre vous et les vôtres, et me soutenait contre vos violences. Vous et les vôtres vous pouviez bien me briser le cœur, mais vous n'étiez pas assez forts pour venir à bout de mon énergie. Cette énergie, je l'ai toujours, Milsom, et vous reconnaîtrez l'inutilité de ce que vous pourriez tenter contre elle. »

Milsom ne répondit pas : il regardait avec colère le visage calme et résolu qui était devant lui.

« Le nom de mon homme d'affaires à Londres est Dunford, continua Honoria. M. Dunford, dans Gray's

Inn. Vous n'avez qu'à l'aller trouver, il vous payera le premier quartier de votre pension.

— Vingt-cinq livres ! grommela Milsom, et vous avez quinze mille livres de rente !

— En effet, dit Honoria.

— Que la malédiction d'un cœur ulcéré s'acharne sur toi ! » s'écria l'homme avec emportement.

Lady Eversleigh haussa les épaules, et, sans rien ajouter, s'éloigna de lui avec un geste de dégoût, mais où le misérable ne sentit pas le plus léger signe de crainte. Elle marcha lentement jusqu'à la barrière qui donnait accès dans la prairie, suivie par Milsom qui l'accablait d'injures. Lorsqu'Honoria arriva dans le pré, la femme qui l'épiait se dissimula dans l'ombre de la haie, qu'elle ne quitta que lorsque Lady Eversleigh eut franchi la barrière de l'autre côté de la prairie, et que le bruit des pas de Milsom se fût perdu dans l'éloignement.

Elle sortit alors de sa cachette, et, quand la lune donna en plein sur son visage, on eût pu reconnaître Jane, la fidèle camériste de Lady Eversleigh.

* * * * *

Ce soir-là, pendant qu'elle coiffait sa maîtresse pour la nuit, Jane s'aventura, par quelques questions discrètes et respectueuses, à savoir ses projets d'avenir. Lady Eversleigh lui répondit avec moins de réticences que d'habitude.

« Mon intention, dit Honoria, est de rester à Raynham, au moins pendant une année. »

Jane fut surprise de la décision de sa maîtresse : elle s'était imaginé que Lady Eversleigh s'empresse-

rait de quitter un pays où elle était un objet de répro-
bation.

« Si j'étais à sa place, et si j'avais sa fortune, pensait-elle, je m'en irais en France. A Paris, je serais une
grande dame; et le séjour y est mille fois plus gai et
plus agréable que dans n'importe quelle ville de notre
vieille et formaliste Angleterre. Je crains, madame,
dit-elle ensuite tout haut, que votre santé ne souffre
d'une longue résidence au château. Après un choc
comme celui que vous venez d'éprouver, un peu de dis-
traction serait nécessaire. Quand j'avais l'honneur de
servir la duchesse de Mountaintour, lors de la mort du
cher duc, la première chose que je me permis de dire à la
duchesse, après les funérailles, fut de lui conseiller un
changement d'air et de place; voilà ce qu'il faut pour
se remettre de ces terribles épreuves. Le médecin de la
bonne duchesse se fit l'écho de mes paroles, et, huit
jours après la triste cérémonie, nous allions sur le Continent, où nous restâmes pendant un an. A l'expiration de l'année, la duchesse épousait le marquis de
Purpeltown.

— La duchesse s'est promptement consolée! dit Lady
Eversleigh avec un sourire qui n'était pas sans amer-
tune. Il n'est pas douteux que les distractions et la va-
riété d'un voyage n'aient puissamment contribué à effacer de sa mémoire le souvenir de son mari mort.
Mais je ne désire pas oublier, moi, et je n'ai nulle
hâte d'effacer de mon esprit l'image de celui que j'ai
tant aimé. »

Avec le secours du miroir de la toilette, Jane observait attentivement le pâle et grave visage de sa maîtresse.

« Ce que le monde appelle plaisirs n'a jamais eu pour

moi aucun attrait, continua Honoria. Mon enfance et ma jeunesse se sont passées dans le chagrin, un aussi dur chagrin que votre imagination puisse vous le représenter, Jane; et je vous ai cependant entendu dire que vous aviez passé par bien des tourments. Le souvenir de ce temps me revient en ce moment à la mémoire, plus vivace que jamais. C'est pourquoi je fuis la société qui ne saurait me donner aucune joie réelle. Quand bien même une raison toute particulière ne me retiendrait pas à Raynham, je n'aurais nulle envie d'en sortir.

— Ah! vous avez une raison particulière pour rester à Raynham, Milady? demanda vivement Jane.

— Oui.

— Oserai-je me permettre de demander à Milady quelle est cette raison?

— Oui, Jane; je veux vous accorder toute ma confiance. Je compte, je crois que vous m'êtes dévouée...

— Oh! madame!... »

Lady Eversleigh reprit d'une voie émue et grave :

« Mon intention est de rester à Raynham, parce qu'à l'heure de mon malheur et de ma désolation, la Providence n'a pas voulu que je fusse entièrement abandonnée au désespoir. J'ai une espérance, Jane, une espérance qui me fait supportable l'idée de l'avenir. Je reste au château de Raynham... parce que le printemps prochain, je l'espère, verra naître l'héritier du château de Raynham.

— Oh! quel bonheur!... Et Milady désire que l'héritier naisse au château?

— C'est mon désir et c'est ma volonté. J'ai été victime d'un ténébreux complot, mais je ne tomberai pas aveuglément dans un nouveau piége, car il n'est pas d'infamie dont mes ennemis ne soient capables. Ma vie aura été au grand jour, depuis l'heure de la mort de mon mari jusqu'à la naissance de son enfant. Les amis de l'époux que j'ai perdu pourront connaître chaque acte de mon existence. Les vieux serviteurs de la famille seront près de moi. Je vivrai dans cette antique demeure, entourée de tous ceux qui ont connu et aimé Sir Oswald. La calomnie même ne pourra rien sur la naissance de cet enfant. Si je vis pour veiller sur lui, son existence sera protégée et défendue. Et pourtant ce ne seront pas les ennemis qui manqueront à l'héritier de Raynham.

— Bon Dieu!.... et pourquoi, Milady?

— Parce que cette jeune existence et la mienne se dressent entre un scélérat et la fortune. Si mon enfant et moi venions à mourir, Reginald entrerait en possession de ces biens dont jadis il devait être l'héritier. Les clauses du testament de Sir Oswald ne lui donnent que fort peu de chose pour le moment; mais l'avenir lui laisse plusieurs chances. Si je meurs sans enfant, il hérite du domaine de Raynham; si ses deux cousins Lionel et Douglas meurent sans héritiers directs, leurs revenus lui reviennent également.

— Mais ce sont là de pauvres chances, après tout, madame. Il y a peu de raisons pour que M. Reginald vous survive, ainsi qu'à ses deux cousins.

— Il n'y a pas d'autre raison que son infamie, répondit Honoria d'un air pensif. Il faut tout attendre et tout redouter de la part de certains hommes. Mais brisons sur ce sujet. Et maintenant, il se fait tard, laissez-moi, Jane. Je vous ai confié mon secret, parce que je le crois en des mains sûres et parce que j'avais enfin besoin d'épancher une fois mon cœur dans un cœur fidèle. »

Jane remercia avec effusion sa maîtresse et, prenant respectueusement congé d'elle, s'éloigna absorbée dans ses réflexions.

« Est-ce une bonne ou une méchante femme? se demanda-t-elle quand elle fut commodément assise devant le feu de sa chambre. Si elle est coupable, elle est de première force, car elle regarde les gens en face avec ses grands yeux noirs brillants et limpides comme le miroir de la vérité. Non! elle est bonne et sincère, sans nul doute. Et pourtant sa fugue pendant toute une nuit, et son histoire de la tour de Yarborough..... Tout cela est bien difficile à croire. »

XIV

UN REVENANT

Depuis près de trois ans, Milsom était absent de Londres. Il avait été arrêté pour vol avec effraction, un mois après la mort de Valentin et condamné à cinq années de transportation. En moins de trois ans, par d'habiles manœuvres et une parfaite hypocrisie, il était parvenu à se faire gracier, et obtint la liberté de revenir à Londres.

Il débarqua en Ecosse et il se rendit à pied de la ville de Granton au comté d'York; là, le hasard lui fit rencontrer une vieille connaissance, qui lui donna le désir de séjourner quelque temps à Raynham. Les deux vagabonds, tous deux sans sou ni maille, s'étaient accidentellement arrêtés devant la grille du château pour voir le cortége funèbre.

C'est ainsi que Milsom avait vu celle qu'il appelait sa fille, cette jeune fille qui s'était enfuie avec son grand-père, trois ans auparavant, de la maison maudite qu'ils habitaient tous les trois.

Après son entrevue peu profitable avec Honoria, Milsom reprit le chemin de Londres.

« Un jour viendra où nous règlerons nos comptes, Milady! » grommelait-il en jetant un dernier regard et une malédiction sur les tours crénelées du château de Raynham, puis il quitta définitivement ce paisible village.

La route que prit Milsom après avoir traversé ces grandes plaines couvertes de constructions nouvelles qui séparent Londres de la province, fut celle de Ratcliff. Il marchait rapidement à travers les rues où la foule devenait de plus en plus compacte à mesure qu'il s'approchait de la Tour. Mais quelque rapide que fût sa marche, le temps marchait encore plus vite. Il était midi quand il entra dans la tranquille petite ville de Barnet. Il était nuit quand il entendit pour la première fois le son du violon et le bruit des danseurs sur la grande route de Ratcliff. Il se rendit, sans plus de retard, à la taverne du *Joyeux Loup de Mer*.

Là, rien n'était changé; pas même les grandes chandelles, qui, plantées dans un cercle en fer-blanc suspendu au plafond, laissaient tomber par moments leur suif sur les consommateurs réunis devant le comptoir. On entendait la même musique, les mêmes valses, et les mêmes gigues exécutées par des violons criards auxquels se mêlait encore le son strident des fifres. La même foule de matelots, de femmes tête et bras nus, vociféraient dans l'atmosphère fumeuse et bruyante de la salle de concert; au milieu des éclats de rire, des blasphèmes, du bruit et des luttes, se faisaient entendre par instant les maigres accords d'un vieux piano et les notes faibles et perçantes d'un pauvre soprano.

Milsom avait enfoncé son chapeau sur ses yeux avant d'entrer dans la taverne du *Joyeux Loup de Mer*.

Le comptoir était en contre-bas du niveau de la rue. Milsom, debout sur la première marche de l'escalier qui y descendait, put voir, dominant la foule de ses habitués, le visage de Wayman, le maître de l'établissement, qui semblait fort affairé.

C'est dans cette position que Milsom attendit que Wayman eût relevé la tête et aperçu l'étranger qui se tenait debout sur le seuil.

Quand ses yeux se portèrent dans cette direction, Milsom porta rapidement le dos de sa main contre sa bouche, avec l'intention évidente de donner un signal.

Wayman y répondit par un signe de tête, et Milsom alors descendit les marches et s'avança vers le comptoir.

« Puis-je avoir un lit et un morceau pour mon souper, mon maître? demanda-t-il d'une voix qu'il déguisait à dessein.

— Certainement! répondit Wayman, vous aurez tout ce qu'il vous faut, et un accueil amical.... si vous payez, bien entendu. Cette maison est des plus hospitalières, pour ceux qui payent. »

La foule d'hommes et de femmes qui se pressaient devant le comptoir accueillit cette aimable plaisanterie par des bravos et des rires.

« Si vous voulez passer par cette porte, vous trouverez une bonne petite chambre, mon maître, dit Wayman du ton qu'il aurait pris pour un inconnu ; je vous enverrai une côtelette avec des pommes de terre, aussitôt que cela sera prêt. »

Milsom inclina la tête en signe d'assentiment ; il poussa la grossière porte de bois qui lui était si familière, et s'installa dans le petit bouge désigné, au *Joyeux Loup de Mer*, sous le titre pompeux de cabinet particulier.

C'était la pièce dans laquelle il avait vu Valentin pour la première fois.

Deux ans et demi s'étaient écoulés depuis qu'il y était entré pour la dernière fois, et pendant ce temps Milsom avait payé ses méfaits à la terre de Van Diemen. Ce petit bouge aux murailles graisseuses et au plafond enfumé, était pour ce mécréant une sorte de paradis. Là du moins il était libre, il était son maître ! Il pouvait boire, fumer, se divertir à son goût, et ne travailler que de la façon qui convenait à ses aptitudes.

Il s'assit sur une chaise, planta l'une de ses jambes sur l'autre, tira de sa poche une courte pipe en terre, la bourra, l'alluma, et commença à fumer lentement, béatement, s'arrêtant de temps en temps pour se parler à lui-même, entre deux bouffées de tabac.

Milsom avait fini sa seconde pipe et avait lâché déjà plus d'un juron d'impatience, quand la porte s'ouvrit pour laisser entrer Wayman, qui portait un plateau contenant deux plats couverts et un grand pot d'étain.

« J'ai pensé qu'il valait mieux vous servir moi-même, mon maître, dit-il, bien que j'aie fort affaire là-bas. Je suis on ne peut plus heureux de vous revoir. Je me suis demandé bien souvent ce que vous étiez devenu depuis votre disparition.

— Vous auriez cessé de vous étonner, si vous aviez

su que l'Océan me séparait du bienheureux monde que vous habitez, Wayman. Je croyais que vous saviez que j'avais été... »

La délicatesse de langage de Milsom l'empêcha de finir sa phrase.

« J'avais su que vous vous étiez mis dans l'embarras, répondit Wayman, ou du moins si je ne le savais pas d'une manière certaine, je l'avais deviné, bien que je fusse par moments, assez disposé à croire, Milsom, que vous m'aviez fait voir le tour.

— Et que je m'étais éclipsé avec le magot, n'est-ce pas ?

— Mais, à dire vrai...

— Homme soupçonneux ! répliqua Milsom d'un ton maussade. Il suffit qu'un camarade fasse une absence, pour qu'on ait sur lui de pareilles idées : ainsi va le monde. Non, Wayman, je ne me suis pas sauvé avec le magot, je n'ai pas dépensé un shilling de l'argent de Jernam, pas même ce que je lui avais gagné au jeu. J'ai été enlevé, sans avoir un moment pour me retourner, sur une méchante accusation pour un vol de deux liards. Etait-elle ou non fondée, cela ne vaut pas la peine qu'on en parle. J'avais été pris sous un faux nom, et je l'ai gardé, jugeant que j'avais plus à y gagner. Je vous aurais fait prévenir si j'avais eu sous la main quelqu'un de sûr pour vous faire parvenir mon message ; mais je n'ai trouvé personne en qui je pusse avoir confiance. J'ai été pris un lundi, jugé le jeudi, et, quinze jours après, j'étais embarqué, comme un ballot de marchandises, avec d'autres ballots de mon genre. Voilà mon histoire. »

Après cette explication, Milsom attaqua son souper, qui consistait en côtelettes fumantes et en pommes de terre plus fumantes encore.

Wayman s'était assis et réfléchissait en silence, attachant sur son hôte un regard scrutateur. Après que Milsom eut absorbé une livre de côtelettes et au moins deux livres de pommes de terre, Wayman s'aventura à l'interrompre dans son opération.

« Si vous n'avez pas fait main basse sur l'argent, qu'est-il devenu ? demanda-t-il.

— Il est à l'abri, répondit Milsom, et dans un lieu aussi sûr qu'une église à moins que la mauvaise chance ne me poursuive avec plus d'acharnement que jamais.

— Vous l'avez caché ?

— Oui.

— Où cela ? »

Milsom regarda son ami avec une expression narquoise.

« C'est ce que vous voudriez bien savoir, cher Wayman, n'est-ce pas ? dit-il ; peut-être alors mêleriez-vous quelque drogue à mon café, et iriez-vous inspecter la cachette pendant que je serais là, sans défense dans votre hospitalière demeure. Mais je ne suis pas un innocent, mon bon Wayman.

— Ne dites pas de bêtises, Milsom ! Veuillez vous rappeler que la moitié de l'argent de Jernam m'appartient, et devrait être en ma possession depuis fort longtemps. Si je l'ai loyalement laissé à votre garde...

— C'est que vous y étiez forcé, interrompit Milsom. Je me trouvais connaître un juif disposé à nous changer les valeurs, les billets de banque, et l'or étranger, et vous me les avez confiés parce que c'était le seul moyen d'en faire de l'argent comptant.

— Eh bien ?... fit le maître de la taverne du *Joyeux Loup de Mer*.

— Eh bien ! j'ai vu mon ami le juif, j'ai fait avec lui

un marché acceptable, et j'ai caché l'argent dans un lieu sûr, avec l'intention de vous apporter votre part à la prochaine occasion. Mais j'ai été pincé cette même nuit, et je n'ai pas cru devoir demander la permission d'aller chercher notre argent. Vous voyez donc qu'il n'y a pas de ma faute si vous n'avez pas reçu votre compte.

— Hum ! murmura Wayman, j'ai trouvé bien dur d'en être privé si longtemps ! Mais maintenant que vous voilà de retour, je suppose que vous allez vous empresser de le retirer de sa cachette. J'ai un fier besoin d'argent en ce moment, Milsom !

— Vraiment ? Le manque d'argent est une maladie à laquelle vous êtes diablement sujet, Wayman ! Mais j'ai répondu à vos questions, vous voudrez bien, peut-être, répondre aux miennes. Y a-t-il eu beaucoup de changement par ici, pendant que je faisais mon excursion ?

— Très-peu ; les choses ont marché avec leur monotonie habituelle.

— Pouvez-vous me dire si quelqu'un a habité ma maison, depuis que j'ai été obligé de la quitter ? »

Le maître de la taverne du *Joyeux Loup de Mer* tressaillit.

« Ce n'est pas là que vous avez caché l'argent, j'espère ? demanda-t-il vivement.

— Et en supposant que ce fût là ?

— C'est que tout serait perdu, perdu jusqu'au dernier sou ! La maison a été achetée, et le nouveau propriétaire l'a fait abattre en partie pour la reconstruire. Si c'est là que vous avez caché l'argent, Milsom, il n'y a pas beaucoup de chances pour que vous le revoyiez jamais ! »

Le visage de Milsom devint livide... il bondit de son siége, et remit la lourde vareuse qu'il avait quittée en entrant.

« Ce serait bien mon guignon, s'écria-t-il, s'il fallait que je perdisse cet argent! En vérité, ce serait bien mon guignon! Venez, Wayman. Qu'avez-vous à me dévisager ainsi? Venez.

— Où?

— A mon ancienne maison. Vous me direz en route tout ce que vous savez des changements qui ont été faits. Venez, il n'y a pas une minute à perdre. »

La lune éclairait les mâts et les agrès dans le bassin et les toits des maisons de Bermondsey et de Wapping, lorsque Milsom et son compagnon se mirent en route pour la vieille maison près des marais.

Ils avaient, comme dans une précédente occasion, pris la carriole de Wayman, et en suivant la route solitaire à travers la plaine marécageuse qui longeait la rivière, Wayman raconta à son ami tout ce qui était arrivé.

« Pendant une année, la maison est restée vide, dit-il; mais alors un vieux capitaine de la marine marchande se prit d'une belle fantaisie pour la vieille baraque, parce qu'elle était entourée d'eau et qu'elle avait vue sur le bassin. Il l'acheta, la démolit presque de fond en comble, et la rebâtit. De sorte que je doute qu'il reste rien de l'ancienne habitation, dont il a du reste fait une charmante demeure. C'est un original, à ce qu'on m'a dit, que ce capitaine Duncombe! un assez rude compagnon, peu facile à intimider.

— Si rude qu'il puisse être, il faut que je pénètre dans l'intérieur de sa maison, répondit Milsom, et je jure qu'il trouvera en moi son maître!... A-t-il de la famille?

— Une fille... et la plus jolie fille qui se puisse trouver à plus de dix lieues à la ronde.

— Bien ! nous ferons ce soir une première inspection des lieux. Il faudra laisser votre carriole à l'auberge du *Bateau Pilote*. »

Wayman approuva la sagesse du conseil. Le *Bateau Pilote* était une petite auberge à l'aspect délabré, dans laquelle se trouvaient de mauvaises écuries en ruines, qui voyaient plus de rats d'eau que de chevaux. C'est dans ces écuries que Wayman logea son cheval et sa voiture, pendant que Milsom se dirigeait vers son ancien logis.

« Je n'aurais jamais cru que c'était là ! » cria Milsom.

La transformation était véritablement complète. La triste habitation qui, dans l'état où elle était jadis, ressemblait bien à une maison hantée par un revenant, était devenue le plus joli petit cottage qu'on pût voir dans ce faubourg de Londres.

Le fossé avait été diminué de largeur, les bords en avaient été régulièrement encaissés, et deux élégants ponts de bois servaient à traverser les sombres eaux qui le remplissaient ; les tristes saules avaient disparu et avaient été remplacés par des arbres verts ; les broussailles avaient fait place à des fleurs ; un petit jardin embaumé s'était dessiné là où il n'y avait qu'un terrain en friche, et le pavillon attaché à un mât donnait à la résidence un aspect maritime.

Tout était noir ; il n'y avait pas une lumière aux fenêtres.

Le jardin était défendu de toutes parts par une grille de fer, à l'exception du côté le plus rapproché de la rivière : là n'existait qu'une chétive petite haie de lauriers. C'est par là que Wayman et son ami arrivèrent à trouver accès dans la propriété.

Ils s'introduisirent sans bruit dans le petit domaine

du capitaine, et firent à pas lents le tour de la maison, examinant avec attention chaque porte et chaque fenêtre.

« Le capitaine est-il riche ? demanda Milsom.

— Oui, je le crois fort à son aise. Il y a des gens qui prétendent qu'il est même plus qu'à son aise. Il a dépensé au moins un millier de livres pour les travaux de la maison.

— Que le diable soit de lui ! s'écria Milsom avec colère. On voit qu'il s'entend à défendre son bien. Il faudrait un voleur bien habile pour s'introduire dans cette maison. Les fenêtres sont toutes protégées par des volets extérieurs qui paraissent aussi solides que s'ils étaient en fer, et les portes ne semblent pas disposées à céder aux plus énergiques pesées. »

Après avoir complété son inspection de la maison, Milsom s'écria du même ton furieux :

« Mais ce démolisseur a jeté bas jusqu'au dernier moëllon de ma maison !

— Je vous l'avais dit, reprit Wayman. Il n'a rien laissé de la bâtisse du vieux Screwton, que quelques poutres, les gros murs, et les corps de cheminées. »

Screwton était le nom du pauvre diable dont le fantôme hantait la maison, disait-on.

Milsom regarda Wayman, quand il prononça le mot : cheminées.

« Ah ! s'écria Milsom, ils ont laissé les cheminées ? »

Wayman s'aperçut du changement d'intonation.

« Je comprends ! dit Wayman, vous avez caché l'argent dans une des cheminées.

— Ne vous inquiétez pas de l'endroit où il est caché. Il y a peu de chances de le retrouver après le bouleversement opéré par les maçons. Mais, quoi qu'il arrive, il faut que je pénètre dans la maison.

— Vous trouverez peut-être la chose difficile, dit Waymam.

— Ah! j'en viendrai à bout pourtant, ou Tom Milsom n'est plus mon nom ! »

* * * * *

Le capitaine Duncombe, gros homme au teint coloré, pouvait avoir une cinquantaine d'années. C'était un brave et honnête compagnon ; il était veuf, il n'avait qu'un enfant, une fille unique, qu'il idolâtrait.

Mais un père n'aurait pas eu d'excuse de n'être pas fou d'une fille telle que Rosemonde Duncombe.

Rosemonde était une créature aimable et gaie, qui semblait née pour faire d'une maison un paradis ; elle avait le plus adorable caractère du monde, son rire était une musique délicieuse, et ses manières avaient un charme irrésistible.

Elle avait un joli petit nez conquérant, des lèvres vermeilles comme la groseille, des joues fraîches comme la rose, de grands yeux limpides d'un bleu céleste ; elle était comme un printemps vivant.

Si Duncombe adorait sa fille, son amour n'était pas payé d'ingratitude ; Rosemonde idolâtrait son père, qu'elle regardait comme le meilleur et le plus parfait des hommes.

Elle n'avait qu'un souvenir très-confus de sa mère, qu'elle avait perdue dans sa première enfance.

Son père s'était retiré du service actif, depuis dix-huit mois, après avoir vendu son navire, le *Renardeau*, dont il avait tiré un excellent prix, vu sa bonne renommée dans la marine marchande.

Cette retraite du capitaine Duncombe avait été un sacrifice fait à sa fille bien-aimée.

Pour lui, la vie de marin n'avait perdu aucun de ses attraits ; mais, quand il vit sa jeune et jolie fille en âge de quitter la pension, il résolut de lui donner une maison à diriger.

Il avait fait une belle petite fortune pendant les trente-cinq ans de son rude service, et il n'y avait pas, dans l'argent qu'il avait gagné, un seul denier non approuvé par sa conscience ; il était connu comme un modèle de loyauté et de probité.

En courant la banlieue de Londres en voiture, il passa devant ce terrain inculte sur lequel s'écroulait la maison en ruines de l'avare. C'était par une belle journée d'avril, et l'endroit paraissait moins désolé que de coutume. Le soleil éclairait la rivière, et les mâts des navires se dessinaient en lignes accusées sur le bleu du ciel.

Un écriteau collé sur l'une des planches de la palissade délabrée annonçait que cette propriété était à vendre.

Le capitaine Duncombe s'y arrêta.

« Voilà l'emplacement qui me convient ! s'écria-t-il. Près de la vieille rivière qui m'a conduit à l'Océan lors de mon premier voyage, il y a trente-cinq ans ; en vue du bassin où tous les braves navires sont à l'ancre...., voilà juste ce qu'il me faut ! Je jetterai bas cette bicoque et je bâtirai là un joli cottage pour y vivre avec mon enfant chérie. J'arborerai au-dessus de nos têtes le pavillon anglais, et, pendant là nuit, si je suis éveillé, au bruit du murmure des eaux, je me croirai encore en mer. »

Un homme de terre ferme se serait peut-être dit que l'endroit était bien isolé, que le terrain était marécageux, et que, pour arriver en ce lieu solitaire, il fallait traverser les quartiers les plus mal famés de Londres. Le capitaine Duncombe ne vit que deux choses : la proximité de la rivière et la vue des navires à l'ancre dans le bassin.

Il revint à Wapping, où il trouva l'agent chargé de vendre la maison ayant appartenu au vieux Screwton. Cet homme fut trop heureux de trouver acquéreur pour une baraque dont personne ne voulait à aucun prix : il dit le prix qu'on en demandait. Le capitaine n'essaya pas de marchander, et déclara qu'il s'en rendait acquéreur contre argent comptant. Ce fut bâclé en cinq minutes, et Duncombe se trouva en possession de son petit domaine sur les bords de la Tamise.

Il ne perdit pas de temps pour faire de ce lieu désolé une charmante résidence. Ce ne fut que lorsque la restauration fut complète, et après que le capitaine Duncombe eut dépensé plus de mille livres pour satisfaire sa fantaisie, qu'il apprit les mauvais bruits qui couraient sur sa propriété.

Les marins sont, comme on sait, fort superstitieux. Quand il sut que sa maison était hantée, Duncombe se gratta l'oreille et eut regret du choix qu'il avait fait ; mais il était trop tard. Il se promit seulement de garder, et il garda, vis-à-vis de sa fille, le secret de la légende du vieux Screwton, malgré les efforts continuels qu'il était obligé de s'imposer pour ne pas aborder ce lugubre sujet.

En dépit de toutes ses précautions, Rosemonde eut cependant connaissance de l'histoire du revenant. En allant visiter de pauvres gens, elle l'entendit raconter tout au long par une vieille femme du pays.

Peu de temps après, le terrible récit vint aux oreilles des deux servantes : une vieille femme nommée Mugby, cuisinière et gouvernante, et une jeune et jolie fille appelée Susan Trott.

Mme Mugby affecta de rire des apparitions du vieux Screwton.

« J'ai vécu dans bien des endroits et j'ai entendu bien des contes de revenants, dit-elle, mais jamais je n'en ai vu un seul. Je crois que, si l'on mange du porc peu cuit à souper, en l'arrosant de bière, ce qui charge encore l'estomac, et en n'ayant pas soin d'avaler un mélange de gingembre et de carbonate de soude, avant d'aller se mettre au lit, on sera exposé à voir une procession de revenants. Je n'ai jamais plaisanté avec mes digestions ; aussi n'ai-je jamais vu l'ombre d'un fantôme. »

La jeune Susan était loin d'avoir l'esprit aussi fort. Le spectre de l'avare la poursuivait chaque soir, et, une fois la nuit venue, elle n'aurait pas plus mis le pied dans le jardin, qu'elle n'aurait marché sur la gueule d'un canon.

Rosemonde se fit un devoir de partager les sentiments héroïques de Mme Mugby.

« Il n'a jamais existé de revenants, et on n'en verra jamais, disait-elle ; toutes ces stupides histoires de fantômes et d'apparitions n'ont de fondement que dans l'imagination des niais qui les racontent. »

Tel était l'état des choses dans la maison du capitaine Duncombe, à l'époque où Milsom revint de la terre de Van Diemen.

Ce fut deux nuits après son retour qu'un événement survint, qui ne devait jamais être oublié par les habitants de la maison Duncombe.

La soirée était froide, mais belle ; la lune, encore dans son plein, éclairait le jardin d'où l'on voyait la rivière. Le capitaine et sa fille étaient seuls dans leur petit salon, devant un bon feu, et engagés dans une partie de tric-trac, jeu favori du capitaine. La gouvernante souffrait d'un vieux rhumatisme, et était allée se mettre au lit aussitôt après le souper de la cuisine, priant Susan de servir le thé au salon à Rosemonde et à son père.

Après avoir remporté le plateau, lavé et serré les jolies tasses et les cuillers, Susan s'assit devant le feu et s'occupa de garnir de rubans un ravissant chapeau destiné à faire l'admiration d'un jeune et galant boulanger.

Le jeune boulanger avait coutume de rester devant la grille du cottage pendant plus de temps que le nécessitait son service, et plus d'une fois il avait donné à entendre que son attachement pour Susan était foncièrement honorable.

En pensant au boulanger, à ses tendres paroles, et aux belles promesses d'avenir qu'il avait murmurées à son oreille en revenant de l'église, Susan laissa couler sans y prendre garde ces minutes solitaires. Elle releva vivement la tête quand l'horloge sonna onze heures, et elle s'aperçut qu'elle avait laissé éteindre le feu.

C'était chose assez effrayante que d'être ainsi seule, au rez-de-chaussée de la maison hantée, quand tout le monde était au lit; mais Susan voulait absolument finir son nouveau chapeau.

A peine avait-elle pris ses ciseaux pour couper un bout de ruban, qu'un petit coup fut frappé avec précaution contre le volet extérieur de la fenêtre qui se trouvait derrière elle.

Susan poussa un cri de terreur et laissa tomber ses ciseaux comme s'ils avaient été rougis au feu. Que voulait dire ce coup frappé à cette fenêtre et à une pareille heure?

Pendant quelques instants, la jeune servante resta

toute interdite de peur. Puis tout à coup ses pensées se reportèrent sur la personne dont l'image l'avait occupée toute la soirée. Ne se pouvait-il pas faire que l'audacieux boulanger eût quelque chose de particulier à lui dire et eût choisi cette façon mystérieuse de l'avertir.

Un second coup, frappé avec la même discrétion, retentit contre le volet.

Susan s'arma de courage, prit un chandelier de cuivre, et marcha d'un pas ferme à la petite porte qui, de la buanderie, donnait sur le jardin.

Elle ouvrit la porte et regarda craintivement dehors. Personne ! L'aimable et facétieux boulanger voulait évidemment lui faire peur.

Mais Susan n'était pas fille à se laisser effrayer par les malicieux tours de son amoureux, elle s'avança hardiment dans le jardin, le chandelier à la main.

Au premier pas qu'elle fit, le vent souffla la chandelle. N'importe ! la lune brillait, et l'on y voyait presque comme en plein jour.

« Oh ! je sais qui est là, s'écria Susan croyant parler au boulanger, et c'est bien vilain de vouloir faire peur à une pauvre fille qui est toute seule ! »

Elle n'avait pas fini de prononcer ces mots, que le chandelier lui tombait de la main, et qu'elle demeurait pétrifiée et pareille à la statue de la Peur.

Elle voyait lentement s'avancer devant elle, et se diriger vers la porte de la buanderie restée ouverte, l'effrayant fantôme dont elle avait si souvent entendu faire la description.

L'homme qui s'était suicidé dans la maison se dressait devant elle! C'était un grand et long spectre, enveloppé dans un large vêtement de serge grise; un mouchoir rougeâtre noué autour de sa tête rendait son visage plus livide encore.

A mesure que la terrible apparition s'approchait, Susan reculait en arrière, laissant le passage libre au sinistre visiteur.

Le fantôme, qui marchait d'un pas lent et solennel, pénétra dans la maison, par la porte de la buanderie. Pendant quelques minutes, l'épouvante avait cloué Susan sur place; mais bientôt la curiosité fut plus forte que l'épouvante; Susan, de loin, suivit en frissonnant le revenant dans la maison.

De la porte de la cuisine, elle l'aperçut debout devant l'âtre, les bras au-dessus du foyer, comme s'il eût cherché quelque chose dans la cheminée.

C'était, selon toute probabilité, la cachette où l'avare enfouissait son or. Son ombre revenait à l'endroit où, vivant, il avait son trésor.

Susan courut à travers le vestibule; elle monta en quatre enjambées l'escalier qui conduisait à la chambre de son maître, et frappa violemment à la porte, en criant :

« Le revenant, monsieur ! le revenant ! L'ombre du vieil avare est dans la cuisine !

— Qu'y a-t-il ? » s'écria le capitaine éveillé en sursaut.

Susan lui fit son effroyable récit. Le capitaine sauta à bas du lit, passa un pantalon et une robe de chambre, et descendit l'escalier, suivi de près par la jeune servante.

Susan et lui arrivèrent juste à temps pour voir le fantôme coiffé de rouge et vêtu de gris, sortir, toujours à pas lents, par la porte de la buanderie.

Le capitaine eut le courage de le suivre dans le jardin, mais en se tenant à une distance respectueuse, pendant qu'il parcourait l'allée sablée qui conduisait à la haie de lauriers.

Duncombe était tout tremblant; il n'y avait qu'un fantôme qui pût ainsi terrifier le cœur du marin.

Au moment où le fantôme disparaissait, le capitaine arrivait à l'endroit qui avait servi à sa sortie du jardin et, non sans surprise, il s'aperçut que les jeunes lauriers avaient été brisés et écrasés à l'endroit où avait passé l'esprit, comme s'ils eussent eu à supporter le poids d'un corps terrestre et pesant.

C'était étrange.

Il retourna alors à la cuisine, accompagné de Susan, qui, tremblante comme la feuille, trouva juste assez de force pour frotter une allumette et allumer une chandelle.

Le capitaine examina la cuisine à la clarté de cette chandelle.

Devant l'âtre, à ses pieds, il vit briller quelque chose; il se baissa pour ramasser l'objet. C'était une pièce d'or, une pièce étrangère et fort singulière.

C'était encore plus étrange.

Le capitaine mit la pièce d'or dans sa poche.

« Je vais conserver ceci précieusement, dit-il à Susan, car il n'arrive pas fréquemment qu'un revenant laisse derrière lui quelque chose. »

XV

RÉSOLUTION TERRIBLE

Au moment où l'aubépine fleurissait dans les bois de Raynham, un être nouveau vint augmenter le nombre des habitants du château.

Une fille était née à la triste veuve : douce consolation dans sa solitude et sa peine. Honoria leva les yeux au ciel et rendit grâces à la Providence du trésor sans prix qu'elle lui accordait. Elle avait été fidèle à la promesse qu'elle s'était faite : depuis la mort de son mari, elle n'avait pas quitté le château de Raynham ; elle y avait vécu seule, presque ignorée, sans recevoir aucune visite ; contente de la vie sévère qu'elle menait, et poussant rarement ses promenades, à pied ou en voiture, au delà du parc et de la forêt.

Quelques personnes de la noblesse du comté avaient fait, par curiosité peut-être, des avances de politesse à Lady Eversleigh ; elle les avait, sans affectation, écartées.

« Tous ou personne ! se disait-elle. Que le monde fasse ou pense ce qu'il voudra, le monde est maintenant pour moi peu de chose. »

C'est ainsi que les longs mois d'hiver s'étaient passés. Honoria était restée solitaire dans sa splendide demeure, plus froide et plus triste par sa splendeur même. Mais le changement fut grand quand elle eut son

enfant dans ses bras ; elle passait sa journée à regarder
sa petite fille, et lui répétait, comme si elle pouvait la
comprendre :

« Ta vie à toi, chère enfant, sera heureuse et brillante, quelque douloureuse qu'ait été la mienne. L'a-
venir pour moi est encore morne et désolé ; mais
pour toi, chère petite, il faut qu'il soit riant et prospère ! »

La jeune mère aimait son enfant avec idolâtrie. Cependant cet amour n'avait pas étouffé dans son cœur
un autre sentiment tout aussi profond ; mais cette
nature haute et droite avait un côté escarpé et presque
sauvage. On sait qu'elle avait eu, dès son plus bas âge,
une force étonnante de volonté.

Après la mort de Sir Oswald, une sorte de passion
s'était emparée d'elle : l'âpre désir de le venger et de
se venger. Ses lâches ennemis devaient être châtiés. Ils
le seraient ! Elle n'essaya même pas de songer au
pardon. Elle considérait la vengeance comme un devoir,
non-seulement vis-à-vis d'elle-même, mais vis-à-vis du
noble époux qu'elle avait perdu.

Elle avait toujours présents à la pensée, et l'affreuse
nuit dans la tour de Yarborough, et le moment plus
atroce encore où elle avait eu la honte et le désespoir
de voir Sir Oswald la repousser comme une coupable.
Elle méditait sans cesse sur ces cruels souvenirs ; le
temps avait été impuissant à en diminuer l'amertume.
L'amour qu'elle avait pour son enfant n'avait pu parvenir à les chasser de son esprit.

Les jours passaient. La petite fille grandissait en
grâce et en beauté, au ravissement de la mère ; mais, à
côté du visage rose de l'enfant, la sombre figure de
Carrington lui apparaissait encore.

Les gens du comté avaient surveillé de près la conduite de la dame du château.

Ils avaient pu constater que Lady Eversleigh ne
quittait jamais Raynham et qu'elle se dévouait aussi
complétement à son enfant qu'eût pu le faire une simple
paysanne; elle dépensait plus en charités que tous les
Eversleigh passés, bien que cette famille eût toujours
eu une grande réputation de générosité.

On hochait la tête avec doute et mépris quand il était
question de ses vertus.

« C'est un rôle qu'elle joue ! disait-on, elle veut se
faire passer pour une martyre, pour un ange calomnié,
et elle espère reconquérir ainsi son rang et ses priviléges de reine du comté, comme à l'époque où le pauvre
Sir Oswald l'amena au château de Raynham pour la
première fois. »

Voilà ce qu'on pensait et ce qu'on disait, jusqu'au
jour où la nouvelle se répandit que Lady Eversleigh
avait quitté le château de Raynham pour faire un
voyage à l'étranger où elle avait l'intention de se fixer
pendant quelques années.

Cela parut étrange, mais ce qu'il y avait de plus
étrange, c'est que cette mère si tendre n'avait pas emmené son enfant avec elle.

La petite Gertrude, — on lui avait donné le nom de la
mère du défunt baronnet, — restait à Raynham sous la
garde de deux personnes : le capitaine Copplestone, et
une veuve d'une quarantaine d'années, Mme Morden,
femme d'une parfaite honorabilité, qui avait été choisie
comme protectrice et gouvernante de la jeune héritière.

L'enfant assurément ne manquerait pas de soins ;
elle était néanmoins bien jeune encore, — elle n'avait que
deux ans et demi, — pour qu'une mère, qui avait paru

l'aimer avec idolâtrie, l'abandonnât ainsi à des mains étrangères.

Les gens du pays se dirent qu'ils avaient eu bien raison de se défier, et que décidément Lady Eversleigh avait essayé de jouer le rôle de veuve désolée et de mère dévouée, dans l'espoir de ramener à elle l'opinion et de reconquérir l'estime des honnêtes gens ; mais que, voyant la chose impossible, et fatiguée de cette contrainte, elle était partie pour le Continent, afin de pouvoir librement dépenser sa fortune et jouir de la vie.

Voilà ce que le monde disait d'Honoria ; mais s'il avait été donné à ceux qui tenaient ce langage de pénétrer les secrets de cette femme ils auraient découvert toute autre chose que ce qu'ils se figuraient.

Lady Eversleigh quitta le château dans les premiers jours de novembre, accompagnée seulement de Jane.

L'époque était singulièrement choisie pour un voyage sur le Continent, disait-on. Il semblait plus étrange encore qu'une femme riche et de haut rang comme Lady Eversleigh se mît en route sans autres domestiques qu'une seule femme de chambre.

Si l'on avait pu suivre Lady Eversleigh on eût été étonné de trois autres découvertes.

Tandis que la supposition générale faisait voyager la veuve de Sir Oswald vers Paris, Rome ou Naples, au commencement de novembre, deux femmes simplement vêtues prenaient possession d'un modeste appartement dans Percy Street, Tottenham Court Road, à Londres.

L'appartement avait été loué par une dame se faisant appeler Mme Éden, et pour être occupé par elle et sa femme de chambre. Il se composait de deux pièces de réception, avec deux chambres à coucher à l'étage supérieur, et d'un cabinet de toilette contigu à la plus belle des deux chambres.

Le propriétaire de la maison était un commerçant belge retiré, nommé Jacob Mulk, vieux garçon qui s'occupait fort peu du reste de l'univers, tant que son existence à lui s'écoulait paisible.

La maison n'avait d'autre locataire qu'un étudiant en médecine qui occupait un logement au troisième étage. Il y avait une chambre à louer sur le même palier.

Tel était l'état des choses quand Mme Eden et sa femme de chambre vinrent s'établir dans leur appartement.

Quand Mulk entra pour s'assurer que sa nouvelle locataire était satisfaite de l'aménagement, il pensa que de sa vie il n'avait vu une aussi belle femme.

Elle était assise, éclairée par une lampe sans abat-jour. Sa robe noire, d'une coupe sévère, n'était un peu égayée que par un col blanc qui entourait son cou délicat ; sa figure pâle avait une blancheur d'ivoire, que ses grands yeux noirs et ses sourcils bruns et bien arqués faisaient ressortir encore.

Elle se dit complétement satisfaite de tous les arran-ments intérieurs faits à son intention.

« Je suis à Londres pour des affaires importantes, dit-elle, et je ne verrai, par conséquent, que fort peu de monde ; mais j'aurai peut-être de fréquentes entrevues avec des hommes de loi, et j'espère que mes affaires n'exciteront ni la curiosité, ni les commérages, soit dans la maison, soit au dehors. »

Mulk déclara qu'il était l'homme du monde aimant le moins à bavarder, et que ses deux servantes, femmes âgées et de mœurs tranquilles, étaient des modèles de discrétion et de convenance.

Après quoi, il prit congé de sa locataire, jetant sur elle en se retirant un dernier regard.

Elle était dans une attitude qui trahissait une grande préoccupation, elle avait le coude appuyé sur la table, et sa main protégeait ses yeux contre le vif éclat de la lumière.

A cette main délicate et diaphane, Mulk vit des diamants comme on en voit rarement porter par les habitantes de Percy Street. Mulk avait fait le commerce des diamants assez pour juger d'un coup d'œil que les bagues de sa locataire valaient à elles seules une petite fortune.

« Hum ! murmura-t-il, quand il fut installé chez lui dans son grand fauteuil, ces diamants en disent long ! Il y a quelque chose de mystérieux dans l'existence de ma locataire. En tout cas, mon loyer est assuré, c'est toujours une tranquillité ! »

Pendant que le propriétaire se frottait les mains, la locataire, restée seule, laissait des larmes lentes couler le long de ses joues.

« Mon enfant ! murmura-t-elle, ma fille bien-aimée, mon idole ! qu'il est cruel d'être loin de toi ! »

Dès le lendemain matin de son arrivée à Londres, Honoria, ou plutôt Mme Eden, se rendait en fiacre chez un personnage nommé André Larkspur, qui occupait un obscur logement dans Lyon's Inn.

La science des agents de police n'avait pas atteint à cette époque le degré de perfection où elle est arrivée actuellement ; mais alors déjà il existait des hommes qui consacraient leur vie à l'œuvre des investigations privées et à la découverte des secrets et des mystères pouvant intéresser leurs semblables.

André Larkspur était un de ces hommes : c'était un ancien limier de la police de Bow Street, qui maintenant ne travaillait plus que pour les particuliers ; il était renommé pour son habileté et passait pour avoir amassé déjà une assez jolie fortune dans l'exercice de sa mystérieuse profession.

Il n'était pas de ceux qui courent après la clientèle ; il jouissait d'une grande réputation dans un certain monde et il avait toujours largement de quoi occuper son temps. En lettres qui avaient été blanches, on lisait sur la porte du triste logement qu'il occupait au quatrième étage, ces mots :

ANDRÉ LARKSPUR
AGENT D'AFFAIRES.

On verra comment Honoria avait eu connaissance de l'existence de cet homme.

Elle se rendit seule chez lui. Elle s'était trouvée obligée de se confier à Jane dans une assez grande mesure, mais elle ne lui avait dit que ce qu'elle était absolument forcée de lui dire, quant à l'affaire qui l'avait amenée à Londres.

Elle fut assez heureuse pour trouver Larkspur seul et libre de son temps. C'était un petit homme à cheveux gris, d'une soixantaine d'années, tout maigre et tout ridé ; son nez avait la forme d'un bec d'aigle ; ses bras étaient longs et nerveux, et terminés par des pattes crochues qui ressemblaient aux serres d'un oiseau de proie ; Larkspur avait une grande analogie avec un vieux vautour imparfaitement transformé en homme.

Honoria n'éprouva aucune répulsion à son aspect ; elle pensa seulement que c'était bien là l'homme qu'il lui fallait pour la servir.

« J'ai appris, monsieur, lui dit-elle, que vous aviez une grande habileté pour certaines recherches de nature délicate, et je désire m'assurer immédiatement vos services. Êtes-vous libre en ce moment de me consacrer votre temps et votre talent? »

Larkspur ne répondait jamais à la question la plus simple, sans l'avoir retournée dans son esprit et en avoir étudié chaque mot avec soin.

C'était un homme qui avait fait de la prudence la première règle de sa vie, et il regardait tout individu qu'il rencontrait sur son chemin, comme plus ou moins capable de le tromper.

Il mettait son orgueil à n'avoir jamais été dupé.

« Il s'en est peu fallu, cependant, disait-il à ses amis intimes, quand il était d'humeur à se montrer confiant, je n'ai souvent échappé que bien juste au risque d'être bel et bien pris pour dupe. Il y a d'habiles intrigants contre les manœuvres desquels il est difficile de se défendre, mais j'ai l'orgueil de dire qu'aucun de ces coquins n'a jamais eu l'avantage sur moi. Peut-être mon tour viendra-t-il et me ferai-je duper comme un autre quand je serai vieux. »

Avant de répondre à la demande d'Honoria, Larkspur l'examina des pieds à la tête avec des yeux scrutateurs dont une personne ayant quelque chose à cacher eût difficilement soutenu le regard.

Le résultat de cette inspection parut favorable, car Larkspur répondit enfin d'un ton assez gracieux :

« Vous me demandez, madame, si vous pouvez compter sur mes services? Cela dépendra.

— De quoi cela dépendra-t-il?

— D'abord j'ai besoin de savoir si vous pouvez me payer. J'ai en ce moment plus d'affaires que je n'en puis entreprendre, et il m'en arrive toujours, et plus qu'il ne m'est possible d'en accepter.

— Il faut que vous renonciez à toutes les affaires, pour vous dévouer exclusivement à la mienne, dit Honoria.

— Oh! oh! s'écria Larkspur; savez-vous, madame, ce que vaut mon temps? »

Larkspur paraissait positivement offensé à l'idée que quelqu'un pût avoir la prétention de jouir du monopole de ses précieux services.

« C'est une question dont je ne m'inquiète pas, répondit Honoria. L'œuvre pour laquelle j'ai besoin de vous devra probablement vous absorber tout entier. Je suis disposée à payer généreusement vos services, et je vous laisse libre de faire vous-même vos conditions. Votre honorabilité comme homme d'affaires m'est un garant que vos prétentions ne seront point exorbitantes, et j'y accéderai sans discussion.

— Hum! murmura le soupçonneux limier, voilà qui est peut-être un peu trop libéral! Je suis un vieux renard, madame, et j'ai pu observer que ceux qui font les plus belles promesses avant, sont parfois les moins disposés à les tenir après.

— Si vous avez été trompé par de malhonnêtes gens, et que vous ayez assez peu de pénétration pour me confondre avec eux, je n'ai plus qu'à me retirer, monsieur; je vous salue. »

Elle se leva et se disposait à sortir. Larkspur commença à penser qu'il avait été trop prudent, et que cette dame, malgré la simplicité de sa mise, pouvait être une très-bonne cliente.

« Veuillez m'excuser, madame, dit-il; mais, voyez-vous, la nature des affaires dont je m'occupe rend un homme méfiant. Je ne demande pas mieux que d'être exclusivement à vous et d'avoir l'esprit occupé d'une seule affaire, au lieu de tant d'intérêts divers qui me trottent dans le cerveau. Mais vous rendez-vous un compte exact du sacrifice que vous exigez de moi? Je suis sûr que vous allez ouvrir de grands yeux si je vous dis que mon travail et ce que vous appelez mon talent, me rapportent près de seize livres par semaine, c'est-à-dire, entendez-moi bien, une somme d'environ huit cents livres par an. »

A la grande surprise de Larkspur, la dame n'ouvrit pas de grands yeux à cette déclaration.

« Eh bien! si votre profession vous donne huit cents livres par an, répliqua-t-elle tranquillement, je vous donnerai vingt livres par semaine, ce qui vous fera par an mille quarante livres. »

L'étonnement de Larkspur fut encore plus grand cette fois, mais il fut assez maître de lui pour ne pas le trahir par le moindre signe extérieur.

Il avait devant lui une femme dont l'esprit n'était pas ordinaire et dont l'arithmétique était irréprochable.

« Hum! murmura-t-il, trop prudent pour montrer trop d'empressement à accepter une offre avantageuse, mille livres par an sont un beau denier; mais combien de temps cela doit-il durer? Si j'abandonne mes affaires, mon cabinet perdra toute sa clientèle, et que deviendrai-je quand vous n'aurez plus besoin de moi?

— Je m'engagerai, en tout état de cause, à vous payer une année d'appointements.

— Cela ne peut suffire, madame, il me faudrait un engagement de trois années.

— Soit! dit Honoria, l'affaire pourra bien vous prendre trois ans, et, si vous l'avez achevée plus tôt, ce sera tant mieux pour vous.... et pour moi. »

Larkspur regrettait de n'avoir pas demandé six ans.

« Acceptez-vous ces conditions? demanda Honoria.

— Allons! reprit-il, avec une affectation d'indifférence, je crois pouvoir accepter ces conditions. Quant aux termes et au mode de payement?...

— Vous serez payé par mois et d'avance, dit Honoria, et, si vous avez besoin de garanties pour l'avenir, je vous adresserai à mes banquiers. Mon nom est Mme Eden, Harriett Eden, et mes banquiers sont MM. Coutts. »

L'agent de police se frotta les mains avec un air de satisfaction.

« Voilà ce qui s'appelle traiter largement et ronde- ment les affaires! s'écria Larkspur, joyeux. Et quand aurez-vous besoin de mes services, madame Eden?

— Tout de suite. Il y a un appartement vacant dans la maison que j'habite, je voudrais que vous vinssiez vous y établir, de manière à ce que je vous eusse sous la main quand j'aurais une communication à vous faire. Est-ce possible?

— Dame! oui, c'est certainement possible; seule- ment...

— Je paierai ce qu'il faudra.

— A la bonne heure! parce que, voyez-vous, madame, à mon âge, il en coûte toujours un peu de changer ses habitudes.

— Bien! la maison en question est au numéro 90 de Percy Street, Tottenham Court Road. »

La surprise de Larkspur fut grande; comment une femme en état de payer à si haut prix ses services pou- vait-elle demeurer dans un quartier si modeste?

« Pouvez-vous venir vous installer dès demain? de- manda Honoria.

— Oh! madame, il faut que vous consentiez à m'accorder huit jours. J'ai à terminer quelques opérations et à confier les intérêts de mes clients à un de mes collègues. J'ai entre les mains des affaires qui pouvaient m'être très-profitables, je vous assure. Il y en a une, entre autres, qui m'aurait rapporté une assez grosse somme si j'avais pu la mener à fin. »

L'homme de police feuilletait, tout en parlant, son livre, un gros registre sur lequel les entrées étaient inscrites d'une écriture particulière, avec des marques et des annotations à l'encre bleue ou rouge. Larkspur mit le doigt sur une page plus chargée que les autres.

« Tenez, dit-il, voici l'affaire dont je vous parlais :
« Cinq cents livres pour la découverte de l'assassin ou des assassins de Valentin Jernam, capitaine et propriétaire du *Pizarre*, dont le corps a été trouvé dans la rivière au-dessous de Wapping, le 3 avril 1836. » C'est une étrange affaire et que je n'ai jamais eu le loisir d'étudier à fond. »

En ce moment, Larkspur leva les yeux sur sa cliente. Elle était d'une pâleur mortelle.

« Connaissiez-vous le capitaine Jernam ? lui demanda-t-il.

— Non... oui... Je l'ai fort peu connu, répondit Honoria, luttant contre son émotion. Mais l'idée qu'il a été assassiné ne m'en est pas moins très-cruelle.... Et, dites-moi, croyez-vous pouvoir découvrir le secret de ce crime effroyable ?

— Je n'en sais trop rien, dit Larkspur. En général, lorsqu'il a passé trop de temps sur ces sortes d'affaires, le crime ne se découvre plus guère que par l'effet du hasard, quand il se découvre. Il y a des cas où le secret n'est jamais pénétré. Mais ces cas sont rares. Un homme

de ma profession doit toujours avoir l'œil ouvert sur
les faits accidentels. Voyez-vous ces annotations à l'encre
rouge ou bleue? L'encre rouge indique les faits clairs
et positifs, l'encre bleue les faits douteux et obscurs ; et
vous voyez qu'ici les annotations à l'encre bleue sont
de beaucoup les plus nombreuses. L'affaire est obscure,
très-obscure. »

Honoria, pendant que Larkspur parlait, pouvait voir,
par-dessus son épaule, sur le registre étalé devant lui,
et elle lisait, çà et là, les passages qu'il indiquait :

« *Vu au* JOYEUX LOUP DE MER, *grande route de*
« *Ratcliff, cabaret de bas étage, fréquenté par les ma-*
« *rins. Vu avec deux hommes, Denis Wayman, pro-*
« *priétaire du* JOYEUX LOUP DE MER, *et un individu*
« *appelé Milson ou Milsom. Ce Milson ou Milsom,*
« *disparu. On croit qu'il a été déporté. Mais alors ce*
« *ne serait pas sous son nom. Aucune nouvelle de*
« *lui venant des établissements pénitentiaires d'outre-*
« *mer... »*

Un peu plus bas, cette autre annotation frappa les
yeux d'Honoria, comme si elle eût été tracée en lettres
de feu :

« *... Valentin Jernam était amoureux d'une fille*
« *qui chantait à la taverne du* JOYEUX LOUP DE MER. *Il*
« *est à supposer qu'il aura été attiré dans le lieu in-*
« *connu où il a trouvé la mort à l'aide de cette fille.*
« *Le signalement de la chanteuse lui donne environ*
« *dix-sept ans. Elle est très-belle ; des yeux et des*
« *cheveux noirs... »*

Larkspur ferma le registre avant que Lady Eversleigh eût pu en lire davantage. Honoria retomba assise dans son fauteuil, morne, les yeux comme égarés dans la nuit des terreurs et des horreurs de sa première jeunesse. Larkspur continua, sans s'en apercevoir :

« Vous me permettrez, n'est-ce pas, madame, de ne pas renoncer tout à fait à suivre cette ténébreuse affaire? Cinq cents livres de récompense valent bien la peine qu'on s'efforce de les gagner. J'ai dans l'idée, que tôt ou tard, je mettrai la main sur l'assassin de Valentin Jernam.

— Qui offre cette récompense? demanda Honoria.

— Le gouvernement offre cent livres, George Jernam, quatre cents.

— Qu'est-ce que George Jernam?

— Le frère cadet du capitaine. Il est lui-même capitaine dans la marine marchande, propriétaire de plusieurs navires, et fort riche, à ce que je suppose. Il est venu ici accompagné d'un singulier homme, un nommé Harker, une sorte de commis, qui semble très-attaché à la victime.

— Oui... oui... je sais; » murmura Honoria.

Son émotion avait été si terrible en entendant prononcer le nom de Jernam qu'elle avait perdu toute présence d'esprit.

« Vous connaissez le commis bossu? demanda Larkspur étonné.

— J'ai entendu parler de lui, » balbutia-t-elle.

Il y eut un moment de silence, pendant lequel Lady Eversleigh reprit quelque peu son sang-froid.

« Je puis vous donner, dès aujourd'hui, vos premières instructions, dit-elle, et je vais vous signer un chèque pour le montant du premier mois de vos services. »

Larkspur s'empressa de donner à sa cliente de l'encre et une plume. Elle tira de sa poche un livre de chèques et en remplit un pour la somme de quatre-vingts livres à l'ordre d'André Larkspur.

Ce chèque fut signé : « Harriett Eden. »

« Quand vous présenterez ce chèque, vous pourrez acquérir la certitude que les paiements futurs sont assurés, » dit-elle.

Elle tendit le billet à Larkspur, qui y jeta un coup d'œil indifférent, et le glissa négligemment dans la poche de son gilet.

« Et maintenant, madame, je suis prêt à recevoir vos instructions.

— Je dois vous prier d'abord, dit Honoria, de ne jamais chercher à pénétrer les motifs qui me font agir, quelque chose que je puisse vous demander.

— C'est entendu, madame. Je n'ai rien à voir dans la conduite de mes clients, et je ne m'en inquiète point.

— Bien! l'affaire pour laquelle je réclame votre concours est très-étrange. Mais, quoi que je fasse, quelque mystérieuses que vous paraissent mes actions, soyez convaincu qu'elles ont un but sérieux et louable, et qu'indifférentes peut-être en apparence, elles tendent toutes vers ce but.

— Je ne fais et je ne vous ferai jamais de questions, madame.

— Et vous me servirez fidèlement et aveuglément?

— Oui, madame, fidèlement et aveuglément.

— Bien! je m'en rapporte à votre parole. Maintenant, voici, en peu de mots, ce que je réclame de vous : Il y a deux hommes que je veux faire surveiller. Je veux connaître chacune de leurs actions, chacune de leurs paroles, chacune de leurs pensées. Je veux, invisible, être le témoin de leur vie intérieure, l'hôte des maisons qu'ils fréquentent. Je veux être toujours avec eux et les suivre pas à pas, quelque tortueuse et sombre que soit leur route. Voilà ce que je veux. Mais je suis femme, et ma liberté d'action serait arrêtée par mille convenances et mille obstacles... Commencez-vous à comprendre pourquoi j'ai besoin de vous?

— Oui, madame.

— Monsieur Larkspur, j'ai besoin que vous vous fassiez l'ombre de ces deux hommes, que vous soyez sur leurs pas en quelque endroit qu'ils aillent, tantôt sous un déguisement, tantôt sous un autre. Il ne faut pas qu'ils échappent à votre observation, la nuit comme le jour. C'est là peut-être une tâche difficile ; la trouvez-vous impossible?

— Impossible, madame? pas le moins du monde! Vous ne savez pas ce que les vieux limiers de Bow Street peuvent faire quand ils sont sûrs de leur argent. Vous n'avez qu'à me donner le nom et le signalement des deux hommes que j'ai à surveiller. Rapportez-vous-en à moi pour le reste.

— L'un de ces deux hommes est Sir Reginald Eversleigh, un baronnet, mais pourvu d'une très-mince fortune. Il est garçon. Il habite un logement dans Villiers Street. J'ai tout sujet de penser qu'il mène une vie dissipée ; c'est un joueur, un libertin, un hypocrite, un méchant !

— Bon ! dit Larkspur qui prenait des notes à la hâte sur son agenda graisseux.

— Le second de ces deux hommes est un médecin nommé Victor Carrington, d'origine prussienne ; mais il s'est fait Anglais de langage et de manières ; il habite l'Angleterre depuis son enfance. Ces deux hommes sont amis et associés. En surveillant les actions de l'un, vous ne pouvez manquer d'être renseigné sur l'autre.

— Il suffit, madame. Vous pouvez être tranquille. A partir de demain, ces deux hommes croiront toujours n'être que deux ; ils seront trois. »

Larkspur accompagna Honoria jusqu'à la porte de son logement, mais la laissa descendre son escalier obscur du mieux qu'il lui fut possible.

XVI

ATTENTE ET VEILLE

George, le frère cadet du capitaine Valentin Jernam, avait couru les mers pendant cinq ans, depuis l'assassinat du brave et généreux marin.

La fortune avait souri au capitaine George Jernam, et dans toute la marine marchande on comptait peu d'hommes plus riches que le propriétaire du *Pizarre*, du *Petrel* et de l'*Albatros*.

Avec ces trois navires constamment à flot, George était sur le grand chemin de la fortune.

Cependant la mystérieuse catastrophe de la mort de son frère lui avait ôté pendant quelque temps toute la joie du succès. Il avait renoncé à caresser en rêve la douce vision d'une heureuse retraite en Angleterre. Cette perspective, peut-être, n'avait jamais été absolument du goût de George ; mais il se serait fait un reproche d'y songer maintenant que le *bon vieux Val*, comme il appelait autrefois son frère, ne serait plus là pour partager les joies de ce repos si bien gagné. Lorsque Joseph Harker lui apprit la déplorable fin de Valentin, George, se raidissant contre son chagrin, se rejeta plus ardemment que jamais dans la vie active, comme le font, heureusement pour eux, les hommes bien trempés aux prises avec les vicissitudes de cette triste vie. Il y eut aussi, d'abord, chez George, contre les assassins de son frère, un violent désir de vengeance, presque aussi violent que celui qui s'était révélé et qui persistait chez Harker. Mais la nature de ces deux hommes était entièrement différente. George n'avait ni la persévérance de volonté, ni la patience dans la colère de l'ami et du protégé de son frère, et la tâche lente et ardue à laquelle Harker avait consacré sa vie, eût été chose antipathique et même impossible au caractère expansif et impétueux du capitaine.

Il avait répondu chaleureusement aux lettres de Harker; il ne s'était pas borné à sanctionner tout ce qu'il avait fait, il avait pris pour son compte l'argent promis à l'homme de police chargé par Harker des recherches relatives à la mort de Valentin ; il attendait chacune de ses communications avec un poignant intérêt, et, chaque fois qu'il touchait à terre ou qu'il recevait des lettres, il éprouvait toujours aussi cruelle la même douleur qu'il avait ressentie à la première nouvelle de l'assassinat.

Toutefois, dans la vie pleine d'aventures et d'incidents du marin, le temps amena, non l'oubli, mais un souvenir moins présent et moins pénible de la triste fin de son frère. Il arriva aussi à considérer le but auquel Harker avait voué sa vie, comme une pure illusion. Homme pratique dans son genre, George n'avait que des idées très-vagues sur la justice criminelle; sa confiance dans la science des hommes de police fut assez vite ébranlée, et il abandonna presque entièrement l'espoir de voir le mystère de la mort de Valentin découvert.

George ne s'était trouvé qu'une seule fois avec Harker depuis l'assassinat. Ayant un chargement à débarquer à Hambourg, il y avait donné rendez-vous à l'ami de son frère. Là, les deux hommes avaient causé de tout ce qui avait été vainement tenté et de tout ce qui restait à faire. Harker gardait l'espérance constante du succès. Il n'avait cependant jamais pu appuyer ses soupçons contre Milsom par la moindre preuve. D'infatigables recherches avaient été faites pour retrouver le vieil aveugle, qu'on disait le grand-père de la jeune chanteuse ; mais elles étaient restées à peu près infructueuses. Tout ce qu'on avait pu savoir sur lui, c'est qu'il était mort à l'hôpital dans une ville de province du Nord, que la jeune fille avait quitté cette ville, et qu'on n'en avait plus entendu parler. Quant à Milsom, on l'avait perdu de vue : on soupçonnait qu'il avait été condamné sous un autre nom que le sien et envoyé au-delà des mers ; mais tous les efforts de l'infatigable chercheur n'avaient pas réussi à le convaincre de la participation de Milsom au meurtre de Valentin. Ses investigations patientes et son attention à écouter silencieusement tout ce qui se disait autour de lui, ne lui avaient apporté non plus aucun témoignage concluant en ce qui concernait Wayman ; il n'avait même pas obtenu d'indice sur un fait qui lui paraissait pourtant certain : à savoir que Valentin Jernam était revenu à la taverne du *Joyeux Loup de Mer* le jour de sa mort.

Quand l'inutilité de ses recherches sur ce point fut devenue évidente pour Harker, il quitta le logement

qu'il avait pris dans la maison de Wayman pour aller
s'établir dans un modeste appartement de Poplar. Là
il pouvait s'occuper plus activement des intérêts de
George; mais il ne discontinua pas pour cela ses relations avec l'agent de police qu'il avait chargé d'épier
et d'atteindre les meurtriers de Valentin. On sait que
cet agent n'était autre que Larkspur.

Une des premières lettres que George avait adressées
à Harker, après la mort de Valentin, renfermait les
instructions les plus pressantes au sujet de la vieille
tante à qui les deux frères avaient eu tant d'obligations
dans leur enfance : George priait Harker d'aller lui faire
visite et de lui envoyer des nouvelles.

« Je devais moi-même, » écrivait George, « aller voir
« cette bonne vieille parente, dès que j'aurais embrassé
« mon pauvre Valentin; mais Dieu ne m'a permis ni
« l'une ni l'autre de ces joies. »

Harker se rendit donc au petit village d'Allanbay et
se présenta chez la vieille dame. Elle était bien changée
depuis qu'elle avait reçu, dans sa jolie et gaie habitation, la visite de son neveu Valentin; la mort tragique
et prématurée du capitaine l'avait profondément affligée
et indignée. La détermination exprimée par Harker de
tirer vengeance des assassins trouva un écho dans le
cœur de la pauvre femme. Une mutuelle et profonde
sympathie s'établit entre ces deux êtres; et quand son
visiteur la quitta, après avoir rempli les généreuses
intentions de George, Susan Jernam serra chaleureusement la main du bossu et l'invita à venir passer à son cottage tout le temps dont il pourrait disposer.

« Je me rends pourtant compte, monsieur Harker, lui dit-elle, que ma société n'est pas bien agréable ; car je ne sais pas parler d'autre chose que de George et de mon pauvre Valentin.

— Et je ne me soucie pas de parler d'autre chose, madame Jernam, dit Harker. Vous voyez donc que nous sommes faits pour nous entendre. »

C'est ainsi qu'un nouveau lien se forma entre George et Harker, par la seule parente qui restât au capitaine, et Joseph avait déjà fait trois visites dans ce petit village, au bord de la mer, où s'était écoulée l'enfance de son ami mort et de son patron actuel, avant que George eut remis le pied sur le sol de la vieille Angleterre.

Quand cette rencontre si longtemps différée, finit par avoir lieu, l'assassinat de Valentin était plus mystérieux et entouré de plus de ténèbres que cinq ans auparavant, et Larkspur n'avait pas fait un pas vers une solution. Il avait été obligé de convenir qu'il n'avait pas trouvé la bonne piste et il se voyait forcé d'avouer qu'il commençait à désespérer. Le disparition de Milsom de la société des voleurs qu'il fréquentait, fut une manière d'expliquer pour Laskspur, l'absence de tout nouvel indice sur la destinée de Valentin, et l'astucieux agent n'y vit que la confirmation de la conviction qui avait résulté depuis longtemps de ses conversations avec Harker, c'est que le misérable Milsom était le coupable. Il n'y avait, dans cette hypothèse, rien à faire qu'à attendre que ce digne personnage eût fini son temps et revînt à la mère patrie, pour reprendre des recherches qui bien qu'infructueuses jusqu'alors, pourraient peut-être à son retour jeter un nouveau jour sur l'affaire.

Tel était l'état des choses, quand le capitaine Dun-

combe acheta la maison qui avait été si peu favorisée
sous le rapport des habitants, d'abord dans la personne
du vieux Screwton, l'avare, et en second lieu dans celle
de Milsom. Harker avait eu connaissance de cette acqui-
sition et avait surveillé avec quelque intérêt la transformation de la sombre et triste masure, en une riante
et confortable demeure. S'il avait su que là s'étaient
passées les dernières heures de la vie de son maître
bien aimé, comme il aurait regardé ces travaux avec
d'autres yeux! Mais, bien que l'ancienne habitation de
Milsom exerçât sur lui une sorte d'attraction, il était
loin de supposer que ses murs gardaient le secret qu'il
avait si longtemps et si inutilement cherché.

Le nouveau propriétaire de la maison du bord de
l'eau connaissait Harker et avait pour lui une grande
estime. Duncombe et le commis de Valentin n'avaient
pas entre eux grande communauté de goûts, de manières et d'idées; mais Duncombe aimait beaucoup
George; il se trouvait en Angleterre au moment de
l'assassinat de Valentin, et il avait su le rôle actif et
dévoué qu'avait joué Harker. Il aimait à causer avec
Harker de l'état prospère des affaires de George, de
sa générosité, du commerce maritime en général que
les deux hommes déclaraient d'un commun accord s'en
aller à tous les diables, et enfin des projets et des espérances d'avenir de Duncombe concernant sa fille.

Harker avait eu occasion, à plusieurs reprises, de voir
Rosemonde, mais sans lui accorder une grande attention. Joseph n'était pas un être bien séduisant, et Rosemonde, de son côté, ne voyait en lui que le plus laid
des amis de son père. Joseph venait, sinon très-souvent,
du moins très-librement à la maison du bord de l'eau,
et des rapports de confiance et de bonne amitié s'étaient

établis entre le vieux marin et l'habile et honnête commis.

Duncombe se garda de faire mention en présence de Harker de l'apparition du fantôme du vieux Screwton. Duncombe, à dire vrai, était un peu honteux de sa crédulité dans cette affaire; il était convaincu qu'il avait été la dupe d'une mystification ; il riait, à part lui, du mauvais plaisant qui, en fin de compte, avait laissé tomber et perdre une pièce d'or d'une certaine valeur, mais il se souciait peu de s'exposer au ridicule en divulguant l'aventure, et le bon mais impérieux capitaine avait rendu un ukase qui ordonnait chez lui le silence sur ce point. Et Rosemonde, aussi bien que Susan, avaient observé cette loi du silence, l'une par affection, l'autre par respect.

Harker, de son côté, n'avait jamais parlé au capitaine de l'identité présumée du précédent habitant de sa maison avec celui que lui, Harker, supposait être l'assassin de Valentin.

« Il est assez désagréable de vivre dans une maison qui passe pour être hantée, se disait Harker, sans que j'aille encore apprendre au brave capitaine que l'homme qui a occupé le cottage avant lui est certainement un galérien et, selon toute probabilité, un assassin. »

XVII

SOCIÉTÉ DOUTEUSE

Carrington habitait toujours sa petite maison, à l'extrême limite de Londres. Ayant pour seule société sa mère, il menait là une vie simple et studieuse, en apparence la plus estimable du monde.

Les quelques voisins de ce logis écarté ne savaient rien de la vie intime de ses habitants, sinon que de toutes les maisons du voisinage celle-ci était la plus tranquille. Seulement, la nuit venue, on pouvait voir toujours une vive lumière dans une des chambres de l'étage supérieur, et une fumée bleuâtre qui s'échappait à gros flocons de l'une des cheminées.

Les voisins en avaient fait le sujet de leurs conversations et l'on était arrivé à découvrir que cette fumée provenait de la cheminée du laboratoire de Carrington où le médecin prolongeait fréquemment ses veilles longtemps après minuit, tout occupé qu'il était d'expériences chimiques.

La nature de ces expériences n'était connue de personne. Les quelques voisins qui avaient jamais conversé avec le médecin prussien l'avaient entendu déclarer qu'il étudiait les mystères de l'électricité. On supposait donc généralement que toutes ses expériences se rattachaient à cette science merveilleuse.

Personne ne supçonnait rien de mal de la part d'un

jeune homme dont la vie était si sobre, si respectable, si laborieuse, et qui se rendait tous les dimanches à la petite église catholique en donnant le bras à sa mère.

Ceux qui connaissaient réellement Carrington, savaient qu'il n'avait pas la plus légère croyance en Dieu et qu'il se riait des terreurs qu'inspirent les vengeances célestes, terreurs suffisantes parfois pour retenir les criminels les plus endurcis. C'était un mécréant, sans une de ces qualités naturelles qui rachètent, jusqu'à un certain point, ce qu'il y a de plus mauvais dans l'humanité. C'était un être sans conscience et sans cœur.

Et pourtant il avait l'air du plus respectueux et du plus dévoué des fils. Se pouvait-il que l'amour filial trouvât place dans une âme aussi perdue que la sienne ? Ce problème était difficile à résoudre.

Carrington était ambitieux et pour atteindre le but de son ambition, il n'hésitait pas à se plonger dans le crime. Mais il était en même temps prudent et calculateur, et il savait que pour commettre le crime avec impunité il fallait se faire une vie qui échappe au soupçon.

Il savait qu'un fils dévoué et affectueux est toujours respecté par les honnêtes gens, et il avait étudié de trop près la nature humaine pour ne pas savoir que le nombre des braves gens en ce monde est heureusement supérieur à celui des méchants, quelle que soit la perversité qu'on puisse rencontrer chez quelques personnes.

Le monde est aisément aveuglé, et ceux qui étaient témoins de la vie du jeune médecin, étaient prêts à déclarer qu'il n'y avait pas de jeune homme plus méritant.

Son hommage rendu à la vertu reçut sa récompense : les malades vinrent à lui sans qu'il les eût cherchés, et, à l'époque de l'arrivée d'Honoria à Londres, il avait déjà une petite clientèle assez productive. L'argent qu'il gagnait ainsi lui suffisait pour vivre, et il mettait de côté tout ce qu'il gagnait avec sa plume dans les journaux de médecine.

Une somme, à un moment donné, peut devenir nécessaire, et il se refusait tout plaisir et tout luxe pour pouvoir s'assurer cette indispensable réserve.

Mathilde Carrington était une de ces femmes tranquilles qui semblent ne prendre aucun intérêt au monde qui les entoure, et vivre très-heureuses sans les plaisirs qui font la joie des autres femmes. Elle vivait absolument seule sans une servante ou une amie, et elle voyait fort peu son fils, dont l'existence était presque complétement absorbée par les travaux nocturnes de son laboratoire et la pratique de sa profession médicale.

Sa vie était par conséquent une longue solitude, et sauf la société de ses oiseaux et de deux chats angoras, elle eût été presque aussi seule qu'une prisonnière dans son cachot.

Un seul visiteur était assidu dans la maison, c'était l'autre complice, celui qui laissait faire, c'était Reginald. Le jeune baronnet vivait fort mal de son maigre revenu; comme il n'avait abandonné ni ses anciennes habitudes, ni ses anciens vices, il ne comptait ce revenu que comme le moyen de ne pas mourir de faim.

Il menait une existence triste et singulière; il occupait un petit appartement dans une rue touchant au Strand; mais il passait la plus grande partie de son temps dans une maison au bord de la Tamise, une maison bâtie au milieu de grands terrains vagues, et qui se trouvait située entre Chelsea et Fulham.

La maîtresse de cette maison, dont la véritable posi-

tion dans le monde était peu connue, se disait d'origine
autrichienne et veuve d'un officier autrichien. Son
nom était Pauline Durski. Elle avait dit adieu à la fraîcheur du premier âge, et elle paraissait avoir au moins
trente ans ; mais elle avait une de ces beautés brillantes
qui peuvent se passer des charmes de la jeunesse. C'é-
tait une grande et imposante créature. Ses admirateurs
la comparaient à un grand lys droit et fier ; elle en avait
la noblesse et la grâce.

Elle était blanche, d'une blancheur de neige ; elle
avait d'épais cheveux blonds, d'une teinte fauve, séparés
en bandeaux ondulés sur un front large et pur qui
donnaient à son visage un air d'indicible innocence.

A cette beauté rare et parfaite, il ne manquait qu'une
chose, l'expression : dans ce marbre superbe on regrettait la vie. Les yeux étaient pleins d'éclat, mais le
regard était sans flamme ; les lèvres étaient d'un mo-
delé admirable, mais le sourire était froid et factice.

Hilton House, c'était le nom de la villa de Mme Durski,
avait d'abord appartenu à un personnage de la noblesse,
qui s'était ruiné, puis à un spéculateur qui avait fait
faillite. La maison resta longtemps sans locataire. Elle
était trop dispendieuse pour les uns, trop isolée pour
les autres. Quand Mme Durski la vit et la trouva à sa
convenance, elle put la louer à un prix raisonnable. Les
jardins et la maison même avaient été fort négligés ;
les arbustes rares du jardin avaient poussé en feuilles
et les décorations intérieures avaient été détériorées par
l'humidité.

Mme Durski vivait sur un grand pied, mais il fut
bientôt évident qu'il lui arrivait souvent d'être à court
d'argent. Son mobilier arriva de Paris et ses gens venaient également de la capitale des capitales ; sa maison

était celle d'une princesse, mais d'une princesse qui connaissait la gêne.

Elle avait un courrier espagnol, un certain Carlos Toas, être bizarre et silencieux dont les allures solennelles eussent été mieux à leur place à la cour de Philippe II. Après lui, le personnage le plus important, était une vieille femme de chambre hongroise nommée Sophie Elser. Il y avait encore trois autres domestiques, tous étrangers et paraissant dévoués à leur maîtresse.

Le mobilier était ancien; il était très-beau et d'un grand prix, mais il avait vu de meilleurs jours; les tentures étaient quelque peu fanées; les porcelaines, la vaisselle, les bronzes, les bibelots, tout cela était loin d'être intact, et l'argenterie était fort restreinte.

L'existence de Pauline était de nature à exciter la curiosité des quelques voisins qui avaient occasion d'observer son genre de vie.

La belle veuve ne voyait qu'une seule femme; et c'était une humble amie qui habitait avec elle, une Anglaise qui vivait de la charité de la belle Pauline.

Cette personne ne la quittait jamais; elle lui était aussi fidèle que son ombre.

La vie de Mme Durski et de son indispensable compagne était d'une singulière monotonie. Pauline sortait rarement de son appartement avant six heures du soir; elle dînait dans un petit cabinet, toujours seule avec Mlle Brewer; après quoi, elle rentrait chez elle pour faire longuement sa toilette.

De son côté, Mlle Brewer se retirait dans sa chambre, à l'étage supérieur, où elle s'habillait de son invariable robe de velours noir.

Elle n'avait jamais été vue par les visiteurs de Hilton House autrement que dans cette toilette fanée. Son

âge variait entre trente et quarante ans. Elle pouvait
avoir eu quelque prétention à la beauté, mais son visage
était passé et fatigué, et il y avait quelque chose de dur
et d'avide dans ses petits yeux d'une nuance indécise, qui
paraissaient tantôt jaunes, tantôt bruns, tantôt gris.

Hilton House était absolument morne et désert tout
le long de la journée; pas un seul visiteur ne soulevait
une seule fois le marteau de la porte.

Mais, la nuit venue, tout changeait d'aspect : des lumières brillaient à toutes les croisées, les sons de la
musique emplissaient l'air, toute une procession de voitures, depuis les aristocratiques huit-ressorts jusqu'aux
modestes cabs, faisaient défiler devant le péristyle leurs
lanternes multicolores.

Les hôtes de Mme Durski étaient tous des hommes;
mais ils témoignaient à la maîtresse de la maison autant
d'égards que si elle eût été entourée de femmes du plus
haut rang. Ceux qui observaient les faits et gestes de
la belle veuve avaient lieu de se demander quel charme
attirait constamment chez elle ces nombreux visiteurs,
et sa réputation eut quelque peu à en souffrir; mais le
secret ne sortait pas du cercle des habitués de ces réunions nocturnes.

La grande attraction qui amenait là tout ce monde
fastueux et brillant, c'était le jeu. La belle Pauline ouvrait à ses hôtes trois spacieux salons. Dans le premier
salon, il y avait un piano, et c'était là que Pauline était
assise avec son éternelle Lucie Brewer; dans le second
salon étaient disposées de petites tables couvertes de
velours vert et consacrées aux parties de whist et d'é-
carté; le troisième et le plus reculé des trois salons
était beaucoup plus vaste que les deux autres, et là
était installée une table de roulette.

La porte de ce salon était cachée par une tapisserie qui semblait couvrir exactement toute la muraille; pour surcroît de précaution, un grand et lourd tableau achevait de faire invraisemblable à cet endroit toute porte et toute issue; mais un ressort poussé, le tableau tournait, la muraille s'ouvrait.

Ce salon intérieur n'avait pas de fenêtres : il ne servait jamais en plein jour. C'était une chambre secrète pratiquée au centre de la maison, et un architecte ou le plus madré des agents de police aurait pu seul en soupçonner l'existence. Les murs étaient tendus de drap rouge, et cette pièce était désignée sous le nom de Salon rouge. Les domestiques avaient ordre de ne pas laisser échapper un indice, une allusion sur le Salon rouge dans leurs conversations avec les gens du voisinage, et ils étaient trop intéressés au secret pour ne pas le garder.

Les lois anglaises interdisent le jeu de rouge et noir. Toutes ces précautions étaient donc nécessaires pour assurer la tranquilité des hôtes de Mme Durski.

Pauline ne jouait jamais; elle restait quelquefois avec Mlle Brewer assise dans le premier salon, silencieuse et absorbée dans ses pensées, pendant que ses visiteurs faisaient rouler l'or et les banknotes dans les deux autres pièces; quelquefois elle se mettait au piano et jouait des sonates ou chantait des romances pendant une heure; puis elle se promenait au milieu des joueurs, s'arrêtant parfois derrière la chaise de l'un d'eux pendant quelques instants, pour regarder ses cartes et suivre son jeu.

Reginald était le visiteur le plus assidu de la maison. Tous les soirs, il arrivait à Hilton House en voiture de place, et il arrivait généralement le premier pour se retirer le dernier.

Il était aussi à remarquer que presque tous les hommes qui se réunissaient dans les salons de Hilton House étaient des amis ou des connaissances de Reginald.

C'était lui qui les avait présentés à la belle veuve, c'était lui qui les pressait de revenir chaque soir.

* * * * *

Les relations entre Reginald et Pauline n'étaient pas de date récente.

Immédiatement après la mort de Sir Oswald, Reginald avait quitté Londres, humilié de sa pauvreté, avide de chercher l'oubli ; il se rendit à Paris, dont il s'était tenu éloigné depuis la mort de Marie Godwin.

Il connaissait surtout de Paris le monde où l'on s'amuse. Il se jeta à corps perdu dans le tourbillon des plaisirs. S'il eût été riche, cette vie eût pu durer quelque temps ; mais sans argent un homme compte pour fort peu de chose dans le cercle où se complaisait Reginald. Il avait beau cacher avec soin le secret du chiffre de sa fortune, on eut bien vite flairé qu'il n'était pas, qu'il n'était plus riche.

C'est à l'Opéra qu'il vit Pauline pour la première fois. Elle occupait une petite loge, vêtue d'une robe blanche d'une élégante simplicité, un camélia dans les cheveux pour toute coiffure. Lucie Brower, assise comme toujours dans l'ombre auprès d'elle, lui servait de repoussoir.

Reginald entra à l'orchestre avec un jeune élégant, qui comme lui avait perdu sa jeunesse, sa réputation et sa fortune. Ils prirent possession de leurs stalles, et s'amusèrent pendant les entr'actes à faire l'inspection de la salle.

Hector de Léonec savait les noms de toutes les personnes qui occupaient les loges.

« Tenez, voyez-vous cette belle femme blonde, avec un camélia dans les cheveux ? dit-il à Reginald : c'est Mme Durski, la jeune et riche veuve d'un officier autrichien, une des beautés célèbres de Paris.

— Une beauté un peu froide ! dit Reginald.

— Attendez pour la juger que vous l'ayez vue animée, reprit Hector. Si vous voulez, nous irons tout à l'heure dans sa loge. »

Quand le rideau tomba, les deux jeunes gens se rendirent à la loge de Mme Durski.

Elle les reçut avec courtoisie, et Reginald dut convenir qu'elle ne manquait ni de grâce ni d'intelligence. Elle avait les façons du plus grand monde.

Comment se faisait-il qu'il n'y eût auprès d'elle que cette petite Anglaise en robe de velours noir ?

Reginald et Hector l'accompagnèrent chez elle, rue du Faubourg-Saint-Honoré ; là, le baronnet trouva qu'on jouait plus gros jeu que dans aucune maison particulière présidée par une femme. La belle veuve prenait place dans ce temps-là à la table de roulette, et Reginald en découvrit assez pour être tout de suite éclairé sur son véritable caractère ; il vit que chez cette femme l'amour du jeu était une passion, une passion profonde et absorbante ; il vit ses yeux, si calmes au repos, s'illuminer d'une ardeur sombre ; il vit ses joues de neige se colorer du feu de la fièvre.

A dater de cette nuit, Reginald revint chaque soir dans les salons de la belle veuve.

Il y rencontrait des hommes riches et des joueurs effrénés ; mais il en rencontrait peu dont on pût espérer faire aisément des dupes. Ni sa science ni sa dextérité ne lui pouvaient venir en aide ; il en était réduit aux seuls caprices du hasard. Il se maintint pourtant

dans une balance tolérable, et il quitta Paris sans que
la connaissance de Pauline l'eût enrichi ou appauvri.

Mais cette connaissance n'en eut pas moins une
puissante influence sur sa destinée. Il y avait dans la
société de cette femme une sorte de fascination, un
attrait indéfinissable auquel peu d'hommes étaient
capables de se soustraire. La longue habitude du vice
et de toutes les convoitises avait enlevé au cœur et à
l'esprit de Reginald toute jeunesse et toute foi ; cette
femme n'était, à ses yeux, que ce qu'elle était en réalité : une dangereuse aventurière.

Il savait cela, et pourtant il n'avait jamais résisté au
charme de sa présence. Toutes les nuits, il était re-
tourné au faubourg Saint-Honoré ; il y allait même
lorsque, trop pauvre pour jouer, il était obligé de se
contenter de rester derrière le fauteuil de Pauline,
comme un cavalier empressé.

Pendant longtemps elle ne parut pas s'apercevoir de
ses attentions ; elle le recevait comme elle recevait ses
autres invités, ayant pour lui le même sourire stéréo-
typé, la même politesse étudiée. Mais, un soir qu'il s'é-
tait présenté chez elle de meilleure heure que de coutume, il la trouva seule et disposée à la mélancolie.

Alors, pour la première fois, il apprit d'elle que la
vie qu'elle menait lui était odieuse et qu'elle avait honte
du vice dont elle était l'esclave. Elle avait coutume de
s'abstenir de parler d'elle et de ses sentiments ; mais,
ce soir-là, mettant toute réserve de côté, elle s'exprima
avec un abandon qui la fit paraître, aux yeux de Reginald, plus charmante encore.

« Je suis une créature si abjecte, dit-elle, que vous
n'avez peut-être jamais eu l'idée de vous demander
comment j'étais devenue ce que je suis. Et, pourtant,

vous avez dû certainement vous étonner qu'une femme d'une naissance distinguée ait pu rouler dans l'abîme où me voici, et tomber assez bas pour se faire la compagne de joueurs et devenir joueuse elle-même. »

Reginald fit un geste de dénégation.

« Chère madame, ne me dites rien de plus, je vous en supplie. Je vous admire et je vous adore, et, quel que soit votre entourage, vous serez toujours pour moi la plus belle.

— Oui, la plus belle ! répéta Pauline avec amertume. Vous autres, hommes, vous croyez qu'une femme trouve dans sa beauté une consolation à tous les affronts et à toutes les douleurs. Ah ! je tiens ce que vous appelez ma beauté pour un don bien vain, sinon bien funeste. Ma beauté m'a donné si peu de bonheur ! Si vous voulez je vous dirai l'histoire de ma vie. C'est ma seule justification.

— Je suis prêt à vous entendre. Tant que vous parlerez de vous, vos paroles ne pourront être que d'un intérêt profond pour moi.

— Voyez-vous, monsieur Eversleigh, reprit Pauline avec la même ardeur passionnée, j'ai été élevée au milieu de joueurs. Mon père était un joueur enragé. Avant que je fusse autre chose qu'une enfant, la fortune qu'il aurait dû me laisser était entièrement dissipée. Déjà, quand j'étais petite fille, le bruit des dés, les clameurs autour de la roulette étaient choses familières à mon oreille. Chaque nuit je regardais, de ma fenêtre, les lumières qui brillaient dans l'appartement de mon père, et je voyais l'affreuse pauvreté s'avancer plus menaçante après chacune de ces nuits sans sommeil.

— Pauvre enfant ! dit Reginald.

— Ma mère mourut jeune, épuisée par cette fièvre

inquiète et perpétuelle à laquelle est vouée la femme d'un
joueur. Elle mourut, et je restai seule. J'étais devenue
femme, j'étais belle, si vous voulez, et considérée alors
par le monde comme héritière d'une grande fortune ; car
nul ne savait à quel point cette fortune s'était peu à peu
fondue. On n'ignorait point que mon père était joueur
et jouait un jeu effréné, mais peu de personnes connaissaient l'étendue de ses pertes. Après la mort de ma
mère, mon père insista pour que je fisse les honneurs
de sa maison. Je recevais ses amis, je me tenais derrière sa chaise quand il jouait à l'écarté ; ou, assise à
ses côtés, je marquais sur une carte la rouge ou la noire,
à mesure qu'elles sortaient. C'est alors que je sentis
les premières atteintes de cette passion fatale qui ger-
mait en moi à mon insu. Lentement et graduellement
elle établissait sur moi son horrible empire. J'appris à
comprendre cette science, qui était le but absorbant de
la vie de tous ceux qui m'entouraient. Je me mis à
jouer moi-même, d'abord pour m'amuser, en prenant
la main à l'écarté contre les plus jeunes joueurs ; puis
j'aventurai à la roulette une pièce d'or, au milieu
des bravos qui accueillirent ma hardiesse, comme la
fantaisie d'une enfant gâtée. Dans ces réunions, j'étais
toujours la seule femme, à l'exception de Lucie Brower,
qui était alors ma gouvernante. Mon père ne voulait
pas de femmes à ces orgies nocturnes ; la présence de
femmes eût été une gêne, une entrave aux plaisirs du
jeu. Je commençais bien à entrevoir par instants avec
épouvante le triste avenir de misère qui s'ouvrait devant moi ; mais, quand la folle passion du joueur me
prenait, je ne voyais plus rien, je ne craignais plus
rien ! Je devins bientôt aussi insouciante que mon père
et ses hôtes. Avoir la chance à une table de jeu, c'était

le bonheur; perdre, c'était le malheur. C'est ainsi que ma jeunesse se passa, jusqu'au jour où mon père me dit que le Colonel Durski m'offrait sa main et sa fortune, et que je n'avais d'autre alternative que d'accepter son offre.

— Alors, votre premier mariage n'a pas été un mariage d'amour? demanda vivement Reginald.

— Un mariage d'amour? s'écria Pauline... non! ce ne fut qu'un mariage de convenance, un mariage imposé par mon père qui attachait moins de prix au bonheur de sa fille qu'à une bonne veine au jeu. Mon père me dit que j'avais à choisir entre Léopold Durski ou la ruine. « Cette maison, » me dit-il, « ne nous abritera plus longtemps; je n'ai d'autre ressource que la fuite; je vais aller en Amérique, tâcher de vivre inconnu à l'étranger. Je ne puis rester à Vienne, pour qu'on m'y montre au doigt comme le Comte Vecchi, mais, t'ayant avec moi, j'aurais les pieds et les poings liés. Dans ma vie errante, seul, je pourrai prospérer; embarrassé d'une femme inutile, ma ruine est certaine. Tu n'as donc pas le choix, Pauline. Il faut que tu deviennes la femme de Léopold Durski. »

— Et vous y avez consenti!

— Devais-je refuser, monsieur Eversleigh, pouvais-je refuser? L'amour pour moi était un mot sans signification. Léopold Durski avait plus du double de mon âge, mais ses manières étaient celles d'un gentilhomme. On le disait riche, et il avait une belle position à la cour de Vienne. J'étais si seule, si désolée, si désespérée, que j'acceptai la proposition de mon père. Elle ne me promettait pourtant d'autres joies que ces mêmes funestes émotions du jeu. Je quittai la maison d'un joueur pour lier ma fortune à celle d'un autre joueur; car ce n'était

qu'au jeu que Léopold Durski était devenu l'ami et le
compagnon de mon père. Comment mon père, joueur
et ruiné, avait-il pu être la dupe d'un homme dont la
réputation de fortune était aussi usurpée que la sienne?
C'est ce que je ne saurais dire; mais il est certain que
j'avais échangé ma pauvreté pour la même misère avec
un autre maître. Ma nouvelle vie fut une longue série
de faussetés et de mensonges. J'occupais une maison
splendide dans un des plus aristocratiques quartiers de
Vienne; mais le train de cette maison était entretenu
par les gains de mon mari. J'avais pour tâche, moi,
d'attirer les dupes dont l'argent servait à soutenir ce
luxe menteur. Et les dupes arrivaient en foule. J'avais
ma cour d'admirateurs. Mais ces courtisans font payer
cher les honneurs qu'ils rendent à leur reine. Ah! si
j'avais été une autre femme, j'aurais trouvé le moyen
de me soustraire à une existence aussi odieuse que
dégradante...

— Eh bien?... vous ne l'avez pas essayé?

— Non, j'étais joueuse! Le vice qui avait avili mon
mari m'avait avilie moi-même. Nous étions tous les
deux tombés au même niveau. J'avais perdu le droit de
lui reprocher une infamie qui était aussi la mienne.
Nous ne nous aimions pas, le Colonel Durski ne m'a-
vait recherchée que pour faire de moi l'ornement et
l'appât de son salon; cependant, il n'y avait pas de
mésintelligence entre nous; il me traitait toujours avec
une courtoisie étudiée, et je ne lui reprochais jamais la
tromperie à l'aide de laquelle il avait obtenu ma main.
Mon père avait disparu subitement de Vienne; ce ne
fut que longtemps après son départ qu'on découvrit
que sa fortune n'existait plus depuis longtemps, et qu'il
était devenu complétement insolvable. Ses victimes

poussèrent un cri d'exécration; mais, dans une grande ville, les cris des victimes de ce genre sont rarement entendus. Mes salons ne cessaient d'être encombrés d'une foule élégante et titrée, et personne ne parut se souvenir de l'infamie de mon père. Cette honteuse vie avait duré trois ans, quand mon mari mourut. Il me laissa absolument sans ressources. Je vendis mes bijoux et je vins à Paris. Depuis trois ans et demi, je vis ici des hasards du jeu... comme mon mari en a vécu à Vienne. Mais je commence à être lasse de Paris, et il est possible que Paris commence aussi à se fatiguer de moi. J'ai envie maintenant de me rendre à Londres. Ce projet est-il réalisable? Qui peut savoir? Ah! monsieur Eversleigh, croyez-moi, il y a des moments où je me dis qu'une petite promenade au fond de la rivière finirait tous mes embarras. Ce soir, je me sens remplie de soucis, humiliée de ma dégradation, découragée par les obstacles qui m'interdisent toutes les villes paisibles où je pourrais trouver le repos. Un de ces jours, vous me verrez peut-être étendue sur une des dalles de la Morgue.

— Pauline!... par grâce!... s'écria Eversleigh frémissant.

— Allez! ce ne sont pas des paroles en l'air! Et maintenant que je vous ai dit ma triste histoire, jugez si ma misérable condition n'a pas au fond quelque excuse. »

Reginald éprouvait autant de compassion pour cette pauvre femme qu'il lui était possible d'en ressentir pour d'autres souffrances que les siennes. Il essaya de faire entendre à Pauline quelques paroles de consolation.

Elle le regardait pendant qu'il parlait, et il y avait assurément dans son regard un sentiment plus profond que celui de la reconnaissance.

C'est alors que Reginald lui déclara son amour; il lui dit l'ascendant qu'elle avait pris sur lui, le charme auquel il avait en vain cherché à résister : il lui avait voué une affection qui ne changerait jamais, quoi qu'il pût arriver. Mais il n'offrit pas à cette femme de lui donner son nom.

Même quand il était subjugué, Reginald calculait encore. Pauline était pauvre, et probablement fort endettée; elle était joueuse et la compagne de joueurs. Elle n'était par conséquent pas la femme qui lui convenait : le mariage ne devait être pour lui qu'un marche-pied de la fortune.

Pauline reçut sa déclaration avec une froideur simulée; mais Reginald put deviner, sous cette indifférence apparente, qu'il avait éveillé une passion réelle dans le cœur de cette femme désolée.

« Ne me parlez pas d'amour! dit-elle; de telles paroles ne me promettent, à moi, aucun bonheur. Mon amour n'apporterait que douleur et que honte à l'homme à qui je le donnerais. Laissez-moi suivre seule mon aride chemin, Reginald, laissez-moi le suivre seule jusqu'à la fin. »

Pauline avait appris la vie à une rude école, et elle ne s'abusait pas sur l'égoïsme de l'homme qui prétendait l'aimer.

« Je vous parlerai franchement, Pauline, lui dit-il, je suis trop pauvre pour me marier.

— Oui, je comprends! répondit-elle avec amertume, vous êtes trop pauvre pour épouser une femme sans fortune!

— Et je n'ai guère de chances d'en trouver une riche. Mais croyez que mon amour n'en est pas moins sincère, parce que je recule devant l'idée de vous associer à ma misère.

— Soit, Reginald. Je suis disposée à accepter votre amour tel qu'il est, comme la sage et prudente affection que peut offrir un homme du monde, sans crainte d'avoir à payer trop chèrement sa folie. Vous serez l'hôte assidu de ma maison ; je vous verrai chaque soir au milieu des insouciants oisifs qui m'entourent ; vous m'adresserez vos compliments tout le long de l'année, et vous m'apporterez des bonbons au jour de l'an. Et plus tard, quand je serai devenue vieille et fanée, vous oublierez que nous nous sommes connus, et je ne vous verrai plus. Eh bien ! soit. Il est encore doux à une femme telle que moi de se croire aimée, même quand elle sait à demi qu'elle caresse une chimère. Je fermerai les yeux et je rêverai que vous m'aimez, Reginald ! »

Et ce fut tout : pas une autre parole d'amour ne fut prononcée entre eux. Mais, à partir de ce moment Reginald redoubla de soins et d'attentions pour la belle veuve. Le temps arriva où ses invités commencèrent à se défier des séductions de ses réceptions charmantes: Reginald ne fut pas le dernier à s'apercevoir que les plus distingués d'entre ses habitués se faisaient maintenant remarquer par leur absence. Il pressa Pauline de quitter Paris pour Londres. Ce fut lui qui choisit la villa écartée sur les bords de la Tamise.

Ce fut sur son conseil que Pauline, en venant s'établir en Angleterre, s'interdit complétement de prendre une part active aux ruineux amusements qui attiraient les hommes dans ses salons.

« Vous pouviez, lui dit-il, prendre la main à l'écarté et vous asseoir à la table de roulette, quand vous étiez à Paris ; mais ici cela ne conviendrait pas. Les Anglais sont pleins de préjugés puérils, et la vue d'une femme devant une table de jeu choquerait ces préjugés. Lais-

sez-moi jouer pour vous. Je fournirai le capital, et nous
partagerons les gains de chaque nuit. Pour votre part,
vous n'aurez qu'à paraître belle et à attirer les oiseaux
à plumes d'or dans le filet, et parfois, quand je jouerai
à l'écarté avec un de vos admirateurs, placée derrière
sa chaise, où le hasard vous aura amenée, vous trouverez peut-être moyen de combiner l'intérêt flatteur
que vous semblerez prendre à son jeu avec un avantage plus positif pour le mien. »

Les paupières de Pauline s'abaissèrent et une vive
rougeur couvrit son visage ; mais il ne lui échappa pas
la moindre exclamation de colère ou de dégoût.

Pourtant elle n'entendait que trop bien la signification des paroles de Reginald. Elle savait qu'il désirait
son assistance dans l'application d'un système concerté
de vol au jeu. Elle savait cela et elle ne retira pas son
amitié à cet homme.

Hélas, non! Elle l'aimait, non parce qu'elle le croyait
bon et honorable, non parce que son amour l'aveuglait
sur la bassesse de sa nature. Elle l'aimait en dépit de
la connaissance qu'elle avait de son caractère, elle cédait
à l'influence d'une passion à laquelle il lui était si impossible de résister, qu'elle était presque excusable de
se croire victime d'une implacable destinée.

« C'est ma destinée! se disait-elle, ce doit être ma
destinée d'aimer un fourbe, de qui je ne suis même pas
aimée, et qui ne se fera pas faute de rompre, pour un
oui ou pour un non, les misérables liens qui nous
unissent. »

Carrington fut l'une des premières personnes que
Reginald présenta à Mme Durski à son arrivée à Londres. Elle fut frappée des façons courtoises et aimables
du médecin ; mais il lui était impossible de comprendre

l'amitié qui liait si intimement Reginald à cet homme
pauvre et obscur.

Elle le dit franchement à Reginald :

« Je sais que, dans le plus grand nombre de vos
amitiés, les convenances et l'intérêt personnel passent
bien avant ce que vous appelez la sentimentalité ; comment
donc avez-vous choisi pour ami ce Carrington,
que personne ne connait et qui est, vous le dites vous-
même, encore plus dans la gêne que vous. Vous devez
avoir vos raisons, Reginald, pour agir ainsi, et de bien
puissantes raisons. »

Un nuage passa sur le front du baronnet.

« J'ai mes raisons, en effet, dit-il, et Carrington m'a
été utile... dans une certaine circonstance. Du moins, il
s'est efforcé de m'être utile. S'il a échoué, l'obligation
que je lui ai n'en est pas moindre, et il se peut qu'il ait
occasion de me servir encore.

XVIII

A L'ANCRE

Un beau soir d'été, le capitaine Duncombe rentra
chez lui tout joyeux. Il n'était pas seul, il amenait un
ancien ami, dont Rosemonde avait entendu parler bien
souvent par son père, mais que, jusqu'alors, elle n'avait
jamais vu.

Cet ami n'était autre que George Jernam, capitaine
de l'*Albatros*, et propriétaire du *Pétrel* et du *Pizarre*.

Le capitaine de l'*Albatros* revenait d'une excursion

LA CHANTEUSE DES RUES

sur les côtes d'Afrique, et quoiqu'il n'eût rien oublié du douloureux passé, si récent encore, il était dans les meilleures dispositions d'esprit.

Les premiers jours avaient à peine suffi aux entretiens qu'avaient eu George et Harker ; ce dernier l'avait énergiquement aidé dans la direction des travaux nécessaires pour remettre son navire en état.

Il était à Londres depuis huit jours quand le hasard lui fit rencontrer l'honnête Duncombe. Ils étaient restés bons amis, depuis le temps où George, encore tout jeune, servait en qualité de second sous les ordres du propriétaire du *Renardeau*. Ils se trouvèrent en face l'un de l'autre dans une des rues de Wapping. Duncombe fut enchanté de revoir un ami, et insista pour amener Jernam partager son modeste dîner.

Ce modeste dîner se changea en un excellent repas, car Mme Mugsby se targuait d'être cuisinière aussi habile que bonne ménagère, et, pour elle, improviser en vingt minutes un bon dîner était une joie et un orgueil.

Susan servait à table avec sa plus jolie robe et son bonnet le plus coquet.

Rosemonde était placée à côté de son père. Après dîner, le capitaine se chargea de préparer lui-même un bol de punch au rhum dans une énorme jatte de porcelaine du Japon, et le contenu fut aussi généreux que le contenant était magnifique.

Ce dîner exquis et la non moins excellente causerie qui suivit étaient bien faits pour donner la plus parfaite idée des joies du foyer. Le capitaine Jernam était depuis trop longtemps privé des charmes de la vie intérieure pour ne pas goûter la douce influence de cette demeure hospitalière.

Duncombe fut plein d'entrain et de cordialité ; il lui

semblait, en causant avec un marin, respirer la fraîche brise de l'Océan, après un long séjour dans l'intérieur des terres.

« Vous ne vous imaginez pas, George, le plaisir que j'éprouve à me retrouver avec un ancien compagnon de navigation! Ma petite Rosemonde et moi, nous vivons en parfait accord ensemble, quoique je la tienne très-serrée, je puis bien vous le dire, ajouta-t-il, en affectant l'air sévère. Mais c'est bien monotone, pour un homme qui a passé la plus grande partie de sa vie sur mer, de se trouver au milieu d'un stupide troupeau d'habitants de la terre ferme. Oh! si tu ne veux pas que je te déshérite, Rosemonde, tu n'épouseras jamais un homme de la ville. »

Naturellement, Rosemonde rougit en s'entendant apostropher de la sorte, comme doit rougir toute jeune fille de dix-huit ans quand on fait allusion à la possibilité d'un mariage pour elle.

George admira fort cette charmante rougeur, et se dit que Rosemonde était la plus jolie fille qu'il eût jamais rencontrée.

Il resta au cottage jusqu'à une heure assez avancée, car son hôte ne pouvait se résigner à le laisser partir.

« Combien de temps devez-vous prolonger votre séjour à Londres, George? demanda-t-il, lorsque le jeune homme fut au moment de le quitter.

— Un mois au moins, peut-être deux.

— Alors j'espère que nous vous verrons souvent ici. Vous pouvez, par exemple, dîner avec nous tous les dimanches; je sais que, à l'exception de Harker, vous n'avez aucun des vôtres à Londres. Et puis, venez nous voir quelquefois le soir, et amenez Harker avec vous. Nous fumerons un cigare dans le jardin, avec une belle nappe d'eau devant les yeux, avec cette vue des mâts de navires se découpant sur le fond d'un ciel bleu. Je vous confectionnerai d'autres bols de punch, et Rosemonde chantera pendant que nous boirons. »

Il n'était pas à supposer que Jernam, qui avait beaucoup de temps à lui, pût refuser d'être agréable à son vieux capitaine, et de profiter d'une hospitalité si cordialement offerte. Pendant l'automne, il vint souvent, très-souvent, passer une heure ou deux au cottage.

Harker ne l'accompagnait pas toujours; mais il venait quelquefois, et, dans ces occasions, il se dévouait invariablement à Duncombe, qui n'était pas toujours disposé à marcher et qui aimait à fumer tranquillement son cigare dans son petit salon. Alors George se promenait avec Rosemonde dans le jardin. Il lui racontait ses lointains voyages et les curieuses aventures qui avaient accidenté sa vie errante. Cela ressemblait aux récits d'un Othello marin, et Desdémone n'était pas plus passionnément suspendue aux lèvres de son Africain que Rosemonde à celles de son capitaine.

L'une des fenêtres du salon de Duncombe donnait sur le jardin et, de cette fenêtre, le capitaine du *Renardeau* pouvait voir sa fille et le capitaine de l'*Albatros* allant, venant, et causant ainsi sur la pelouse : il avait, en regardant le jeune couple, un sourire des plus malins.

« Allons! allons! se disait-il, c'est un mariage qui se prépare, ou Duncombe n'est plus mon nom! »

Susan n'avait pas été la dernière à remarquer ces promenades du soir dans le jardin. Aussi dit-elle au galant boulanger qu'elle pensait bien qu'avant peu de temps il y aurait une noce à la maison du bord de l'eau.

« La vôtre, comme de raison, s'écria le boulanger.

— Allons donc, sot impudent! s'écria Susan en devenant plus rouge que les rubans ponceau de son bonnet. Vous savez fort bien ce que je veux vous dire! »

Duncombe et Susan avaient vu juste; car, trois mois après la première visite de George, le navire l'*Albatros* n'était pas encore prêt à reprendre la mer; son capitaine ne semblant nullement pressé de terminer les réparations dont il avait besoin.

Enfin, il fut décidé que l'*Albatros* franchirait le Canal pour un voyage qui ne demanderait que six mois, et que George, en remettant le pied sur le sol britannique, demanderait la main de la jolie Rosemonde. Harker ne refusa pas son approbation à ces arrangements; mais après avoir dit adieu à George, et en regagnant son logis, le brave commis secoua sa grosse tête avec une moue significative.

« Je crains bien, pensait-il, que le capitaine George n'ait un peu oublié le capitaine Valentin! Mais je ne l'ai pas oublié, moi. Et je me souviendrai et je veillerai pour deux. »

Dans les premiers jours du printemps, l'*Albatros* revint mouiller sain et sauf dans le bassin. George avait promis à Rosemonde de lui faire savoir son retour avant d'avoir touché terre.

Un beau matin, elle vit un navire qui remontait le fleuve avec un pavillon blanc au haut de son grand mât, lequel portait inscrit en lettres rouges ce nom : *Rosemonde.*

George Jernam était là! Quel autre navire que l'*Albatros* pouvait avoir eu l'idée d'arborer un tel pavillon?

George, selon Rosemonde, revenait plus courageux, plus loyal et plus beau qu'avant son départ. Il revenait plus amoureux d'elle encore à ce qu'elle croyait et il lui eut fallu avoir le cœur bien sec pour ne pas répondre avec reconnaissance à l'innocente affection qui se trahissait dans chaque parole, dans chaque regard de Rosemonde.

La noce eut lieu un mois après le retour du marin et après quelques discussions George consentit à ce que sa femme et lui continuassent à vivre au cottage.

« Je ne puis m'établir dans votre maison, dit-il en causant avec son futur beau-père. Ce serait indiscret. Je sais que vous tenez à garder Rosemonde auprès de vous et votre désir sera satisfait. Je ferai comme vous, j'achèterai un bout de terrain dans le voisinage et je me ferai construire une jolie habitation qui aura la vue du fleuve.

— C'est absurde! répliqua Duncombe, si c'est comme cela que vous voulez agir, vous n'aurez pas ma Rosemonde. Je ne m'oppose pas à ce qu'elle ait un mari chez moi, mais si elle quitte mon toit pour l'amour d'un homme quelconque, je la déshérite, je ne lui laisserai pour tout héritage qu'un shilling et encore la pièce sera-t-elle mauvaise. »

Le capitaine de l'*Albatros* eut cependant la permission d'emmener sa jeune femme passer une courte lune de miel dans le comté de Devon. Ce fut à l'époque charmante du printemps de l'année et du printemps de l'amour que Rosemonde fit connaissance avec la tante de son mari. Susan Jernam fut aussitôt séduite par cette innocente et charmante enfant, et, pendant les quelques jours qu'elles passèrent ensemble, elle apprit à l'aimer comme une mère.

Jamais nouveaux mariés n'avaient commencé leur nouvelle existence avec une plus riante perspective que celle qui s'ouvrait devant George et sa femme lorsqu'ils revinrent au cottage. Duncombe reçut son gendre avec la franche cordialité d'un vrai marin; mais, peu de jours après, le vieux capitaine le prit à part et lui annonça une nouvelle qui ne fut pas sans le surprendre un peu.

« Vous savez, lui dit-il, combien j'aime Rosemonde, et vous n'ignorez pas que si la Providence m'avait accordé un fils, mon affection pour lui n'aurait pu être plus grande que celle que je vous porte. Ainsi, quoi qu'il arrive, ni vous, ni Rosemonde, ne pouvez jamais douter de ma tendresse pour vous. Allons, George, promettez-moi que, pour votre part, vous n'en douterez jamais.

— Je vous le promets de tout mon cœur, répondit Jernam. Mais pourquoi me parlez-vous ainsi ?

— Parce que, George... s'il faut tout dire... je vais... je vais vous quitter.

— Vous allez nous quitter !

— Oui, mon bon camarade. Voyez-vous, la vie oisive du citadin ne convient décidément pas à mon tempérament. J'en ai essayé, et j'ai acquis la certitude que ce n'est pas du tout mon affaire. Je pensais que la vue de l'eau venant battre contre le mur de mon jardinet et la riante perspective des mâts de navires qui remplissent le bassin, seraient une consolation suffisante pour moi. Mais il n'en est rien, capitaine ! Depuis plus de six mois j'ai la nostalgie de la mer. Tant que ma petite Rosemonde n'a eu personne que moi pour veiller sur elle, je suis resté fidèle à mon poste, et j'y serais resté jusqu'à ma mort. Mais elle a un mari maintenant. Elle a, de plus, deux fidèles servantes qui la protégeront au besoin, si vous la quittez vous-même quelque jour. Et la chose arrivera, je crois, tôt ou tard. Pour le moment, il n'y a pas de raison pour que je reste plus longtemps enchaîné au rivage. Je veux revoir la mer, mon ami.

— Oh ! dit George, j'ai bien peur que votre départ ne brise le cœur de la pauvre Rosemonde.

— Non, George, répondit Duncombe, quand une jeune femme aime son mari, son cœur devient singulièrement coriace à l'endroit des autres mortels, y compris son père. Je suis convaincu que ma petite Rosemonde sera sincèrement affligée de ne plus me voir. Mais vous serez-là, George, et vous la consolerez, mon ami, et assez vite encore ! D'ailleurs, je ne m'en vais pas pour toujours, vous savez. Je vais tout uniment faire une petite croisière aux Indes, avec un bon chargement de marchandises, à seule fin de gagner un peu d'argent pour mes petits-enfants à venir. Après quoi, je reviendrai au logis, mieux portant que jamais, me fixer au milieu de ma famille. J'ai vu un petit bâtiment qui me va comme un gant, je le mets en état, et avant la fin du mois, je navigue dans les eaux bleues ! »

Il était évident que le vieux marin parlait sérieusement, et George n'essaya pas de combattre sa détermination. Rosemonde plaida éloquemment contre le départ de son père ; mais elle plaida sans succès. Dans les premiers jours de juin, le capitaine Duncombe quitta l'Angleterre à bord d'un petit bâtiment qu'il avait baptisé : la *Jeune-Épouse*, en l'honneur de sa fille.

George, en embrassant le vieux capitaine, lui promit qu'il attendrait son retour avant d'entreprendre un nouveau voyage.

« Je puis bien faire le paresseux pendant une année, lui dit-il, et du moins ma chère petite femme ne restera pas sans protecteur. »

Les jeunes époux s'installèrent donc dans le petit cottage, qui pour le moment était entièrement à eux.

La destinée nouvelle de Rosemonde fut une félicité complète, sans trouble et sans mélange. Elle aimait, elle adorait son mari; elle l'estimait le plus noble, le plus grand, le meilleur des êtres de la création; elle ne se sentait pas d'aise et de fierté quand elle le voyait rester ainsi près d'elle et tout à elle, lui sacrifiant sa belle vie libre et aventureuse.

« Est-ce qu'un pareil bonheur peut durer, George? » lui disait-elle.

Ce vague pressentiment ne devait que trop tôt se réaliser. L'éclat du soleil et le calme des beaux jours de l'été promettaient de durer toujours, mais tout à coup un triste nuage vint obscurcir ce beau ciel et le bonheur de Rosemonde s'évanouit comme un rêve.

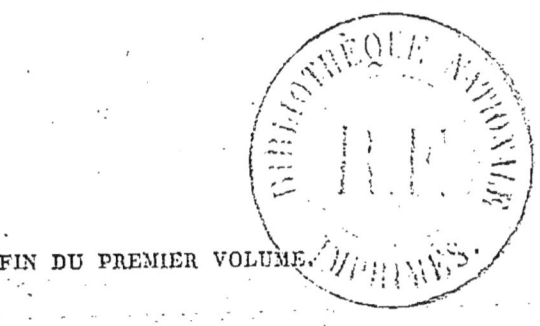

FIN DU PREMIER VOLUME.

TABLE DES MATIÈRES

FIN DE LA TABLE DU PREMIER VOLUME.

Coulommiers. — Typ. A. MOUSSIN.

Librairie HACHETTE et Cie, boulevard Saint-Germain, n° 79, à Paris.

ÉDITIONS A 1 FRANC 25 C. LE VOLUME

FORMAT IN-18 JÉSUS

BIBLIOTHÈQUE DES MEILLEURS ROMANS ÉTRANGERS

Ainsworth (W. Harrison) : Abigaïl. 1 vol. —
Crichton. 2 vol. — La Tour de Londres. 1 v.
Anonymes : César Borgia, ou l'Italie en 1500.
1 vol. — Les Piliers d'épargne. 1 vol. — Paul
Ferroll. 1 vol. — Violette. 1 vol. — Whitehall.
2 vol. — Whitefriars. 1 vol.
Beecher-Stowe (Mrs) : La Case de l'oncle Tom.
1 vol. — La Fiancée du ministre. 1 vol.
Bersezio (V.) : Nouvelles piémontaises. 1 vol.
Braddon (miss M. G.) : Œuvres. 29 vol. — Au-
rora Floyd. 2 vol. — Henry Dunbar. 2 vol. —
Lady Lisle. 1 vol. — La Trace du Serpent.
2 vol. — Le Capitaine du Vautour. 1 vol. —
Le Secret de lady Audley. 2 vol. — Le Testament de John Marchmont. 2 vol. — Le Triomphe d'Éléanor. 2 vol. — Ralph, l'intendant.
1 vol. — La Femme du Docteur. 2 vol. —
Le Locataire de sir Gaspard. 2 vol. — L'Allée
des Dames. 2 vol. — Rupert Godwin. 2 vol.
— Le Brosseur du lieutenant. 2 vol.
Bulwer-Lytton (Sir Edward) : Œuvres. 19 vol.
— Devereux. 2 vol. — Ernest Maltravers. 1 v.
— Le Dernier des Barons. 2 vol. — Le Désa-
voué. 2 vol. — Les Derniers jours de Pom-
péi. 1 vol. — Mémoires de Pisistrate Caxton.
2 vol. — Mon roman. 2 vol. — Paul Clifford.
2 vol. — Qu'en fera-t-il? 2 vol. — Rienzi. 2 v.
— Zanoni. 1 vol.
Caballero (F.) : Nouvelles andalouses. 1 vol.
Cervantes : Nouvelles. Trad. 1 vol.
Chodzko (A.) : Contes Slaves. 1 vol.
Cummins (miss) : L'Allumeur de réverbères.
1 vol. — Mabel Vaughan. 1 vol. — La Rose
du Liban. 1 vol.
Currer-Bell (miss Brontë) : Jane Eyre. 1 vol. —
Le Professeur. 1 vol. — Shirley. 2 vol.
Dickens (Charles) : Œuvres. 25 vol. — Aven-
tures de M. Pickwick. 2 vol. — Barnabé
Rudge. 2 vol. — Bleak-House. 2 vol. — Contes
de Noël. 1 vol. — David Copperfield. 2 vol.
— Dombey et fils. 3 vol. — La petite Dorrit.
2 vol. — Le magasin d'antiquités. 2 vol. —
Les Temps difficiles. 1 vol. — Nicolas Nick-
leby. 2 vol. — Olivier Twist. 1 vol. — Paris
et Londres en 1793. 1 vol. — Vie et Aven-
tures de Martin Chuzzlewit. 2 vol. — Les
grandes Espérances. 2 vol. — L'Abîme. 1 v.
Disraeli : Sybil. 1 vol.
Douglas Jerrold : Sous les rideaux. 1 vol.
Forgues (E.-D.) : Sandra Belloni. 1 vol.
Freytag (G.) : Doit et Avoir. 3 vol.
Fullerton (lady) : L'Oiseau du bon Dieu. 1 vol.
Fullon (S.-W.) : La comtesse de Mirandole. 1 v.

Gaskell (Mrs) : Œuvres. 8 vol. — Autour d'1
1 vol. — Marie Barton. 1 vol. — Cran-
ford. 1 vol. — Marguerite Hale (Nord et Sud).
2 vol. — Ruth. 1 vol. — Les Amoureux d'1
2 vol. — Cousine Phillis. 1 vol.
Gerstacker : Les deux Convicts. 1 vol. — Les
Pirates du Mississipi. 1 vol. — Aventures
d'une colonie d'émigrants en Amérique. 1 v.
Goethe : Werther. 1 vol.
Gogol (N.) : Les âmes mortes. 2 vol.
Grant (J.) : Les Mousquetaires écossais. 2 vol.
Hackländer : Boutique et Comptoir. 1 vol. —
Le Moment du bonheur. 1 vol. — La vie mi-
litaire en Prusse. 4 séries.
Chaque série se vend séparément.
Hauff (W.) : Nouv. 1 vol. — Lichtenstein. 1 v.
Hawthorne (N.) : La Lettre rouge. 1 vol. — La
Maison aux sept pignons. 1 vol.
Heiberg (L.) : Nouvelles danoises. 1 vol.
Hildreth : L'Esclave blanc. 1 vol.
Immermann : Les Paysans de Westphalie.
1 vol.
James : Léonora d'Orco. 1 vol.
Kavanagh (J.) : Tuteur et Pupille. 1 vol.
Lingley : Il y a deux ans. 2 vol.
Lennep (J. Van) : La Rose de Dekama. 2 vol.
— Les Aventures de Ferdinand Huyck. 2 vol.
Lever (Ch.) : Harry Lorrequer. 2 vol. —
L'Homme du jour. 1 vol.
Ludwig (O.) : Entre ciel et terre. 1 vol.
Lutfullah : Mémoires d'un gentilhomme maho-
métan. 1 vol.
Mervel (I.) : Le Rêve de la vie. 1 vol.
Mathews : Légendes indiennes. 1 vol.
Mayne-Reid : La Piste de guerre. 1 vol. — La
Quarteronne. 1 vol.
Mügge (Th.) : Afraja. 2 vol.
Pouchkine : La Fille du capitaine. 1 vol.
Smith (J.-F.) : La Femme et son maître. 3 vol.
— L'Héritage (Dick Tarleton). 2 vol.
Sollohub (comte) : Nouvelles choisies. 1 vol.
Stephens (miss A.-S.) : Opulence et Misère. 1 v.
Thackeray : Œuvres. 8 vol. — Henry Esmond.
1 vol. — Histoire de Pendennis. 3 vol. — La
Foire aux vanités. 2 vol. — Le Livre des
Snobs. 1 vol. — Mémoires de Barry Lyndon.
1 vol.
Tourguéneff : Scènes de la vie russe. 2 vol. —
Mémoires d'un seigneur russe. 1 vol.
Trollope (Mrs) : La Pupille. 1 vol.
Wieland (C.-M.) : Oberon, poème hist. 1 vol.
Wilkie Collins : Le Secret. 1 vol.
Zschokke : Addrich des Mousses. 1 vol. — Le
Château d'Aarau. 1 vol.

Coulommiers. — Typog. A. MOUSSIN.

www.ingramcontent.com/pod-product-compliance
Lightning Source LLC
Chambersburg PA
CBHW050153030726
47505CB00005B/1356